KB104903

# 밤 그네

# 밤 그네

하명희 소설

교유서가

# 차례

작년에 내린 눈

11월의 마지막 날, 그날은 엄마의 일흔여섯번째 생일 다음 날이었다. 중환자실 면회 시간은 오전 11시부터 12시까지인데 면회 시작 30분 전인데도 중환자실 앞 대기 의자에는 이미 대여섯 명이 앉아 있었다. 엄마는 패혈증으로 의식불명 상태가 되어 중환자실에 들어간 지 한 달이 넘어가고 있었다. 그사이 면회 올 때마다 대기실에서 보았던 사람들은 하나둘씩 사라지고 머리를 뒤로 질끈 묶은 여자만 낯이 익었다. 여자는 중환자실에 처음 왔을 때 보았는데 이번에는 아이와 함께 온 모양이었다. "보라야, 이리 와! 화장실 갔다 올까?" 네다섯 살은 되어 보이는 여자애가 의자 뒤에서 고개를 흔들었다.

"뛰어다니니까 머리카락이 다 빠져나왔잖아. 다시 묶어줄게."

"심심해."

"이쁘게 하고 아빠한테 인사하자."

아이는 엄마 옆으로 갔다가 잡아보라는 듯 의자 사이를 뛰어다니며 앉아 있는 사람들을 툭툭 건드렸다.

"아빠 만나러 왔구나."

아이를 눈으로 좇다가 내 앞에 앉은 할머니가 아이를 향해 오라는 손짓을 했다. 아이는 양옆으로 땋은 머리카락을 손가락으로 꼬며 할머니를 쳐다보았다. 할머니는 주머니에 손을 넣었다 빼며 주먹을 폈다. 손바닥에는 캐러멜이 있었다. 아이는 입술을 삐죽이며 엄마 뒤로 숨었다. 아이 엄마와 눈이 마주치자 할머니는 손바닥을 여자에게도 내밀었다. 아이 엄마는 일어나서 캐러멜 두 개를 집으며 눈인사를 건넸다.

"아이 아빠가 저기 있는 거요?"

여자가 고개를 끄덕이며 캐러멜을 하나 까서 "아 해봐" 하며 아이 입에 넣었다.

"새댁은 올해 몇이나 됐나?"

서른넷이요, 라고 짧게 대답하며 여자는 캐러멜 비닐을 만지작거렸다. 중환자실 복도에는 비닐 바스락거리는 소리만 들렸다. 중환자실에서 사오라는 물품인지 기저귀 박스를 옆에 둔 사람, 문 위에 붙은 커다란 시계만 쳐다보는 사람, 핸드폰을 보는 사람 모두 입을 다물고 있었다.

"저기 있는 내 막내딸이랑 동갑이네."

여자와 내가 같은 순간 할머니를 쳐다보자 "입이 쓸 텐데 단 거라도 먹어야지" 하며 할머니는 내게도 손바닥을 내밀었다. 캐러멜을 받아 주머니에 넣는데 계단 쪽에서 누군가 날 불렀다. 잿빛 승복을 입고 머리를 깎은 작은 키의 여자.

"이모!"

놀라서 자리에서 벌떡 일어났다.

"희야, 네가 와 있었네. 아직 면회 전이지?"

"연락도 없이 어떻게 오셨어요?"

"새벽차를 탔는데 이제 떨어졌다. 어제가 언니 생일이었잖아. 생일인데도 안 온다고 네 엄마가 이모 꿈에 나타나서 막 혼내키더라."

"이모는 엄마 생일도 기억하는구나. 난 어제는 못 오고 오늘 월차를 냈어요. 이모 왔다고 엄마가 좋아하시겠다. 요양병원에 있을 때 이모 한번 봐야 하는데, 그러셨거든요."

"온다, 온다 하고 추석 때 한번 와보고는 소식 듣고도…… 너희들이 고생이 많지?" 하고 이모는 내 손을 덥석 잡았다. 이모와 엄마는 스무 살 터울이었고, 나보다는 열두 살 위였다. 띠동갑 선배에게도 언니라고 부르는 게 이상하지 않았지만 어릴 때부터 이모는 내게 어른이었다.

"난 이모 생일도 모르는데……"

"네 언니 생일은 알지?"

"알죠."

"그럼 됐다. 기억할 것도 많은데 이모 생일까지 뭐 할라고. 네 엄마나 내 생시를 알지 외삼촌들도 다 모른다. 자매란 게 원래 그런 인연이야."

앉지도 못하고 서서 이모와 이야기를 나누는 사이 중환자실 문이 열렸다. 대기 의자에 앉아 있던 사람들은 조금이라도 더 빨리 들어가려고 벌떡 일어나 서둘러 줄을 섰다.

"엄마, 나 쉬."

보라라는 아이가 여자의 손을 잡아당겼다. 여자가 중환자실을 보며 어떻게 해야 할지 안절부절못하자 "얼른 다녀와, 내 뒤에 들어가면 되겠네" 하고 할머니가 여자를 안심시켰다. 여자가 아이를 데리고 화장실로 향하자 할머니는 "애기가 저기가 무서운 거 같죠?" 하고 이모에게 말을 높였다.

"어린애들은 영이 맑아서 본능적으로 그걸 안답니다."

나와 대화할 때와는 다른, 승복을 입은 스님의 말투였다. 이모는 창녕의 한 암자에서 천도재나 망자의 사십구재 지내는 일을 해오고 있었다. 앞사람이 나오자 할머니는 일회용 비닐장갑을 끼고 위생 비닐 가운을 걸쳐 여미며 중환자실로 들어갔다.

엄마는 자가호흡 유도에 실패해서 입에 호스를 꽂고 있었고, 혈소판 수혈을 위해 지인들에게 부탁해 지정헌혈을 받고 있는 상태였다. 담당 의사는 언니와 나를 불러 이번에도 자가호흡에 실패하면 목에 구멍을 내고 산소호흡기를 달아야 한다고 했다. 엄마가 깨어날 거라는 기대를 접은 상태에서 기계를 달고 생명을 연장한다는 게 무슨 의미일지에 대해 지인들에게 조언을 구했다. 열에 아홉은 엄마만 힘들게 할 뿐이라는 답이 돌아왔다. 한 달 동안 입을 다물지 못한 채로 누워 있는 모습은 보기가 힘들었다. 한 달 동안 입을 열고 있는 것은 그 한 달 동안 눈을 뜨고 있는 것 같았고, 한 달 동안 잠들지 못하고 배변을 하지 못한 것처럼 느껴졌다. 무엇보다 한 달 동안 어떤 표현도 못 하는 몸을 대신해 무언가를 판단한다는 것은 어떻게 결정하든 엄마의 몸을 책임지겠다는 다짐이 있어야 했다. 기계에 의존해 숨을 쉬는 엄마를 내가 감당할 수 있을까. 자신이 없었다.

"이모, 의사가 인공호흡기를 달자고 하는데 내가 못 하겠다고 했어요. 언니랑 오빠는 그렇게라도 하고 싶다고 하는데, 나는 못 하겠더라고."

"숨이란 게 자기가 내보내고 받아들여야 숨인 거야. 그건 자기 몫인 거야. 그래서 목숨이라고 안 하나. 그 숨을 자기가 관장하지 못하면 그때부턴 살아도 산 게 아니다."

이모는 내 등을 두드렸다. 이모의 품에서 짙은 절 향이 났다. 내 뒤로도 면회 온 사람들이 줄을 서기 시작했는데 앞서 들어간 할머니는 10분이 지나도록 나오지 않았다. 뒤에 있던 사람이 벨을 누르고 간호사를 호출했다. 간호사는 나를 보더니 "장숙자 씨 따님이시죠?" 하고 물었다.

"지금 막 장숙자 씨 아드님한테 전화했는데 안 받네요. 빨리 다른 형제들에게 연락하셔야겠어요."

갑작스러운 상황에 나도 어린애처럼 오줌이 마려웠다. 참을 수 없을 정도로. 멍한 상태로 아무것도 못하고 서 있는데, 이모는 정신 차리라고 내 이름을 자꾸 불렀다.

"희야, 정신 차리고. 내가 먼저 들어갈 테니 너는 호야랑 영은이한테 연락하고 들어온나."

화장실 변기에 앉아 오빠와 언니에게 차례로 전화를 했다. 오빠는 여전히 전화를 받지 않아 언니에게 더 연락해보라고 하고 전화를 끊었다. 옆 칸에서 여자의 울음소리가 들려왔다. 오줌은 나오지 않는데도 나갈 수가 없었다. 나오지 않는 오줌이 계속 마려웠다.

"엄마, 미안해!"

보라라는 아이의 목소리가 들렸다. 아이의 말이 내 목구멍에도 걸렸다. 더 있다가는 엄마를 볼 수 없을 것 같아 화장실을 나왔다. 그사이 면회객들은 다 가고 앞서 들어갔던 할머니만 의자에 앉아 있었다. 할머니는 보내줄 때가 된 거라고, 어서 들어가보라며 한숨을 쉬었다.

벨을 누르자 간호사가 나와서 엄마의 상태가 갑자기 나빠졌다고 했다. 퉁퉁 부은 엄마의 손가락과 발가락, 수혈의 흔적인지 여기저기 튀어 있는 핏자국들. 새벽부터 열여섯 팩의 혈소판을 수혈했는데도 지혈이 안 되고 산소포화도가 계속 떨어지고 있다고 했다. 의사는 간호사에게 환자 가족분들 오면 바로 들어오게 하라고 지시했다. 이모는 언니, 언니 하고 부르다 엄마의 머리를 연신 쓸며 오른쪽 귀에 바짝 다가가 뭔가를 속삭이고 있었다.

올 때마다 엄마에게 했던 말들, 사랑해, 미안해 말고 '또 올게'라는 말을 할 수 없는 상황이 되었다. 또 올게 대신 마지막 인사를 해야 하는데, 그 말만은 나오지 않았다. 엄마의 왼쪽 귀에 대고 그 말을 하려고 했으나 "엄마, 우리한테 돌아와줘서 고마워요"라는 말밖에 할 수 없었다. 돌아오다와 돌아가다 사이 어디쯤, 아직도 명치가 아픈 날들이 체한 것처럼 얹혀 있었다.

엄마는 언니가 오고 오빠가 도착한 저녁까지, 조카들이 오고 형부와 남편이, 내 딸이 도착한 밤까지 버티고 있었다. 11월의 마지막 날, 자정이 되기 전, 엄마는 돌아가셨다. 엄마의 생일 다음날이었다. 나는 끝내 중환자실에 올 때마다 연습했던 그 말, 한번도 입 밖으로 내밀지 못한, '엄마, 안녕'이라는 말을 하지 못했다.

*

장례식장에 도착해 처음 한 일은 상담사와 장례 일정을 확인하는 거였다. 빈소가 하나 남아 있다고 해서 그곳에 온 것이지만 상담사는 화장장 예약이 꽉 차 있어 발인 날짜를 맞출 수가 없다고 했다. 상담사는 다른 지역의 화장장으로 갈 경우는 멀기도 하고 지역 할인이 안 되는데 괜찮겠냐고, 기온이 뚝 떨어지거나 하면 어른들이 갑자기 돌아가셔서 겨울에는 이렇게 빈소가 빌 틈이 없다고 했다. 특히 하루의 마지막에 들어온 경우는 다른 곳도 마찬가지라며 다음날 발인하는 곳이 있으니 아침에 빈소를 꾸리면 어떠냐고 했다. 오빠가 주변 장례식장에 다시 전화를 했으나 남은 빈소가 없어서 달리 방법이 없었다.

"그럼 엄마는 어떡해요?"

상담사는 고인은 안치소에 있게 된다고 했다.

11월의 마지막 날에서 12월의 첫날 사이, 엄마는 안치소에서 혼자 있었다.

\*

오빠는 집에 갔다가 아침에 오겠다고 했다. 이모도 같이 가자고 했지만 이모는 근처에 있는 엄마 집에 가면 안 되겠냐고 했다. 어쩔 수 없이 언니와 내가 이모를 모시고 엄마 집으로 향했다. 찬기가 가득한 집, 엄마가 요양병원에 있을 때 가끔 들르긴 했지만 엄마의 방은 사람의 흔적 없이 방치된 지 오래였다. 난방을 틀고 방바닥을 대충 닦는 사이 언니는 엄마가 입던 편한 옷을 이모한테 건넸다.

이모는 승복을 벗고 엄마의 티셔츠와 치마를 입었다. 쑥스러운 듯 머리를 긁적이는 이모는 20년은 젊은 엄마 같았다. 요양병원에서 나와 이곳에서 쉬실 수 있기를 바랐는데 이제 그 바람은 이루어질 수 없게 되었다. 이모는 내게 사진첩이 있으면 가져오라고 했다. 옷장 서랍에 있던 사진첩을 들고나왔다. 사진첩을 넘기다 이모는 엄마와 내가 어린이대공원 풀밭에 앉아 있는 사진을 짚었다.

"이게 네가 몇 살 때고?"

"열한 살이요. 엄마가 돌아왔을 때예요."

"사진 속에 네 아빠는 없는데 같이 있는 것 같네."

그날은 특별한 날도 아닌데 엄마는 장사를 안 한다면서 아빠와 셋이서 처음으로 어린이대공원에 갔었다.

"아빠가 찍은 사진이에요. 이날 입으라고 옷도 새로 산 이상한 날이었어요."

옷뿐 아니라 신발도 새로 산 것이었다. 사진 속 엄마와 나는 사이즈만 다른 같은 신발을 신고 있었다. 이모는 사진을 내려놓고 이때 엄마가 이모 있는 절에 찾아왔었다고 했다. 같은 사진을 보며 이모는 엄마가 가출했을 때를 떠올렸고, 나는 엄마가 돌아왔던 때를 떠올리고 있었다.

"엄마는 그때 자갈치시장에서 일하고 있었다고 들었는데."

화장실에서 울었는지 언니 목소리가 충혈된 눈동자처럼 빨갰다.

"그랬지. 머리를 깎은 이후론 이모가 가족들이랑 연락을 안 하고 살았거든. 연을 끊었으니 너희들 생시도 이모가 모른다. 그런데 언니가 그때 나한테 와서 미안하다고 하더라. 다 알고 있었는데 모른 체해서 미안하다고."

엄마가 미안하다고 한 사연은 나도 알고 있었다. 우리는 엄마가 돌아온 이후부터 이모의 존재를 알게 되었는데, 그동안 못 보고 지낸 시간을 채우려는 듯 이모는 우리들의 기념일마다 참석했고, 그때마다 승복을 입고 있었다. 갑자기 나타난 이모가 비구니라니, 어릴 때는 이모와 함께 있는 게 낯설고 불편했다. 이모는 올 때마다 내게 이상한 주문을 외우게 했다. 고통과 번뇌에서 벗어나는 기도라고 했는데, 나는 번뇌가 천둥 같은 건가 싶었지만 이모에게 물어보지는 않았다. 역부여시, 불생불멸, 불구부정, 부증불감, 보리살타, 무가애고, 무유공포, 구경열반, 진실불허…… 이모가 외는 주문은 전부 다 모르는 단어였다. 모르는 단어를 물어보다보면 이모가 하루 더 있다가 갈 것 같았다. 주문의 마지막에는 "아제아제 바라아제 바라승아제 모지 사바하"를 세 번 했는데, 나는 그 부분만 소리 내어 따라 했다. 그래야 끝이 났으니까.

사진첩을 넘기다보니 바쁜 엄마를 대신해 참석한 이모와 찍은 사진이 있었다. 중학교 졸업식 때도 이모가 왔었다. 승복을 입은 가족은 졸업생 중에 나밖에 없었다. 이모가 수녀복을 입고 나타났다면 자랑할 수도 있었을 텐데, 승복을 입고 머리를 깎은 비구니는 아이들에게 생소했고 이야깃거리였다. "저기 누구야?" "남자야 여자야?" "여자 스님은 수님인가?" "아냐, 바구니" 하며 속닥거리는 게 다 들렸다. 나는 그때마다 이모를 피했다. 그러다 고등학교 들어가기 전에 엄마에게 물은 적이 있었다. 이모는 왜 비구니가 되었느냐고.

엄마는 이모가 그때의 나보다 어릴 때 동네 아저씨한테 아픈 일을 당했다고 했다. 그때 이후로 다락방에 들어가 나오지 않고, 억지로 끌고 내려오면 눈이 뒤집히고 거품을 물기도 했다고. 외할아버지는 어느 점쟁이 말만 믿고 이모를 절에 맡겼지만, 엄마는 이모가 왜 그러는지 알고 있었다고 했다. 알고 있었지만 어떻게 해야 할지 몰랐다고, 그게 이모한테 평생 미안하다고 했었다. 이모의 응어리진 마음을 풀어준 엄마의 사과는 사진첩의 흔적처럼 이모와 함께한 시간을 남겨놓고 있었다.

"지금 이렇게 홀홀 이야기하는 것도 그때 언니가 찾아와서 그 말을 해줘서 그런 거야. 그제야 조금씩 풀리더라고. 이모 마음에 이렇게 묶여 있던 게."

이모는 주먹을 쥐고 가슴을 퉁퉁 쳤다. 언니는 처음 듣는 이야기인지 가만 듣고 있다가 이모를 안았다.

"네 엄마가 그걸 다 풀어줬다니까. 가족들 아무도 나한테 그렇게 안 했다. 알면서도 모른 척했지. 근데 언니가, 세월이 지나긴 했지만 그때라도 내게 손을 내밀어서 이모가 거기서 풀려나온 거야. 이모가 이만큼 살아보니까 그게 그렇게 쉬운 게 아니더라. 내가 지나쳤던 일을 되돌아가서 풀어내는 게."

"엄마가 돌아왔다고 생각했는데 엄마는 그때 우리한테 이모를 찾아준 거였네요."

언니가 말했다.

"그런 일이 있어도 일은 해야겠다고 네 엄마가 산에서 내려가 시장에 일자리를 알아보더라고."

"그런 일이요?"

"이젠 너희들한테 알려주라고 언니가 날 불렀나보다."

"그런 일이 뭔데요?"

"그때 언니가 왜 가출했는지 아나?"

"아빠 병원비 때문에 빚진 걸 갚을 수가 없어서 그런 거 아니었어요?"

내가 말했다.

"엄마가 가출하고 얼마 안 있어서 우리도 발산동에서 야반도주를 했어요. 엄마가 없는 동안 나는 중학교도 못 가고 고모네서 부엌일을 했거든요. 그래도 나는 1년 지나 중학교에 들어갔지만 그때 오빠는 고등학교도 못 갔잖아요. 섬유공장에서 일을 하느라. 이모, 우린 그때 얘기를 다시 한 적이 없어요. 다들 힘든 시간이어서 그렇기도 하고, 엄마가 돌아온 뒤론 그때 얘기를 하면 안 될 것 같아서."

"너희들이 고생한 거 알지. 언니가 너희들 두고 집 나와서 나를 붙잡고 하루종일 울더라…… 그때 배 속에 아가 있었다."

엄마가 임신중이었다는데, 언니는 놀라지 않았다.

"언니랑 내랑 무슨 못된 짓을 했다고 이런 일을 당했을꼬, 둘이 붙잡고 한참을 울었다. 그런 일을 누구한테 말할 기고."

이모가 더 이야기를 해줄 때까지 기다렸다.

"내가 지금 이 얘기를 하는 거는, 네 엄마가 꿈에 나타나서 그 아 얘기를 하더라. 네 엄마도 이제는 마음의 웅어리를 풀고 싶은 게 아니겠나. 그래서 이모가 온 거다. 너희들한테 알려주려고."

"그 아이라니요?"

내가 묻는 동안에도 언니는 가만히 있었다. 이모는 내가 열 살, 언니가 열네 살, 그러니까 엄마가 가출해서 이모를 찾아간 그해의 이야기를 들려주었다.

아빠가 허리를 다쳐 병원에 있는 동안 엄마는 돈을 빌리러 갔다가 사채업자들에게 아픈 일을 당했다고 했다. 이모도 엄마처럼 '아픈 일'이라고 했다. 그런 날이 여러 번이었고, 그 돈으로 병원비를 댈 수 있었다고. 나는 어렴풋이 그때를 기억하고 있었다. 엄마가 사채업자를 만나고 온 후 긴 머리카락을 싹둑 자르고 나타났던 것. 엄마한테 물었더니 머리카락을 팔았다고 했던 것. 아빠가 퇴원하기 하루 전 밥상에 놓인 쪽지에 "돌아올게. 꼭 돌아올게"라는 글자가 적혀 있었던 것. 그리고 엄마가 사라졌던 것. 나는 엄마가 빚을 갚을 수가 없어 돈을 벌러 가출했다고 기억하고 있었다.

"언니도 알고 있었어?" 내가 물었다. "그런 것 같아, 알고 있었던 것 같아. 그런데……" 하며 언니는 고개를 묻고 울었다.

"아빠가 퇴원하면 감당할 수가 없잖아. 엄마가 얘기를 한 건 아니지만, 나 그때 엄마가 혼자 중얼거리며 우는 걸 자주 봤었어. 나중에, 나중에도 그때 기억이 나더라. 그러다 내가 유산했을 때, 엄마가 가물치를 고아서 왔었거든. 그때 엄마가 나 위로한다고 엄마도 아기를 잃은 적이 있다고, 그랬는데……."

이번에는 이모가 흔들리는 언니의 어깨를 안았다.

"영은아, 엄마가 그걸 해주고 싶었나보다. 네가 알고 있을 텐데, 알고 있으면서도 말하지 못하면 응어리가 진다는 걸 누구보다 엄마가 잘 아니까, 떠나기 전에 네 것도 풀어주고 싶었나보다."

"그때 짐작했었는데, 엄마가 사라질 때 그런 일이 있었겠구나 하고. 이모, 그런데 나는…… 희야, 나는……."

언니를 달래는 이모의 어깨도, 이모의 품에 안긴 언니의 몸도 같이 흔들렸다. 오래전 이모와 엄마가 서로를 안고 울었다는 때도 이런 모습이었을 것 같았다. 손에 쥔 사진을 바라보았다. 돌아온다고 했으니 기다리면 되는 것 같았던 그때, 나는 머리카락을 자르지 않았다. 엄마가 돌아오면 내 머리카락도 잘라서 줘야겠다고 다짐했었다. 머리카락을 자르면 엄마가 돌아오지 않을 것 같았던 날들, 사진 속의 나는 긴 머리를 찰랑거리고 있었다. 내 옆에 있는 엄마의 아린 눈빛, 어린이대공원 풀밭에 쪼그려앉아 아빠를 바라보던, 잘못한 것도 없으면서 아빠한테 빌던 모습. 내 기억에서 지워지지 않던 그날, 젊은 엄마와 아빠는 다시 잘 살아보자고 무언의 약속을 했던 것은 아니었을까. 그 약속을 지키기 위해 엄마는 모든 걸 받아들이는 아린 눈빛을 갖게 되었던 걸까. 우리를 엄마 방에 모아놓고 엄마 혼자 먼길을 가는 그날 밤, 우리는 엄마의 비밀을 꺼내어 각자의 가슴에 심어놓고 있었다.

엄마가 요양병원에 있을 때 했던 앞뒤 없이 뒤섞인 이야기들이 그 아이의 존재로 인해 시간이 풀리듯 이해가 되는 순간이었다. 어느 시기를 얘기하다가도 돌아가 멈추던 한 시절, 엄마는 어떻게 그 세월을 건너온 걸까.

"언니, 신촌 할머니라고 알아?"

"신촌 할머니?"

"엄마가 어느 시장에서 그 할머니를 만났다고 했었어."

"누굴 만났다는 얘기 나도 몇 번 들었어. 신촌 할머니가 아니고 우리가 발산동 살 때 시장에 있던 분이 아닐까 싶었는데."

"요양병원에 오기 전에 엄마는 그 할머니를 어느 시장에서 만났다고 하더라고. 그런데 그 할머니 얘기를 할 때면 늘 그 아이, 막둥이 하나 남았다는 얘기를 했었어."

"막둥이?"

"난 그게 날 말하는 줄 알았어. 내가 결혼하기 전에 할머니를 만난 건가 싶었거든."

"엄마는 그동안 쉬지 않고 우리에게 얘기하고 있었던 거네."

"그런 것 같아…… 엄마가 얘기하는 걸 녹음해놨는데 들어볼래?"

언니는 내 이불로 들어왔다. 핸드폰에 저장해놓은 엄마의 목소리가 엄마 방으로 돌아왔다.

*

"큰딸내미를 저 저, 그게 어디냐. 어디다 맡겨놓고 장사하러 돌아다녔어. 그러니까 네 언니가 종일 울어가지고 그 집 아줌마가 오만 거 다 사주고 해도 안 돼. 결국은 네 언니를 데리고 일하러 다녔잖아. 너는 업었지, 걔는 데리고 다녀야겠지. 아휴, 도저히 안 되겠는 거야. 그래 애 맡겨놓는 데, 거기가 어디냐."

"유치원?"

"응. 유치원에다 맡겼어. 맡겼더니 거기는 괜찮더라고."

"언니는 유치원도 갔네?"

"갈 데가 없으니까 갔어. 호야하고 둘이서 가니까 잘 다니고 있어. 하루는 네 오빠를 이자뿌렸다. 애를 이자뿌렸으니까 눈이 휘뜩 뒤집어질 거 아니야. 막 아래로 위로 다 돌아다녀도 애"

가 없어. 그래도 네 아빠는 시큰둥하니 가만 앉아 있어. 마침 애가 종이공장 앞에서 서성거리는 걸 누가 봤대. 그래가 공장 안으로 데리고 들어가서 뭘 먹이고 집으로 데리고 오는 길이야. 그래 찾았잖아. 그뒤로는 자꾸 애가 밖으로 나가려고 하는 거야. 안 된다고, 유치원에 탁 넣어놓고 한 발자국도 나가면 안 된다고 그랬는데 또 나갔어. 나가가지고 찾으러 돌아다니다가 지는 지대로 망치를 하나 울러메고, 저 저, 망치는 뭐냐면, 빳다 방망이. 그거를 울러메고 거기다 그걸 끼아가지고, 그거 손에 끼는 거, 그걸 끼아가지고 콧노래 부르며 올라오는 거야."

"그게 어디서 났대?"

"어디서 주웠나봐, 다 해진 걸. 그러고는 콧노래 부르며 올라오는 거야. 애 찾은 것도 감사한데 암말 않고 데리고 들어가자 하고 앉았는데, 네 오빠가 엄마, 나도 이런 거 하나 사줘, 그러더라고. 그걸로 뭐 하게, 그랬더니 나도 서울운동장에 가서 빳다 방망이로 그거 할래, 그러더라고."

"야구?"

"야구? 야구가 뭐야. 안 된다고 그러니까 왜 안 되냐고 그래. 너는 어려서 안 된다, 그랬지. 일을 하려면 너는 업어도 애들은 두고 다녀야 하는데, 둘을 어떡해. 할 수 없어서 야, 묶어놓고 다녔다."

"묶어? 어디다 묶어?"

"방에다 묶어놓고 다녔다."

"오빠랑 언니 묶어놨어?"

"집에 오니까 애들이 줄은 엉키고 울어서 눈이 붕어멘키롱 퉁퉁 부어가지고, 둘을 안고 얼마나 울었는가 몰라. 그래, 이래 선 안 되겠다 해서 능곡으로 이사를 갔어."

"능곡?"

"방이 싸더라고. 거기로 이사를 갔는데 연탄가스를 맡아가 지고 둘이서 막 토하고 굉장하지도 않았다. 걔들 때문에 우리 가 살았잖아. 너도 그렇고. 살아나가지고 쌀, 그거를 갈아서 먹 였지."

"생쌀을?"

"어. 그걸 먹었어. 큰방 아줌마한테 따졌더니 연탄가스 마신 걸 우리가 어떻게 아느냐고, 모른다고 딱 잡아떼더라고. 장판 을 까보니 바닥이 다 갈라져 있어. 이런 거는 세를 주면 알아야 지 모른다고 그러면 어떡하냐고 싸웠지. 방 준 아줌마랑 싸웠 으니 거기서도 못 살고 쫓겨나서 송정으로 넘어갔어. 일을 해 야 하는데 영은이는 데리고 가더라도 호야는 맡겨놓고 가려 고 내가 연구를 했어. 네 아빠는 그 집에 가서도 연필로 그리는 거, 그거 한다고."

"만화?"

"만화? 어, 만화 맞다. 형들이 다 만화를 했잖아. 거기 끼어 가 그림 그린다고 아무것도 안 해. 그럼 호야는 데려가라고 했 더니 애는 데리고 갔어. 그럼 저녁 되면 좀 씻겨가 밥도 먹이고 그러면 될 긴데."

"아, 만화가였던 작은아빠네 집?"

"그 위에 형이 또 있어. 그 집도 만화 했어. 내가 일 끝나고 거기를 가니까 네 오빠가 처마 밑에서 덜덜 떨고 있잖아. 겁이 나서 그 집엔 못 들어가고 그러고 있더라고. 남도 하는데 형님이 데리고 가서 씻겨가 먹이고 그러면 얼마나 좋아. 그거도 안해. 애가 울다가 울다가 처마 밑에서 세상에, 오들오들 떨면서 잠이 든 거야. 잠이 들어가 내가 오니까 일어났어. 내가 그걸 보고 아무리 생각해도 여기서는 못 살겠고, 인자 집을 떠나야 되겠는데, 이 돈을 가지고는 도저히 방을 못 얻겠고 어떻게 사나…… 그래 걷다가 걷다가 신촌을 갔다. 신촌 할머니한테 내가 인제 얘기를 했어."

"신촌 할머니? 어떤 할머니지?"

"그 할머니 있어. 채소 파는 할머니. 그 할머니한테 얘기했더니 자기가 작은 방이 하나 있대. 그러면 그거 나 달라고 해서 들어갔어. 가만 생각을 해보니까 할머니가 딴거 하지 말고 채소장사가 최고라 하대. 그래 능곡 가가지고 야채 떼가지고 신촌 와가 파니까 제법 남아. 야, 얼마 전에 그게 어데 시장이고, 거거 시장에서 나 그 할머니를 만났다. 만나가 얼마나 반가운지 할머니 손을 붙잡고."

"일산시장에서 만났다는 할머니가 그 할머니야?"

"만났어. 애들 잘 크냐고 해서 다 컸다고. 벌써 결혼해가지고 다 나가고 하나 남았다고 그러니까."

"하나가 왜 남아?"

"하나. 하나 남았잖아."

"나?"

"하나 남았지. 할머니가 몸풀어준 막둥이 하나가 남았다고 그러니까 할머니는 그때도 혼자 산다고 그래. 그래가지고 할머니 만나서 내가……."

엄마는 기억이 조각조각 남아 있었고, 사물의 이름이나 장소를 드문드문 기억하고 있었다. 내가 어느 때를 말하면 이야기를 하다가도 늘 돌아가는 한 시기, 그것이 신촌 할머니를 만나 안부를 묻는 장면이었다. 계산을 해보면 신촌 할머니를 일산시장에서 만났다면 그때 할머니는 백 살이 한참 넘었을 텐데, 엄마는 우리 어릴 때 이야기를 하다가도 자꾸 그 할머니 이야기로 돌아갔다. 엄마는 다 결혼하고 하나가 남아 있다고 했다. 하나가 누구냐고 물어도 하나 남았잖아, 라고만 했다. 나는 그 하나가 당연히 나라고 생각했다. 엄마의 기억은 시간이 엉켜 있어 내가 결혼하기 전에 머물러 있기도 했으니까. 그런데 그 하나가 이모가 말한 그 아이라는 걸, 엄마가 돌아간 그 밤에 알게 되었다. 내가 막내가 아니라는 걸.

언니는 녹음해놓은 걸 다시 듣고 싶다고 했다. 잠이 든 것 같았는데 이모가 나직한 목소리로 말했다.

"희야, 신촌은 서울이 아니고 엄마가 집 나와서 있던 부산에 있는 동네다.”

언니와 나는 자리에서 일어나 누워 있는 이모를 바라보았다. 눈을 감고 있는 이모의 눈가로 눈물이 스르륵 떨어졌다.

“우리끼리는 그렇게 불렀다. 구촌, 신촌 그렇게.”

“엄마가 거기서 채소장사도 했어요?”

“오야. 그때 혼자 사는 할머니가 방을 내줘서 네 엄마가 그 할머니랑 채소장사를 했었다. 오차를 끓여서 그것도 팔고. 언니는 그 할머니한테는 언니 처지를 다 얘기했을 기다. 그 할머니가 아를 지운 것도 나은 거랑 같다고 몸을 풀어준 모양이지. 지척에 친정이 있는데도 갈 수가 없으니 그 할머니를 엄마 삼아 지냈는가보다.”

“엄마가 그 할머니를 만났다는 얘기를 자주 했는데, 그럼 환상 같은 걸까요?”

언니가 말했다.

“그 할머니 방에 우리도 있었다고 했는데.”

“보고 싶은 사람들이 그 방에 다 있지 않았겠나. 언니 목소리 들어보니 딱 그렇다. 너희들 떼놓고 혼자 그 방에 있었으니, 서럽고 보고 싶고 괴롭고 아픈 것들이 그 방에 다 모여 있었겠지. 신촌 할머니는 그 방을 내줬으니 엄마가 만나고 싶은 사람 아니었을까 싶네.”

이모는 거기까지 말하고 입을 다물었다. 속울음을 삼키는 것 같았다.

이별 후에 알게 되는 것들. 비밀들, 비밀을 넣으면 풀리는 생의 조각들. 비밀을 알았다고 해서 할 수 있는 건 없지만, 그것이 이별이지만, 그래도 아픔이 뭔지 알게 되는 생의 비밀이 거기에 있다고, 엄마는 세상의 폭력을 기억하는 것으로 맞선 게 아니었을까. 우리에게는 없었던 이모를 찾아준 것처럼, 우리에게 없는 엄마만의 기억의 조각을 꺼내어 이제는 맞춰보라고, 엄마와 함께 사라져버릴 막둥이의 존재를, 그때 함께했던 신촌 할머니를 알려주신 건 아닐까.

어쩌면 엄마는 그 아이, 막둥이만 남기고 다른 것은 다 잊어야 살 수 있었던 건 아닐까. 생의 막바지에 요양병원에서 그 느린 시간 속으로 들어가 생을 지우고, 막내만은, 아무 죄도 없는 한 생명만은 품고 있었던 것이 아닐까. 그것이 아픔이었어도 오로지 엄마만은 그것을 기억한다고, 잊을 수 없다고 알려주고 싶었던 건 아닐까. 그 밤, 언니와 나는 40년의 세월을 훌쩍 넘어, 그 시절의 엄마와 우리가 몰랐던 아이와 그런데도 엄마를 견디게 해주었던 따뜻한 손길을 끼워맞추고 있었다. 엄마의 방에서, 엄마의 목소리와 함께.

*

다음날 빈소가 차려지고 엄마의 방에 있던 웃는 사진을 영정사진으로 놓았다. 나는 제일 먼저 엄마가 중환자실에 있을 때 지정헌혈을 해주었던 분들에게 부고를 알렸다. 엄마가 차려준 마지막 밥을 드시러 오라고.

입관을 하고 발인 날 새벽이 되었는데도 눈물이 나오지 않았다. 삶이 힘들었으니 죽음으로밖에 삶에서 벗어날 수 없다면, 그 긴 시간을 닫는 지금은 얼마나 홀가분할까. 그런 생각만이 장례 내내 떠나지 않았다. 발인을 하기 전 바깥으로 나와 담배를 한 대 물었다. 한 여자가 구석에 쪼그려앉아 있다가 몸을 펴며 내 쪽으로 다가왔다.

한밤중에 눈이 나리네, 소리도 없이.*

여자가 움직일 때마다 노랫소리가 들렸다. 노래는 여자의 손에서 흘러나오고 있었다.

가만히 눈 감고 귀기울이면 까마득히 먼 데서 눈 맞는 소리.

여자의 손에는 핸드폰이 쥐여 있었고 여자가 가까이 올수록 노랫말은 더 또렷하게 들렸다.

당신은 못 듣는가, 저 흐느낌 소리…….

중환자실 앞에서 보았던 여자였다. 여자는 내가 입은 상복을 보고는 "어머님 보내드리는 날이지요?"라고 알은체를 했다. 나는 이런 곳에서 만나 인사를 건넨 여자에게 뭐라고 말해야 할지 몰라 고개만 끄덕였다.

"저……."

---

* 송창식의 〈밤 눈〉(1975) 가사 중에서.

여자가 뒷말을 망설이는 사이를 "잠만 들면 나는 거기엘 가네, 눈송이 어지러운 거기엘 가네"라는 노랫말이 채웠다.

"어젯밤에 남편이 갔어요. 중환자실에서 두 달을 꼭 채우고."

여자는 누구든 붙잡고 하소연을 하고 싶지만 무슨 말을 해야 할지 모르는 사람 같았다.

"부탁이 있는데……."

여자는 망설이다가 "담배 하나만 주실래요?"라고 했다. 나는 그 말이 참 반가웠다. 상복을 입은 내가 그 새벽, 엄마와 같은 중환자실에 있었던 고인의 아내에게 줄 수 있는 게 우습게도 담배밖에 없었고, 그것은 그때 내가 가진 전부였다. 여자가 담배를 피울 동안 나는 그 노래 제목이 뭐냐고 물었다.

"송창식의 '밤 눈'이요. 남편 핸드폰에 있던 노래인데 '아직 얼지 않았거든 들고 오리다'라는 가사가 그의 목소리 같아서요."

아직 상복을 입지 않은 여자는 뻐끔거리며 입담배를 피웠다.

"……남편이 평생 피우던 건데, 이런 맛이었네요."

이모와 언니를 한방에 모이게 하고, 비밀의 조각을 맞춰보았던 하루가 없었으면 그 새벽은 내게 어땠을까. 빈소를 잡지 못한 하루 동안 이 여자는 무얼 했을까.

"주변 장례식장을 다 알아봤는데 빈소가 나오질 않더라고요. 오늘 발인인 곳이 있다길래  밤새 기다렸어요. 어디로 가야 할지 모르겠어서, 여기 앉아서 이 노래만 계속 듣고 있었어요."

여자는 담배 연기에 기대어 한숨을 내보내는 것 같았다. 한숨 위로 아직 얼지 않은 눈발이 날렸다.

"눈이 오네요."

"밤새 기다렸더니 정말 새벽 눈이 오네요."

담배에 떨어지는 눈송이를 보며 여자가 말했다. 지치고 처연한 목소리였다.

"오늘 그쪽 어머님이 계셨던 빈소에 제 남편이 들어갈 거예요."

떨어지는 눈을 맞으며 여자가 말했다.

"두 달 동안 중환자실을 들락거렸더니 고인 이름을 보니까 알겠더라고요. 중환자실에서 제 남편이 어머님 옆에 있었거든요. 살다보니 이런 인연도 다 있네요."

나는 담배와 라이터를 여자에게 건넸다. 여자는 사양하지 않았다. 눈인사를 나누며 끄덕끄덕하는 눈빛만으로도 무슨 말을 하려는지는 충분했다. 현관으로 들어서려는데 여자가 "잠깐만요" 하고 나를 따라왔다. 여자는 주머니에서 뭔가를 꺼내 내게 내밀었다.

"주머니에 이게 있어서, 드릴 게 이것밖에 없네요."

여자의 손에는 캐러멜이 있었다. 중환자실에 있는 딸을 만나러 온 할머니에게 받은 캐러멜일 거였다. 담배와 캐러멜을

바꾸며 우리는 살짝 웃었던가. 하루 사이가 아득하게 느껴졌
다. 눈송이가 포근히 내리는 새벽, 엄마가 보고 싶으면 이 새벽
이 떠오르겠구나. 서로의 주머니에 있는 전부를 내주던 이 새
벽이. 눈을 뜨고 하늘을 올려다보았다. 눈 속에 눈이 박히면 눈
물이 나오겠거니 했는데 그것도 내 것은 아니었다.

빈소에 들어가니 언니가 눈이 오느냐고 물었다. 상복 위에
얼어붙은 눈발을 손으로 털며 언니는 내 머리카락에 얹힌 하
얀 리본을 다시 꽂아주었다. 이모는 발인상을 보며 밥을 한 공
기 더 가져오라고 했다. 발인상에는 두 공기의 밥이 차려졌다.
이모는 세상에 나와보지 못한 아이, 막내를 엄마와 함께 보내
주어야 한다는 듯 반야심경을 읊었다. 관자재보살 행심반야바
라밀다시 조견오온개공 도일체고액 사리자 색불이공 공불이
색 색즉시공 공즉시색 수상행식 역부여시…… 오빠와 언니가
차례로 인사를 했다.

"지상에서의 마지막 음식을 드시고, 언니 잘 가세요."

이모는 마지막 인사를 하고는 다시 반야심경을 읊었다. 사
리자 시제법공상 불생불멸 불구부정 부증불감시고 공중무색
무수상행식 무안이비설신의…… 이모가 집에 올 때마다 외워
보라고 알려준 반야심경을 나도 따라 읊었다.

"아제아제 바라아제 바라승아제 모지 사바하."

없음을 살다가 떠나는 한몸의 길에 이렇게나 많은 괴로움
과 떠남이 있었고, 안절부절못하며 살아보려 애를 쓴 하나의

삶이 있었다. 살아보지 못한 어린 생을 거두는 이모의 의식은 단 한 번의 이별을 위해 어제가 있고, 어제의 어제로 거슬러올라가 우리가 몰랐던 시간과 사람들을 불러내는 일이었다. 이 모든 것이 한 사람을 보내기 위한 의식이라는 걸 알았으나, 왜 이별은 멀리 달아나려고만 했는지, 왜 그 두 마디를 뱉어낼 수 없었는지 나는 알지 못한다. 그날을 위해 반야심경을 외운 것처럼 화장장으로 향하는 버스에서도 어릴 때 각인된 기도문이 내 안에서 반복되었다.

"모두 공한 것을 비추어보고 온갖 괴로움과 재앙에서 벗어났으니 더럽지도 않고 깨끗하지도 않으며 늘지도 않고 줄지도 않으니 무명도 없고 무명이 다함도 없으며 늙고 죽음도 없고 늙고 죽음이 다함도 없으며 괴로움과 괴로움의 원인인 집(集)과 괴로움이 없어진 멸(滅)과 괴로움을 없애는 길도 없으며 지혜도 없고 얻음도 없으니 마음에 걸림이 없고 걸림이 없으므로 두려움도 없이, 두려움도 없이, 두려움 없이."

창밖에는 잠시 그쳤던 눈이 내리고 있었다. 다시 11월이 오면 말할 수 있을까. 엄마, 안녕이라고. 입안에 가두어둔 말을 꺼낼 수 있을까. 엄마 가시는 날 내린 새벽의 눈이 내년에도 찾아올까. 그때가 되면 울음을 낳을 수 있을까. 괴로움 없이, 마음에 걸림이 없이, 두려움도 없이, 두려움 없이.

먼 곳으로 보내는

지난겨울, 네 남편에게 문자가 왔어. 부고 문자는 대부분 빈소와 발인을 알리는데, 네 남편은 '진숙이를 잘 보내고 왔습니다'로 시작해 '장례에 참석해주어 슬픔이 덜어졌습니다'라는 인사로 발인이 지나갔음을 알렸단다. 가족들만 참석한 가운데 갔구나. 네 바람대로. 문자를 받고 선숙이에게 바로 전화를 했지.

　"진숙이가 갔네."

　선숙이는 자기도 받았다고 하더라. 전화를 한 건 난데 뭐라고 해야 할지 알 수가 없었어. 난 다시 볼 기회도 안 주는 게 어딨냐고 했고 선숙이는 진숙이답게 간 거지, 라고 하더라. 선숙이는 할일도 많고 갈 데도 많은데 너한테 가고 싶다면서 "숙아, 넌 어때?"라고 물었어. 가고 싶다니, 어디로? 너를 만나려면 이제 어디로 가야 하냐고 묻고 싶었지만, 그건 네게 묻고 싶은 말이었으므로 말을 삼켰지. 대답 없이 가만히 있자 선숙이는 "이상하지? 난 슬프지는 않아. 그때 진숙이한테 다녀오고 다 울어서 지금은 슬프지 않은 걸까? 넌 어때?" 하고 다시 물었어. 이 감정이 뭘까. 아프지도 않고 슬프지도 않은데 뭔가 사라졌다는 감각, 이걸 뭐라고 해야 할지 알 수 없었어. 나는 이제 진숙이가 기다릴 차례 아닐까, 라고 했지. 어쩌면 나는 화가 나 있었던 걸지도 몰라. 너를 만나고 온 그날, 너의 장례식 이후 너는 우리 모두와 연락을 끊었잖아. 진짜 이곳에 없는 사람처럼. 선숙이는 연숙이와 먼저 통화를 했다면서 "도대체 우리한테 무슨 짓을 한 거야, 이 기집애는" 하고 말했어.

너를 마지막으로 보기 전에 연숙이 아버님이 돌아가셨거든. 연숙이는 아버지를 보내면서 네가 있어야 하는데 연락이 안 된다면서 네 남편에게도 장례 내내 연락을 했었어. 너는 답장이 없었지. 넌 연숙이 아빠를 돌보는 재가요양보호사로 일했으니 연숙이는 아저씨의 부고를 너한테 꼭 알려야 한다고 고집했는데, 내가 보기에는 그건 숨어 있는 너를 찾아내고 싶은 마음이었어. 아빠의 부고를 알리면 네가 나타날 거라고 연숙은 믿었던 거야. 연숙이는 뭐라고 하더냐고 물었어. 선숙이는 아저씨 돌아가셨을 때도 안 울던 애가, 기집애 혼자 잘난 척만 하고 미워 죽겠다면서 울더라고 했어. 연숙이라면 그럴 수 있지. 연숙이가 너를 찾아다니던 걸 생각하면 그럴 수밖에 없었을 거야. 전화를 끊으려는 선숙이를 급하게 불렀어.

"우리 거기 가볼까?"

"거기 어디?"

선숙이는 자기가 모르는 곳에 네가 있는 것처럼 물었어.

"자라, 자라는 거기 있을까?"

언젠가 네가 말했던 자라가 떠올랐거든. 선숙이는 "벌써 철거 시작됐을 텐데"라며 요보보에 메모 남기겠다고 하고 전화를 끊었어. 요보보에는 우리가 함께 떠났던 열세 살의 바다, 그 앞에서 우리 넷이 함께 찍은 뒷모습 사진과 그 아래 네가 남긴 마지막 인사가 남아 있었지.


─얘들아, 내 장례식에 와주어 고마워. 너희들이랑 마지막 인사를 할 수 있어서 행복했어, 오늘. 오늘은 내 장례식이니까 그동안 내가 못되게 군 거 다 봐주라. 나중에 갈 데는 없고 어디든 가고 싶고 그런 때가 있을 거잖아. 가출하고 싶은 날. 그런 날에는 나한테 와. 그땐 내가 시간이 훨씬 많고 할일은 없으니까 다 들어줄게. 안녕, 내 친구들.


우리는 자라가 사라진 그 동네에서 같이 자랐지. 연숙이와 너는 어릴 때부터 교회를 같이 다녔고, 선숙이는 5학년 때부터, 나는 전학을 온 후 6학년 때 같은 반이 되었어. 우리가 친구가 된 건 이름에 모두 '숙' 자가 들어가서였어. 선생님이 진숙이, 선숙이, 미숙이, 키다리 연숙이, 하며 출석을 부를 때마다 아이들의 알 수 없는 웃음이 터지는 바람에 우리는 숙자매로 불렸지. 남자애들이 집요하게 숙자매에서 사숙이로, 나중엔 사팔이라고 놀려대는 바람에 우리끼리 머리를 짜낸 게 진선미를 강조하자는 거였는데, 그때는 말줄이기 놀이보다 늘여서 말하기가 유행이었어. 엄마가 밥 먹어, 라고 부르면, 아랄아랐써어요오, 하고 모음을 하나씩 더 넣거나 선생님이 출석을 부를 때 네넷, 하고 두 번씩 대답하는 식이었지. 어른들은 말을 더듬는다고 똑바로 말하라고 혼냈지만, 우리는 교과서도 이렇게 더듬으며 읽으면 재밌다는 것을 익혀가는 중이었으므로 멈출 수가 없었어.

하루는 연숙이가 우리 진연선미로 하자, 라고 했던가. 선숙이는 진선미로 해야지 진연선미는 고기 이름 같아서 싫다고 했어.

"너, 산해진미가 고기 이름인 줄 아는구나."

연숙이가 선숙이를 놀렸지. 선숙이는 눈치 하나는 빨라서 "애들이 산해진미라고 또 놀릴걸, 그치 진숙아" 하며 너를 끌어들였어. 연숙이와 선숙이는 너를 두고 자주 싸웠잖아. 뭔가 서운한 일이 있을 때면 선숙이는 진선미 삼총사로 하자고 연숙이를 따돌렸고, 너는 연숙이 없인 안 한다고 고집했던 게 기억나. 내가 진연선미를 더 늘여서 "진연선연미연"이라고 두 박자로 리듬을 넣어서 부른 이후로 우리는 사총사인 진연선미가 되었던 것도.

숙자매에서 진연선미로 사총사가 된 후로 우리는 매일 몰려다녔지. 대체로 마당도 있고 언니와 함께 쓰는 방이 있던 너희 집에서 모였지만, 네 언니가 심술을 부릴 때는 어른이 없는 연숙이네로 가곤 했어. 연숙이네 집은 너희 집 골목 끝에 있었고, 둑방을 건너기 전 레미콘공장 옆에 있었지. 골목 끝에는 같은 집이 여섯 개쯤 늘어선 가건물이 있었는데 문마다 주소 대신 번호가 붙어 있었어. 그 문은 집이라기보다는 화장실 문에 가까웠지. 계단 두 개를 올라 화장실 같은 문을 열면 부엌이 있고, 맞은편에 방금 연 것과 똑같은 철문이 있었는데 그게 방이었지. 그 집에 들어가면 문 뒤에 문이 있고 그 문 뒤로 또 문이 있어서 문이 길이 되어 둑방으로 연결되는 상상이 들곤 했어. 연숙이는 우리가 자기 집에 오는 건 괜찮지만 그 방문만은 열지 못하게 했지. 그러면서 지금 사는 곳은 공장 사옥이라 곧 이사갈 거라고 강조하곤 했어.

연숙이가 문을 열지 못하게 했으므로 방을 지나 둑방으로, 둑방에서 다시 길이 이어지는 상상은 말늘이기 놀이처럼 멈춰지지 않았지. 방은 강물 아래 통로로 연결되고, 그 통로를 지나 왕십리역을 거쳐 신당까지 연장되곤 했어. 그때까지 내가 걸어서 가본 곳 중 가장 먼 곳이 중앙시장이 있는 신당이어서 그랬을까. 아니면 기이할 정도로 키가 큰 연숙이 아빠 때문일지도 몰라. 열어보지 못한 그 방은 자꾸 길어졌거든.

어느 날 연숙이 아빠가 레미콘공장에서 일하다 점심을 먹으러 집에 들렀잖아. 그날 처음 본 연숙이 아빠는, 바깥문을 열고 고개를 숙이고 들어와 몸을 폈는데 내겐 거인으로 보였어. 연숙이도 우리 반에서 키가 제일 컸지만, 연숙이 아빠는 우리가 다 매달려도 거뜬할 정도로 장골이었지. 그에 비해 연숙이 엄마는 나보다도 더 작았고. 그날 이후 가끔 연숙이 아빠를 마주치곤 했는데, 연숙이는 아빠가 와도 하던 걸 치워, 따위의 허둥대는 동작은 하지 않았어. 마치 남동생이 들어온 것처럼 아무렇지도 않게 행동하는 연숙이를 볼 때면 나는 괴이한 느낌을 받곤 했어. 연숙이 아빠는 우리가 자리를 차지하고 있을 땐 부엌에 서서 급하게 밥을 먹었잖아. 밥을 먹으면서 천장에 닿은 머리를 구부린 채 우리들 이름을 하나씩 부르기도 했어.

"진숙이는 더 예뻐졌네."

"새로 전학 왔다는 애가 너구나. 미숙이!"

"너는 우리 연숙이하고 자주 싸운다면서? 사이좋게 지내라, 선숙아."

이런 식이었지. 연숙이 아빠를 보고 나니 네 아빠도 궁금해졌어. 그때까지 나는 네 아빠를 본 적이 없었으니까. 마당과 계단이 있는 이층집인 너희 집에 갈 때마다 물어보고 싶었거든. 진숙이는 아빠가 없나. 네 엄마는 우리에게 할머니로 통했잖아. 앞니가 다 빠지고, 등이 굽은 네 엄마는 말할 때도 앞니 빠진 소리가 나서 너는 엄마가 학교에 오는 걸 싫어했었지. 그런 할머니 같은 엄마와 같이 사는 사람은 할아버지이거나 없거나 둘 중 하나일 거라고 그때의 나는 생각했어. 그런데 아빠가 없다면 너는 어떻게 저런 큰 집에 사나, 살 수 있나, 늘 궁금했지. 그건 얼마 지나지 않아 풀렸어. 네 남동생이 아빠가 준 선물이라며 우리가 갔을 때 장난감을 자랑했으니까. 내가 너희 아빠는 무슨 일을 하느냐고 물었던가. 너는 아빠가 농수산물 시장에서 경매사로 일하느라 새벽같이 나간다고 했었어. 나는 선숙이에게도 물었어. 선숙이 아빠는 선숙이가 여덟 살 때 암으로 돌아가셨다고 했지. 선숙이는 빚쟁이를 피해 숨어 있는 엄마 대신 살림을 했고, 오빠들과 살고 있었어.

시간이 지나면서 나는 내가 연숙이네서 받은 괴이한 느낌이, 친구 같은 아빠가 있을 수 있다는 낯섦이라는 걸 알게 되었어. 연숙이 아빠가 우리들 이름을 다 아는 것도 신기했지만 그것보다 연숙이가 우리랑 있었던 일을 아빠한테 다 얘기한다는 것 자체가 내게는 낯설었거든. 게다가 연숙이는 아빠한테 반말을 했고, 연숙이 아빠가 우리와 더 얘기하려고 하면 "아빠, 빨리 나가! 안 나가!"라며 두 손을 아빠 등에 대고 문 쪽으로 밀어냈어. 나는 그것이 아빠를 발로 차서 내쫓는 것처럼 느껴졌어.

"연숙아, 너는 아빠랑 친해? 우리 얘기도 하고 그래?"

어느 날 내가 물었을 때, 연숙이는 무슨 그런 걸 묻느냐는 식으로 맨날 오늘은 뭐 하고 놀았냐, 누구랑 친하냐, 놀리는 애는 없냐, 그런 것만 물어서 귀찮아, 라고 했어. 놀려? 왜? 넌 공부도 잘하고 예쁘고 인기도 많잖아, 라고 했더니 "아빠가 키가 커도 너무 크잖아. 애들이 그걸로 놀릴까봐 아빠는 그게 제일 걱정이래"라고 했어. 연숙이는 아빠가 엄마랑 결혼한 것도 엄마가 작아도 너무 작아서라고 내게만 알려주듯 속삭였지.

연숙이가 아빠를 편하게 대해서였을까. 우리가 함께 있을 때 연숙이 아빠가 들어와도 우리는 허둥대거나 예의를 지켜 인사를 하거나 하지 않았지. 연숙이 아빠도 그런 건 신경쓰지도 않았어. 그 집에서는 그게 더 자연스러웠으니까. 그러다 6학년 여름방학 때 연숙이 아빠가 우리에게 "이번 휴가 때 너희 모두 여행 가지 않을래?"라고 제안했지.

"여행이요? 여행이라고요? 우리가 다 같이 가요?"

네가 여행이요?라고 되물을 때 나는 너도 지금껏 여행을 간 적이 없구나라고 생각했어. 너는 여행이 뭐냐고, 왜 그걸 우리랑 가느냐고 묻는 것 같았어. 그러다 연숙이 아빠의 표정을 보고는 그걸 진짜 우리가 다 같이 가는 거냐고, 그래도 되느냐고 묻다가 연숙이 아빠 마음이 변할까봐 간다고, 가고 싶다고 말하는 것 같았거든. 나도 너와 똑같은 마음이었어. 여행이라는 단어는 내가 입 밖에 내뱉어본 적이 없는 단어였거든. 내게 여행은 모험이나 가출처럼 낯선 단어였어.

"그래, 여행. 졸업여행이 되겠네. 너희들 중학교 가면 이제 이렇게 못 놀아. 텐트도 싸가지고 가자. 어때?"

그 작은 집에 텐트가 어디 있었을까. 연숙이가 열지 말라고 했던 그 방에는 내가 모르는 물건들이 가득하다고, 난 지금도 그런 생각이 들곤 해.

"어디로요?"

선숙이가 물었지.

"바다가 좋아, 산이 좋아?"

아저씨는 우리를 보며 물었어. 연숙이는 귀찮고 번잡하다고 뒤로 뺐지만 우리 셋은 '여행'이라는 단어에 흥분했지. 너는 그때까지 가족여행이라는 걸 가본 적이 없다고 했어. 선숙이는 큰오빠와 작은오빠한테 허락을 받아야 한다고 했지만 어떻게든 허락을 받아낼 기세였고. 나는, 가족이 뿔뿔이 흩어졌다가 이곳으로 전학을 오며 이제야 함께 살게 되었는데, 여행이라는 말을 어떻게 꺼내야 하나 고민했지.

"연숙이 너는 좋겠다. 아빠가 보디가드잖아."

아빠한테 말했는데 어림도 없다며 너는 연숙이를 부러워했지. 선숙이도 여행 가려면 돈이 필요한데 생활비가 모자란다며 오빠들이 못 가게 한다고 했어. 나는 아빠 눈치만 보며 그때까지 말도 못 꺼낸 상태였지. 말을 잘못 꺼냈다간 기집애들이 겁도 없이 여행은 무슨 여행이냐고 아빠가 내가 아니라 엄마를 때릴 것 같았거든. 그래도 우리는 어떻게든 여행을 가야 했으니까 작전을 짰어. 우선 어른들을 한번 더 설득하고 안 되면 가출을 하자고 했어. 선숙이는 우리집에, 연숙이는 너희 집에 가서 허락을 받기로 했을 거야. 선숙이네는 내가 가서 오빠들을 설득하기로 했었지. 그때 난 아주 이상한 경험을 했었어.

선숙이네 갔다가 오빠들은 못 만났는데, 선숙이가 갑자기 귀가 답답하다고 하는 거야. 귀가 아픈 것도 아니고 답답하다니 어떻길래 그런가 하고 선숙이 귀를 들여다봤지. 새끼손가락으로 선숙이 귀를 팠더니 고동색 귓밥이 딸려나왔어. 그쯤에서 멈춰야 했는데, 귓밥이 자꾸 나오니까 멈추질 못하겠는 거야. 선숙이한테 귀이개를 가져오라니까 그게 뭔데? 하고 물었어. 귀 파는 거, 했더니 선숙이는 그게 뭔지 모르더라. 엄마가 집을 나간 이후로 한번도 귀를 파본 적이 없었대. 아니, 귀를 판다는 것 자체도 모르고 있었어. 내가 집으로 달려가서 귀이개를 가지고 와서 내 허벅지에 선숙이를 눕히고 본격적으로 귀를 파기 시작했어.

"선숙아, 자꾸 나와."

손바닥을 펴라고 하고 선숙이 손바닥에 귓밥을 모았어.

"아직도 있어?"

선숙이가 말을 할 때마다 귓밥이 더 깊이 들어가서 난 조용히 하라고 했지. 아주 큰 귓밥을 꺼내다가 나는 그걸 도로 귀에 집어넣었어. 끝났다고 했지. 무섭더라. 어떻게 귀에 그렇게 많은 귓밥이 있을 수 있지. 자꾸 파내면 선숙이 귀가 들리지 않을 것 같았거든. 선숙이는 열세 살이 될 때까지 귀를 파본 적이 없는 거였어. 밥 먹는 것처럼 자연스러운 귀 파는 일이 선숙이에게는 한번도 해본 적 없는 거였구나. 나는 그제야 연숙이네 집에서 받았던 괴이한 느낌이 친구 같은 아빠가 있을 수 있다는 낯섦만은 아니라는 걸 알 수 있었지. 돌아오는 길에 나는 내 손가락을 자꾸 코로 가져갔어. 생선 썩은 냄새가 났어. 선숙이 귀에서도 그런 냄새가 났는데, 선숙이에게는 그 말을 할 수 없었지. 그걸 뭐라고 해야 할까. 선숙이는 나보다 더 가난하구나. 친구 같은 아빠가 있는 연숙이가 부러웠던 것처럼 나보다 더 가난한 사람이 있구나, 선숙이도 나를 부러워하겠구나 하는 안도감. 그게 솔직한 감정이었어.

이 이야기가 다시 떠오른 건 언젠가 네가 여행 이야기를 꺼냈기 때문이야. 우리 졸업여행 갔던 거 기억나지? 하고 어느 날 네가 물었지. 네가 여행 이야기를 꺼내니까 바닷가에 텐트를 쳤던 것, 저녁이 되어 해 지는 바닷가를 바라봤던 것, 우리가 있는 곳은 쨍한데 우리가 보고 있던 바다 끝 수평선에는 먹구름이 깔리며 비가 오던 것, 우리가 같은 곳을 보며 소리를 질렀던 것, 소리를 지르다 "저 바다에 누워 외로운 물새 될까" 합창을 하다가 "딥디리 딥딥 디리디리딥"*에 맞춰 다리를 떨며 춤을 췄던 것, 저녁은 어디로 가는 걸까, 밤은 어디서 나타난 걸까, 해변을 걸으며 했던 우리의 대화들이 하나씩 떠올랐지.

---

* 높은음자리의 〈바다에 누워〉(1985) 가사 중에서.

너는 그 여행 이후 생활의 리듬이랄까, 자세가 바뀐 것 같다고 했어. 그게 무슨 말이냐고 물었지.

"그때가 여름이었잖아. 졸업은 겨울이고. 미리 졸업여행을 하고 나니까 그해 여름 이후엔 내가 졸업생이 된 것 같았거든."

나도 여행을 다녀온 후에는 반 애들이 왠지 어리게 보였다고, 우리 생리가 같이 터져서 이제 어른이라고 생리파티 했던 일을 꺼냈지. 진숙이 네가 제일 먼저 생리가 터졌고, 이어서 연숙이가, 며칠 사이를 두고 내가 생리가 터졌어. 선숙이는 연숙이네 집에서 놀다가 이상하다며 화장실을 다녀오고 나서 연숙이의 생리대를 빌렸고, 연숙이는 그걸 아빠한테도 말했는지 어느 날 저녁에 아저씨가 우리를 불러모았지. 그날은 연숙이 엄마의 생일이었어. 케이크 앞에서 연숙이 엄마 생일 축하 노래를 부르고 불을 끄려는데, 연숙이 아빠가 "잠깐"이라고 하더니 촛불은 우리 넷이 같이 불어서 끄라고 했어.

"왜?"

연숙이가 묻자 아저씨는 "너희들 생리도 축하해야지. 축하해요, 우리 딸들!"이라고 했어. 아저씨는 사람들이 매년 생일을 축하하는 건 자신이 왜 태어났는지 잘 까먹기 때문이라고 했어. 그러니 옆에 있는 사람이 그걸 기억해줘야 하는 거라고. 그러면서 태어나줘서 고마워요, 라는 눈빛으로 연숙이 엄마를 바라봤지. 그 눈빛을 받은 연숙이 엄마도 우리들 이름을 부르며 "이제 어른이 된 거야. 생리 축하한다"고 했어. 연숙이가 너를 바라보았고, 네가 선숙이를, 선숙이는 나를 보았어. 축하의 말이 눈사람처럼 부풀고 스며들었지.

생리통이 심해서 생리가 터지면 학교도 못 갔던 너는 생리가 축하받을 수 있는 거라는 걸 이날 알았다고 했어. 나도 마찬가지였어. 엄마한테도 말하지 못한 생리를 아저씨한테 축하받은 그날은 우리가 어른이 되었고, 생리는 생일처럼 다시 태어난 거라는 걸 알게 된 날이었으니까. 여태 그 좋은 기억을 묻어두고 살았구나 싶었지. 너는 연숙이를 볼 때마다 어른 같다는 생각을 했었다고, 그때 우리가 열세 살이었는데 아빠 간병을 연숙이가 도맡아 했던 걸 떠올렸어.

생리파티가 있고 얼마 안 있어 아저씨는 그 큰 키로 다시 일어나지 못했잖아. 자전거를 타고 새벽 운동을 나가다 뚝섬유원지 근방에서 뺑소니 사고를 당했으니까. 아저씨를 치고 달아난 차는 레미콘 차량처럼 아주 큰 공사 차량일 거라고 했어. 그 큰 차와 자전거가 부딪쳤으니 살아난 게 다행이라고 했지만, 아저씨는 3시간도 넘게 길에 방치되었지. 새벽이라 그곳을 지나는 사람이 없어서 늦게 발견되었다고 했어. 수업중에 연락을 받은 연숙이가 병원으로 갔을 때는 척추와 뇌를 다친 아저씨가 사경을 헤매고 있었지. 아저씨는 그날 이후 바보가 되었고, 그 큰 몸으로 혼자 일어나 앉을 수도 없게 되었지. 연숙이는 학교가 끝나면 병원으로 가서 아저씨를 간병했고, 퇴원하고 나서도 아저씨는 정신이 돌아오지 않았지. 고작 13년 같이 산 아빠를 어떻게 36년도 넘게 간병할 수 있을까, 너는 그런 거 보면 삶이라는 게 참 신비하다고 했어. 그러면서 아저씨한테 들은 "축하해요, 우리 딸들" 그 말이 생각의 전환점이 되었다고 했지.

"전환점?"

"아저씨 덕분에 생리를 축하하는 쪽에서 내가 여태 살았더라고."

너는 전환이 뭐 별건가? 하고 말했어. 아저씨가 그날 우리 딸들 축하한다고 해주지 않았다면 생리는 불편하고 힘들고 더럽고 귀찮은 거로 여기며 살아왔을 거라고. 생각해보니 그때부터 아저씨한테 물든 것 같다고 했지. 아빠한테도 받지 못한 축하를 아저씨한테 받은 게 가족들한테는 서운하면서도 좋더라고.

"내가 되돌아보니까 나도 저런 사람이 되고 싶다고 여겼던 것 같아. 나도 모르는 새에 내가 아저씨를 닮아가고 있더라. 아저씨는 내게 좋은 영향을 끼친 어른이었던 거지."

내가 잊고 있던 것을 너는 생각의 전환이라는 말로 상기시켜주었지. 너는 그때 이후로 연숙이한테 여행이든 생리파티 이야기든 해본 적이 없었다고 했어. 그러다 뜬금없이 "장례식도 미리 하면 좋지 않을까?"라고 했지. 나는 그런 영화도 있지 않나, 일본에서는 관에 누워 하룻밤 자는 프로그램도 있다던

데, 하며 맞장구를 쳤어. 장례식을 죽은 후에 하는 건 산 사람들을 위한 거라고, 너는 죽기 전에 보고 싶은 사람들을 다 모아서 축제처럼 장례식을 하고 싶다고 했지. 해외에서도 그런 장례문화가 퍼져나가고 있다고. 그때는 몰랐어, 진숙아. 네가 죽음을 앞두고 주변을 돌아보고 있었다는 거, 너는 우리가 함께했던 시간 속으로 돌아가 좋은 것들을 꺼내어 만지고 다듬으며 먼 곳으로 떠나려는 준비를 하고 있었다는 걸 나는 알아채지 못했지.

너는 간호대학을 나와 25년 동안 간호사로 일했지. 그러다어느 날 그 일을 그만뒀다고 했었어. 이제 아픈 사람을 보면 진절머리가 난다며 아프면 그냥 죽는 게 좋겠다고, 생명을 연장하는 짓은 절대로 할 게 못 된다며 이제부터 다른 삶을 살 거라고 선언했었어. 너는 3교대로 근무하던 패턴대로 새벽같이일어나 수영을 했고, 네일아트를 배우러 다닌다고도 했지. 하루는 우리집에 들러 네일아트 연습을 한다며 발을 내밀라고했었어. 네일인데 왜 발가락을 달래? 내가 물었지. 너는 손가락은 가족들, 친척들, 간호사 후배들까지 다 돌아가면서 해봤다며 이번엔 발가락을 손질해준다고 했어. 난 누군가에게 발가락을 보여준 적도, 관리를 받아본 적도 없었어. 너는 네일가방을 꺼내 도구를 먼저 소독하고 전자레인지에 데운 따뜻한수건을 내 발에 올렸지. 그러곤 네일니퍼로 굳은살을 제거하며 "이게 기초 작업이야"라고 했어. 그때 네가 만져주던 손길이 기억나. 선숙이의 귀를 파주던 어린 날로 돌아간 것 같았거든.

어느 날 너는 카톡방을 만들어서 우리를 초대했어. 카톡방 이름이 왜 요보보냐고 선숙이가 물었더니 보노보노 같지 않니? 우리는 요보보야, 라고 네가 톡을 달았어.

−요보보가 뭐냐니까?

너는 간호사 일을 그만뒀는데, 네가 할 줄 아는 게 이거밖에 없더라고 했어. 선숙이는 지금 일하러 나가야 한다면서 본론만 말하라고 재촉했지.

−요양보호사 자격증을 따려고. 혼자 하면 심심하니까 너희들도 같이하자. 내가 그래도 수간호사였잖아. 등록하고 공부하는 거 다 도와줄게.

−간호사 일 절대 안 한다면서 간병인을 하겠다고?

선숙이가 쏘아붙였지.

−솔직히 말하면…….

네가 뜸을 들였어.

−뭔데? 솔직히 말하면 뭐?

너와 단짝인 연숙이도 처음 듣는 이야기인지 뒷말을 기다렸지. 너는 이거 따놓으면 재가요양 간병인 신청을 할 수 있다고 했어. 이걸 가족이 하게 되면 간병비도 받을 수 있다고. 간병인 찾으려고 애끓일 일도 없고, 네 엄마가 치매가 심해지고 있어서 걱정된다고, 일단 따놓고 보자고 했지. 선숙이는 자기도 아는 언니한테 얘기 들었다면서 네가 도와주면 해볼 만하겠다고 거들었어.

-그래서 요보보가 뭔데?

난 요보보가 뭔지가 더 궁금했어. 너는 말늘이기 놀이 기억나지 않느냐며 요보는 여보 같아서 하나 더 붙였다고 했어. 요양보호사 줄임말이냐고 물었더니 '요양보호사 해보자!'라고 했지. 너는 진연선미, 하니까 요보보보보가 딱 떠오르더라고 했어. 나는 오랜만에 듣는 진연선미에서 한 번, 요보보보보에서 또 한번 웃는 이모티콘을 보냈어. 선숙이와 연숙이가 하겠다고 나서자 안심이 된 건지 너는 엄마가 사는 집이 재개발이 확정되었다는 얘기를 꺼냈지.

-엄마는 거기서 평생 살았잖아. 집도 좁고 살림이 더러워서 엄마가 이사를 했으면 했는데, 엄마는 거길 떠나기 싫다셔.

연숙이는 '재개발되어도 보상받아서 살 집 구하면 그걸로 땡이잖아. 생활비가 안 나오니까 재개발을 반대할 수밖에 없지'라며 '공장 사옥도 재개발로 보상을 받겠네' 하고 덧붙였지. 너는 연숙이가 살았던 집도 그대로 있다며 언제 시간 나면 엄마네 집에서 모이자고 했어. 그러면서 '내가 웃긴 얘기해줄까?'라고 화제를 바꿨어.

-오늘 진숙이가 이상하네. 수다가 고팠나봐.

그날 너는 말꼬리를 잡고 뭐든 계속 얘기를 하고 싶어 했거든.

 -미숙이는 역시 눈치가 백단이야. 사실은 말이야…….

 너는 뭔가 다른 얘기를 하려는 듯 계속 뜸을 들였지. 그때 잠깐이라도 틈을 줬다면, 네가 우리에게 얘기할 기회를 주었다면 어땠을까. 나는 지금도 그 잠깐의 쉼을, 더듬거림을 참지 못하고 그래서 웃긴 얘기가 뭔데? 안 웃기기만 해봐, 라고 톡을 보냈지.

 -엄마가 자라 얘기를 하더라.

 -자라?

 -자라라고?

 -엄마가 키우는 자라가 두 마리 있었거든. 빨래 널거나 할 때면 엄마가 옥상에 데리고 가서 햇볕도 쬐어주고 그랬어.

 -그런데?

 -어느 날 한 마리가 감쪽같이 사라졌대. 아무리 찾아도 안 보이더래.

 -그게 재개발이랑 무슨 상관인데?

 선숙이에 이어 연숙이도 자라랑 재개발이랑 무슨 상관이냐고 동시에 물었어.

 -엄마는 자라 때문에 그곳을 떠날 수가 없대.

 선숙이가 재빠르게 거북이 이모티콘을 찾아 올렸지.

 -그때부터 엄마가 재개발 반대 모임에 나가고 있어.

 -자라가 재개발을 막고 있는 거야?

다들 키득거리며 웃는 이모티콘을 날렸어. 그날 이후 너는 연숙이, 선숙이와 함께 요양보호사 자격증 시험에 도전했지. 나는 일이 바빠 나중에 좀 한가해지면 하겠다고 빠졌고. 너희는 요보보에서 소통하며 자격증 시험을 봤어. 연숙이는 국가고시 시험에서 80문제 중 70점으로 통과해서 제일 점수가 높다고 자랑했어. 시험이 끝이 아니었어. 너는 이제 시작이라면서 현장실습 시간을 채워야 한다고 했어. 선숙이는 실습 시간을 채우지 못해서 중간에 포기했지만, 연숙이와 너는 요양보호 기관에 나가 직접 환자를 돌보는 실습도 통과했지.

그러다 네가 내게 전화를 한 적이 있어. 너는 연숙이 엄마가 그 작은 몸으로 아저씨를 씻기고 옮기는 일을 어떻게 할 수 있었는지 신기하다고 했어. 나는 그동안 연숙이 아저씨네로 일을 하러 다닌 거냐고 물었지. 너는 내 말에 대답은 않고 다짜고짜 내게 아저씨 키를 알려주었어.

"그건 왜?"

너는 살면서 고마웠던 사람들을 떠올려보니 아저씨가 자꾸 떠오르더라고 했지. 그러면서 요양보호사 자격증을 딴 것도 아저씨와 더 이야기하고 싶어서라며 부탁이 있다고 했어.

"미숙아, 아저씨 키가 너무 커서 미리 관을 맞춰야 할 거야."

"어우 야! 그걸 나보고 연숙이한테 말하라고?"

너는 병원에 있으면서 이런 경우를 간혹 봤다고 했어. 그런데 알고 있다고 해서 다 알려줄 수는 없더라고, 연숙이한테는 그 말을 못 하겠더라고 했지.

"아저씨 키에 맞는 관은 따로 맞춰야 할 텐데 장례중에는 경황이 없어서 그걸 맞추기가 어려워. 그러니 최소한 미리 말이라도 해놓은 곳이 있어야 나중에 덜 아플 거야. 미숙아, 나중에 나중에 아저씨가 잘못되기 전에 네가 연숙이에게 알려줘야 한다."

너는 그때 연숙이 아빠를 돌보며 결심을 굳힌 거였니? 네 목소리는 다급했고, 더이상 네가 할 수 없는 일을 내게 나눠주듯 책임감으로 똘똘 뭉쳐 있었거든. 그걸 증명하듯 나와 통화한 지 얼마 지나지 않아 너는 사라졌지. 네가 사라지고 우리는 사방으로 네게 연락을 취했어. 네 남편과 연락이 닿았지만 잘 있다고만 하고 다른 말은 안 해줬어. 연숙이는 너희 집에도 찾아갔었어. 네 아이들을 언니한테 맡겼다고만 하고 네 남편은 여전히 아무 말도 않더래. 연숙이는 아무래도 네가 어디 아픈 것 같다고 안절부절못했지. 그사이 연숙이 아빠가 돌아가신 거야. 아저씨의 부고를 들었을 때, 네가 부탁했던 말을 연숙이에게 미리 알려주지 못한 게 얼마나 후회가 되었는지 몰라. 말해야지, 말해야지 하고 미뤄두다가 그렇게 돼버렸거든. 그러다 네가 요보보에 나타난 게 지난겨울이었지.

ㅡ여기 한번 와줄래?

네가 남긴 톡을 한참을 들여다보았어. 그다음 네가 무슨 말이라도 할 것 같아서. 어쩌면 네가 아프다는 말을 할까봐 두려웠던 걸지도 몰라. 너는 네가 있는 주소를 적었지. 예상대로 너는 지방의 요양원에 있었어. 요양보호사가 아니라 환자로. 연숙이가 톡을 보고 전화를 한 건지 '너, 지금 전화받아. 빨리'라고 닦달했어.

-너, 우리 아빠 돌아가신 거 알아 몰라? 네가 어떻게 그럴 수 있어. 문자도 보내고 전화도 백 통은 넘게 했단 말이야. 그런데 이제 나타나서는 뭐? 장례식에 오라고?

연숙이는 계속 너를 몰아세웠어.

-나, 지금 기운이 없어 연숙아. 그러니까 내일 와. 꼭 와야 해.

-우리에게도 시간을 줘야 할 거 아니야. 너 이러는 게 어딨어?

연숙이는 네가 또 사라질까봐 네가 볼 수 있게 계속 톡을 보냈지만 '내일 와. 꼭 와야 해' 다음 너는 나타나지 않았지. 네게 남은 시간이 얼마 없다는 걸 알 수 있었어.


다음날 우리는 선숙이 차를 타고 네가 있는 곳으로 향했지. 너에게 가기 위해 보건소에서 받은 코로나19 검사는 모두 음성이었어. 우리는 약속이나 한 듯 네가 좋아하던 것들을 면가방에 챙겼지. 선숙이는 잡채를 했고, 나는 김밥을 쌌어. 연숙이는 가서 보여주겠다고 하더라. 지방의 국도를 지나다 낮은 언덕에 시멘트벽만 남은 건물이 보였어. 연숙이가 저기 들렀다

가자고 했어. 차를 세우고 언덕을 올랐지. 예배당이었던 건물은 기울어지는 중이었어. 철거 계고장은 붙어 있지 않았지만 언제든 무너질 수 있다는 듯 벽틈이 틀어져 한쪽으로 쏠려 있었어. 건물 뒤쪽에는 축대를 세워 양 갈래로 밧줄이 이어져 있고, 앞쪽엔 십자가가 있었지. 무너지지 않게 예배당 건물을 밧줄로 묶어놓은 거였어. 잠긴 문틈으로 안을 들여다봤어. 천장은 내려앉았고 예배당 의자들이 넘어져 있었어. 연숙이가 "얘들아, 저것 좀 봐"라고 말했어. 창을 통과해 들어오는 빛들이 먼지 알갱이로 떠다녔지. 그것들은 인간이 빠져나간 자리에 몰려와 한가롭게 노는 것처럼 보였어.

"오늘이 월요일이지?"

선숙이가 확인하듯 물었지. 다 쓰러져가는 예배당의 월요일 오후였어. 월요일이면 한 주의 예배가 끝나고 목사님들도 쉬는 날인데, 언제부터 이곳은 빈터가 되었을까. 다 쓰러져가는 예배당을 밧줄로 묶어놓은 사람의 마음은 무엇이었을까.

"저 빛들이 기도하러 몰려든 것 같아."

연숙이는 그 앞에서 두 손을 모으고 무릎을 꿇었어. 선숙이도 입을 다물고 눈을 감았지.

"우리가 저 먼지처럼, 먼지에 앉은 빛들처럼 진숙이의 사랑을 받았습니다. 이제 밧줄을 풀고 그녀를 놓아주려 합니다."

연숙의 기도가 밖으로 흘러나와 내게도 닿았단다. 우리는 그곳에서 한참을 울었어. 네가 우리에게 준 사랑이 보이지 않는 밧줄로 우리를 묶어주었고, 이제 일어나자고, 진숙이에게 가자고 선숙이가 내게 손을 내밀며 무너지고, 연숙아 그만 울자, 이제 가자고 내가 연숙이를 일으키다가 또 주저앉아 울고, 서로를 껴안고 울다가 선숙이가 "우리 이러다 진숙이 못 보면 어떡해"라고 했고, 그때부터 네게로 가는 마음이 급해졌지.

그곳에 도착했을 때는 우리 말고도 네가 돌보았던 환자와 그 가족들도 와 있었어. 휴게실에서 치른 장례식은 요양원의 간호사들도 함께였어. 휠체어를 타고 나타난 너는 살이 너무 빠져서 뼈만 남아 있었지. 너는 모자를 눌러쓰고 마스크로 얼굴의 반을 가렸지만 눈꼬리는 웃고 있었어. 휠체어를 밀고 온 간호사는 휴게실에서의 만남을 허용하는 대신 음식을 나눠 먹거나 마스크를 벗으면 안 된다는 조건을 달았지.

"진숙 샘은 우리집에 올 때마다 내게 이걸 자주 해줬어요. 이번에는 내가 가지찜을 해왔네. 내가 먼저 갈 줄 알았는데."

네가 돌보았던 환자가 가지찜을 테이블에 올려놓으며 말했어. "진숙이는 어릴 때부터 남에게 뭘 해주는 걸 좋아했어요"라며 선숙이는 잡채의 뚜껑을 열며 간호사에게 젓가락은 안 꺼내겠다고 했어. 나도 김밥을 꺼냈지. 테이블에는 가지찜과 잡채와 김밥 그리고 네 후배가 가져온 케이크가 놓였어. 너는 냄새만 맡아도 좋다며 엄마가 해준 것 같다고 했어. 그러고 보니 테이블에 있던 음식들은 너희 집에 놀러갈 때마다 네 엄마가 우리에게 해준 음식들이었어. 너는 간호사 몰래 김밥을 하나 집어 마스크 속에 숨기며 나를 보고 웃고는 간밤에 쓴 편지라며 우리들 한 명 한 명의 이름을 불렀지. 너는 병원에 있을 때 환자들을 보며 지겨워서 더이상 못하겠다고 생각했던 일, 그때 미리 장례식을 하면 어떨까, 그러면 나머지는 덤으로 사는 거니까 좋을 것 같다는 생각을 했다고 했지. 생각한 걸 그대로 해볼 수 있으니 너는 행복한 사람이라고 했고, 진짜 저쪽으로 갈 때는 가족들과 인사를 하겠다고 했어.

누군가 노래를 부르자고 제안했어. 네 간호사 후배가 무슨 노래를 부를까 하며 곡을 골랐지. 네가 돌본 환자가 케이크에 초를 꽂으며 촛불을 끄자고 했어. 얼떨결에 모두 생일 축하 노래를 부르다 웃었던가. 장례식인지 파티인지 알 수 없는 자리였지. 두어 시간이 지나고 네가 분위기를 정리하며 이제 마무리해야겠다고 했어. 다들 문을 나서며 네 손을 잡고 껴안았지. 연숙이가 선물이라며 사진 한 장을 꺼내 네 무릎에 놓았어.

"이때 기억나지?"

"이 사진이 있었구나. 난 그때 본 바다가 오래 기억에 남아 있었어."

초등학생이었던 우리들의 뒷모습이 찍힌, 너와 연숙이는 나란히 앉아 어깨동무를 하고 있고, 선숙이는 바다 쪽으로 뛰어가고 있었으며, 나는 손가락으로 수평선을 가리키고 있었지.

"비가 왔었잖아. 그치?"

"바다에 비가 오는 걸 본 건 그때가 처음이었어."

네가 말했지.

"바다 끝에서 먹구름이 몰려오고 우리 쪽에는 햇빛이 떨어졌는데, 바다 위로 비가 쏟아지는 게 너무 또렷하게 보이는 거야. 미숙이가 저기 좀 봐, 라고 손가락으로 가리키고 있잖아."

너는 그동안 연숙이 앞에서는 그 여행 얘기를 할 수가 없었다면서 "이제 해도 되지?" 묻고는 그날을 상기시켰지.

"너희들 다 기억하는구나. 난 잊고 있었어. 이번에 아빠 짐을 정리하다가 보니까 이 사진이 나오더라. 그제야 우리가 갔던 첫 여행이 있었지, 하고 어렴풋이 떠오르는 거야."

"너는 그때 정신이 없었잖아. 아저씨 병간호하느라."

선숙이가 울음을 참느라 들썩이는 연숙이의 어깨를 토닥였어. 사진 속의 우리는 같은 곳을 보면서도 각자 보고 싶은 것을 보고 있었지. 선숙이는 바다 끝을 보고 있었다고 했어. 너는 바다에 비가 오는 것을 보고 있었고, 나는 먹구름이 빠른 속도로 우리가 앉은 곳으로 이동하는 걸 보고 있었지. 연숙이 아빠는 그런 우리들의 뒷모습을 보면서 무슨 생각을 했을까.

"나는 잊고 있었는데, 아빠가 가고 나니까, 그때 우리 넷이 함께 있던 뒷모습을 찍는 아빠가 떠오르더라. 아빠가 휠체어에서 두 발로 일어선 다음, 해변을 이리저리 돌아다니며 우리 뒷모습을 사진에 담는 모습이 영상처럼 되살아나는 거야. 바보처럼 침을 흘리는 게 아니라 내 이름도 부르더라. 연숙아, 미숙아, 선숙아, 진숙아 여기 봐, 하며 우리들 이름도 불렀어.

난 그동안 아빠가 걷는 모습, 내 이름을 부르는 모습은 잊고 있었어. 그런데 이 사진을 보니까 아빠가 걸어다니며 나를 부르던 모습이 떠오르더라고.”

“우리의 첫 여행이 준 선물이 이거였네. 시간이 이렇게 흘렀는데도 잊지 않는 거. 잊을 수 없는 거.”

너는 연숙이의 손을 쓰다듬으며 웃으려고, 웃으려고 했지. 선숙이가 “여기 어디였더라?” 하고 물었어. 연숙이는 아빠의 사고 이후 한번도 꺼낸 적 없는 단어처럼 “제부도! 제부도! 우리 같이 여행 갔던 곳, 잊을 수 없는 그곳에 우리가 다 있어”라고 힘을 주며 “아빠가 가고 나니까 좋았던 것들이 다시 살아났어, 진숙아”라고 했어. 그러곤 네 손을 잡아 입을 맞추고 자기 가슴에 네 손을 가져갔지.

“진숙아, 너도 그럴 거야.”

“응. 알아. 너, 괜찮아?”

“기집애야, 네가 지금 나한테 괜찮냐고 물을 상황이 아니지.”

연숙은 그때처럼 네 어깨에 손을 올렸고, 선숙이와 나는 너와 연숙이를 안았어.

“잘 가, 연숙아. 난 네가 있어서 행복했어. 아저씨한테도 미리 인사했었어. 고마웠어요, 하니까 아저씨가 내 손을, 지금 너처럼 꽉 잡았었어. 그동안 네가 고생하는 거 내가 다 봤잖아. 이제 훨훨 날아다녀야 한다.”

너는 말하는 것이 힘이 드는지 우리를 보며 "너희들, 나 보고 싶으면 언제든 와. 그때는 내가 기다리고 있을게"라고 더듬거렸지.

돌아오는 길, 오후에 내려서 보았던 언덕 위 예배당을 지나며 연숙이가 지나가네, 라고 했어. 뭐가? 내가 물었지. 아까 보았던 먼지들은 밤에도 있겠지, 내려볼까, 선숙이 속도를 늦추며 물었어. 아니. 우리 나중에 진숙이네 집에 같이 가자. 연숙이 말했어. 차가 서울로 진입할 때쯤 연숙은 "있잖아. 아빠가 키가 엄청 컸잖아. 한 달 동안 밥도 못 넘겨서 뼈밖에 안 남았는데, 키는 줄지 않더라. 입관하는데 아빠 키에 맞는 관이 없는 거야. 장례지도사가 어떻게 할까요, 묻더라"라고 했어. 나는 네가 알려준 그거, 이제는 쓸모없어진 그 말을 해야 할지 말아야 할지 고민이 되었어. 연숙이는 아빠 얘기를 하다가 엄마 얘기로 넘어갔어. 무슨 말이든 해야 하는 사람처럼 두서없이. 그러다 하고 싶었던 말을 찾은 듯 네 이야기를 시작했어.

"그런데 진숙이가 엄마를 돕겠다고 한 거야. 요양보호사 자격증을 따고 엄마랑 통화하겠다고 했어. 난 안부인사를 하려나보다 싶었지. 근데 진숙이랑 통화하고 엄마가 나한테 전화를 했더라고. 펑펑 울면서. 들어보니까 진숙이가 오전에는 아빠 간병을 할 테니 재가요양 신청을 하라고 했대. 그 시간에 엄마는 나가서 산책도 하고 놀다 오라고 했다는 거야. 그 말이,

그게 엄마가 평생 들어보고 싶은 말이었대. 그 몇 마디가. 그렇게 진숙이가 아빠 가시기 전에 간병을 한 거야."

진숙아, 너는 아저씨가 우리에게 준 생리 축하의 말을 연숙이 엄마에게 돌려주었던 거야. 네가 말한 전환! 연숙이 엄마도 너로 인해 그 전환을 느꼈던 거겠지. 네가 받은 좋은 것을 돌려주기 위해 너는 얼마 남지 않은 생의 시간을 자격증을 따고 아저씨를 돌보는 일에 썼다고 생각하니까 부끄러웠어. 따뜻했고. 나는 네가 요양보호사 자격증을 딴 것도 아저씨가 우리에게 준 것들 때문이었다고, 언젠가 네가 했던 말들을 전했지. 그러다 네가 사라지기 전에 내게 관을 미리 맞춰야 한다고 했던 얘기도 꺼냈어. 늦었지만 네 마음을 전달하고 싶었거든. 뜻밖에도 연숙이는 자기도 알고 있었다고 했어. 네가 써놓은 간병 일지에 메모가 있었다고, 연숙이 엄마도 그걸 알았지만 막상 닥치니 어쩔 수 없었대. 그러다 입관식에서 보았던 아저씨의 발가락 얘기를 했어.

연숙이는 아빠가 돌아가셨을 때, 그 죽음이 믿기지 않았대. 그렇게 오랜 시간 견뎌놓고 코로나19에 지다니, 허탈했겠지. 그러면서 네가 알려준 대로 관이라도 짰났더라면 덜 후회가 되었을 거라고 했어. 아저씨 키가 너무 커서 다리를 펴지 못한 채 보내드린 게 가슴이 아프다고. 그러다 입관할 때 아저씨 발가락에 분홍색 매니큐어가 칠해져 있었다는 얘길 하더라.

"매니큐어?"

"응. 슬픈데, 아픈데, 아파서 죽겠는데 그 순간에 진숙이가 해놓은 짓이 우리를 웃게 만들었어. 엄마도 그 발가락을 보며 예쁘네, 라며 웃더라고. 그렇게 웃으면서 아빠를 보낼 수 있었어. 발가락 때문에."

진숙아, 지상으로 뚫린 전철을 타고 지나다 그곳을 보았어. 너희 집이 있던 곳, 선숙이의 집이 있던 곳, 우리집이 있던 곳, 연숙의 아빠가 누워 있던 그곳. 전철에서 내려 그곳으로 발길을 옮겼지. 철거가 시작된 건지 골목은 어두웠어. 오래된 연립과 무허가 집들이 섞여 있던 그 골목으로 들어섰지. 아직 떠나지 못한 사람들이 있는지 대문이 열린 집도 있고, 문이 헐리고 마당을 드러낸 집들도 있었어. 벽면에 붉은 X자가 그려진 집들 사이로, 우리가 매일 오고갔던 대추나무집과 백양사와 광양상회를 지나 문이 열린 집 앞에 섰지. 그 집에는 불빛이 있었단다. 옥상을 올려다보았지. 빨래가 널려 있더구나. 네 어머니는 아직 그곳을 떠나지 못한 것 같았어. 네가 말한 자라를 찾고 있는 걸까. 이사를 가야 하는데 자라를 아직 찾지 못한 걸까.

가로등 불빛도 없는 골목 끝까지 걸어갔어. 여섯 개의 공장 사옥은 그때보다 작아 보였어. 계단 두 개를 올라 언젠가 연숙이네 아저씨가 고개를 꺾어 들어오던 문을 당겼지. 문이 열리더라. 누군가 살았던 것처럼 이불과 라면 찌꺼기가 널려 있었어. 나는 어릴 때 내가 열어보지 못한 그 문 앞에 섰지. 문고리를 잡았어. 이 문을 열면 무엇이 있을까. 내 마음속에는 그 문을 열면 자라가 살고 있을 것 같았어. 나는 문을 열지 못하고 돌아섰어. 등뒤로 자꾸 무언가 지나갔어. 쳐다보면 숨어버리고 내가 멈추면 자기도 멈추면서.

다시 너희 집 마당으로 들어섰지. 나는 감나무 밑을, 계단 아래를 살피다가 고개를 들어 집들이 사라지고 벽이 허물어진 먼 곳을 바라보았어. 지금쯤 어느 새벽을 건너고 있을 내 친구, 김밥을 입에 물고 웃고 있는 네 눈빛이, 우리가 첫 여행을 갔던 그 저녁 바다로, 저녁 바다를 지나 해가 어디로 갔을까, 밤은 어디서 오는 걸까, 묻던 비 오던 바닷가를 거닐고 있었어. 밤이 시간의 물결을 채우고 비우며 넘어진 담장 아래로 지나가고 있었어.

모르는 사람들

그곳에 도착했을 때 빈소는 아직 차려지지 않은 채였다. 새벽에 페이스북에서 부고를 보았고 내가 도착했을 때는 오후 3시가 지나서였는데. 저녁에는 사람들로 붐빌 것 같아 일찍 움직인 거지만 부고가 뜬 지 열두 시간이 지났는데도 빈소에는 단 위에 영정사진만 덜렁 있었다. 흰 꽃도 없고 상복 입은 사람도 보이지 않았다. 멋쩍어서 빈소 맞은편으로 들어섰다. 앉아 있는 손님은 한 명뿐이었다. 그는 스포츠 모자를 눌러쓰고 체육복을 입은 채 빈소를 등지고 앉아 있었다. 스포츠 모자 밖으로 흰 머리카락이 삐져나온 게 보였다. 들어가려다 복도로 나와 의자에 앉았다. 조금 지나 검은 양복을 차려입은 사람이 빈소로 들어가는 게 보였다. 그를 따라 빈소 앞으로 걸어갔다. 그는 테이블에 종이를 붙이고 있었다.

"조의금을 받지 않나요?"

그는 고개를 돌려 나를 보고는 대답은 않고 입구 쪽만 쳐다보다 "그게, 그러니까요" 하며 말을 더듬었다.

"선생님 뜻인가 보군요."

나는 그의 엉덩이에 대고 말했다.

"선생님이 평생 저희 술값을 대주셨거든요."

그는 방명록을 펼치다가 "술이든 밥이든 우리가 계산하려고 하면 '너, 나보다 많이 버냐?' 그러면서 버럭 화를 내셨어요"라고 말하며, 입술을 내밀고 눈을 가늘게 뜬 표정으로 "너, 나보다 많이 버냐?" 하며 선생님 흉내를 냈다. 그는 영정사진 쪽으로 고개를 돌려 그렇게 하고 싶으신 것 맞죠?라고 묻듯이 "이번에도 선생님이 손님들 밥값을 내고 싶어 하실 것 같아서요"라고 덧붙였다. 그러고 보니 20년 전 선생님을 처음 만난 이후 지금까지 나도 밥과 술을 얻어먹기만 한 처지였다.

"선생님 제자이신가요?"

"제자라기보다는" 그는 뜸을 들이다 "동무요. 선생님은 우리를 모두 동무라고 부르셨어요. 그 특유의 유머러스한 말투로 문호 동무, 오늘 광화문광장으로 나오지? 그러곤 하셨는데……"라고 했다. 맞아, 내게도 동무라고 부르셨지. 그의 말투에서 벌써 선생님을 그리워하는 마음이 전해졌다.

"빈소도 차리고 장례를 어떻게 할지 의논도 해야 하는데…… 사모님과 아드님이 좀전에 오셔서 음식만 상의하고 또 어디로 가버리셨네요. 이거 참 난감하게 됐습니다."

그는 어떻게 해야 할지 모르겠다는 표정을 지으며 "선생님이 가족들과 떨어져 살았거든요" 하고 덧붙였다. 선생님이 가족과 떨어져 지낸 것은 나도 알고 있었다. 그는 뭔가를 더 알려줘야겠다는 듯 "선생님은 형제도 없는데다 직계가족들이 다들 아프셔서…… 신생님이 중환자실에 있을 때도……" 하며 또 주변을 살폈다. 선생님의 소식을 듣고 중환자실로 갔을 때 간호사로부터 선생님의 가족과 연락이 안 된다는 말을 들었던 게 떠올랐다. 나는 얼른 선생님이 중환자실에 있는 동안 가족의 보살핌을 받지 못했다는 걸 알고 있다고 말했다.

그는 몸을 틀어 나를 정면으로 바라보며 "혹시 페북에 편지를 쓰신 그분인가요?"라고 물었다. 내가 대답을 안 하자 그는 "선생님 책의 편집자였다는 그분?" 하며 핸드폰을 만지작거리다 선생님 페북 페이지를 열고 아래로 쭉 내려가 내가 쓴 글을 내밀었다.

"맞죠?"

내가 끄덕였다.

"동무 신청했는데 받아주세요. 지금은 경황이 없으니 빈소 먼저 차리고, 이따 동기들이 올 테니 같이 이야기 나누시죠."

그는 전화가 왔는지 빈소에서 몸을 돌려 복도로 나가 상대방에게 소리쳤다.

"야, 너는 왜 안 와? 지금 빈소도 못 차렸다고 몇 번을 말해.

선생님 가시는데 너 끝까지 이럴 거야?"

핸드폰을 보니 알람이 떴다. 동무 신청이라, 선생님이 페북에서 나를 찾아냈던 때도 덧글에 우리 동무해요, 라고 하셨는데. 페북 프로필을 보니 그는 언젠가 선생님이 말한 사진작가인 모양이었다. 문호 동무? 나는 정 동무, 하고 성만 부르셨는데. 동무 신청을 수락하고 손님방으로 들어섰다. 스포츠 모자의 남자가 막 식사를 마쳤는지 자리에서 일어서고 있었다. 그는 배가 올챙이처럼 동그랗게 나왔고 허리가 굽은 선생님 연배의 노인이었다. 옆에서 보니 선생님 친척인가 싶을 만큼 선생님과 체형이 닮아 있었다. 그는 굽은 허리를 펴며 상조회 앞치마를 두른 아주머니 세 명에게 모자를 벗어 인사를 건넸다.

"잘 먹었습니다."

외모와는 달리 그의 목소리는 젊은 청년의 음성이었다. 바리톤 성악가처럼 소리가 어찌나 큰지 빈 홀의 공기가 그의 목소리로 살짝 들어올려졌다가 내려앉았다. 인사를 받은 아주머니들은 서로를 보며 어깨를 들썩였다. 그는 모자를 바로 쓰고 식탁에 올려놓은 검은 비닐봉지를 집었다. 그러곤 봉지에 먹다 남은 떡을 쏟아부었다. 아주머니 중 한 분이 "떡을 더 드릴까요?" 하고 물었다.

"아닙니다, 여사님! 이것으로 충분합니다."

그는 정중한 몸짓으로 거절했다. 검은 비닐봉지를 묶으며 내 쪽으로 다가오는 그에게서 구린내가 진동했다. 그는 내 앞에서 삼선 슬리퍼를 신고는 영정사진만 놓인 빈소 앞으로 가서 다시 모자를 벗어 고개를 숙이고는 복도로 걸어갔다.

"걸인에게 첫 끼니를 주셨으니 좋은 곳으로 가시겠네."

아주머니들이 이야기를 나누며 빠른 손놀림으로 접시를 치우고 자리를 정리했다. 내가 그가 있던 자리에 앉자 아주머니는 "식사하셔야지요?" 하고 물었다. 나는 떡만 달라고 했다. 같이 오기로 했던 친구가 도착하기 전까지 빈소가 차려지길 기다리며 지난해 가을 선생님에게 보낸 편지를 들여다보았다.

*

2000년 겨울이었을까. 선생님을 처음 만난 때가. 내가 두번째로 들어간 출판사에서 책장 구석에 꽂혀 있던 선생님 소설을 발견했을 때, 나는 왜 이 소설집이 이렇게 구석에 박혀 있어야 하나 신경질이 났었다. 선생님 작품은 대부분 읽었던 터라 더 화가 났을 것이다. 선생님이 출판사에 온 어느 날 그 소설집에 대해 얘기했다. 그때 선생님은 "괜찮다, 출판사가 여유가 있으면 언제고 다시 내주겠지"라고 했던가. 그렇지만 나는 괜찮지 않았다. 서른이 안 된 그때 경기도 광주대단지 사건을 연작으로 엮은 소설집은 내게 충격이어서 더 그랬을 것이다. 이후 나는 선생님 소설집을 재출간하자고 기획서를 냈고 통과되어 선생님 책의 담당 편집자가 되었다. 책이 나오기도 전에 선생님은 고생하는 편집부원들에게 밥을 사주겠다고 오셨었다.

　그날 선생님께 밥을 얻어먹고 신이 나서 노래방에 갔다. 선생님은 혹시 있을까, 하고 노래를 고르다 "있네, 있구나!" 하며 마이크를 잡았다. 남녀가 손을 잡고 바닷가를 거니는 배경 화면은 유치했다. 그런데 노래방 화면에 뜨는 "눈물로 쓴 편지는 읽을 수가 없어요. 눈물은 보이지 않으니까요"* 하는 가사를 선생님은 "눈물로 쓴 편지는 사연이 없어요. 눈물은 말이 아니기 때문에"라고 덤덤하게 불렀다. 이어서 반주에 맞추어 다음 가사도 "눈물로 쓴 편지는 간직할 수 없어요. 눈물은 곧 말라버리기 때문에"라고 가사를 고쳐 부르며 나를 보며 웃었다. '이러면 소설 같지 않니?'라고 묻는 것 같았다. 선생님이 불러준 가사는 시가 되기 전, 노래가 되기 전 사연을 담은 이야기 같았다. 선생님 목소리는 눈물에는 우표를 붙일 수 없으니 가슴에 새겼다고 알려주듯 이야기로 스며들었다. 그제야 선생님이 이제 갓 편집일을 시작한 애송이인 내게 왜 '정선생' 하며 존중해주었는지 알 것도 같았다. "언제든 내주겠지" 했던 말은 "누구든 읽어주겠지"의 선생님식 표현이라는 것도. 특별한 말을 나눈 것도 아닌데, 선생님이 작사한 노랫말에 실린 선생의 목소리만으로 그런 교감이 가능했던 신기한 경험이었다.

---

* 김세화의 〈눈물로 쓴 편지〉(1977) 가사 중에서.

그날 나는 선생님께 오래 눌러놓았던 비밀을 하나 말해버렸다. 그때까지 아무에게도, 심지어 내게도 소리 내어 말한 적이 없었다. 그런데 선생님 노랫소리를 들으며 꽁꽁 묶어둔 바람 하나가 그냥 튀어나온 것이다.

"선생님, 저 소설을 쓰고 싶어요."

어디서 그런 용기가 나왔는지 알 수 없었다. 선생님은 그동안 쓴 소설이 있느냐, 무슨 소설을 쓰고 싶으냐는 뻔한 질문 대신 입술을 삐죽 내밀고 눈을 가늘게 뜨는 특유의 표정으로 "그럴 줄 알았지" 하며 내 눈동자를 뚫어지게 바라보았다. 그러다 뭔가 재밌는 일을 발견한 사람처럼 "그럼 필명을 지어줘야지"라며 손바닥에 뭔가를 여러 번 적다가 내밀었다. 손바닥에 손가락으로 쓴 보이지 않는 이름이 그때는 왜 보였을까. 선생은 필명이 마음에 드느냐고 물었고 나는 끄덕였다. 그날 나는 분명히 그 이름이 무언지 알았을 것이다. 알았을 테지만 시간은 그것을 보이지 않는 글자로 만들어버렸다. 그날의 모든 게 또렷이 기억나는데, 그날 선생님이 입었던 녹색 카디건도 기억이 나는데, 나는 선생님이 손바닥에 써서 내민 내 필명을 잊어먹고 살았다. 마음에 드느냐고 했을 때 내가 끄덕였던 이름은 뭐였을까.

어느 문학상을 받고 얼마 지나지 않아 선생님이 페친 신청을 해왔다. 나는 깜짝 놀랐다. 그때가 2014년 겨울이니까 출판사를 그만두고 나서 선생님께 연락을 드리지 못한 지 14년이 지난 무렵이었다. 그런데 선생님은 판권에도 찍히지 않은 14년 전 애송이 편집자 이름까지 기억하고 있었다니 놀라지 않을 수 없었다. 나는 선생님이 주신 내 필명도 잊어먹고 지냈는데. 그후 선생님은 나를 동무로 대해주었고, 가끔은 선생님 댁 근처에서 만나 이야기를 나누면서도 나는 선생님께 그때 지어주신 필명이 뭐였는지 묻지 못했다.

내가 쓴 편지에는 작가들이 세월호 1주기 낭독을 할 때 지팡이를 짚고 나와 내 손을 잡아준 선생님이 있었다. 선생님은 그날 손가락 두 개를 얼굴에 대고 눈물을 흘렸다고, 작가들이 이렇게라도 애써줘서 고맙다고, 기운이 있으면 이런 곳에 더 자주 오고 싶은데 그게 안 되어 미안하다고 했었다. 그러면서도 당신이 가서 힘이 되는 곳이면 지팡이를 짚고서라도 움직이려 했고, 고립된 노동자들의 현장이 있으면 페북에 '늙은이도 갑니다, 동무들 오세요' 식으로 연대 포스팅을 했다.

선생님 생신이 있던 5월에는 선생님 댁 근처로 가서 점심을 먹곤 했는데, 어느 해 선생님이 들려준 가족 이야기는 내게 오래 남아 있었다. 선생님은 덤덤하게 자식이 하나밖에 없는데 그 녀석이 아프다고 했다.

"군대 다녀온 녀석이 거기서 무슨 일이 있었는지 말을 안 하고 그때부터 방에만 박혀 있는 외톨이가 되었어."

그런 아들을 돌보느라 아내도 어느 날부터 외톨이가 되었다고 했다. 그런 지가 오래되었다고. 선생님은 아들과 아내의 증상을 병이라고 하지 않고 외톨이라고 했다. 나는 선생님이 말한 외톨이가 무슨 뜻인지 몰라 뒷말을 기다렸다.

"동네에 같이 살긴 하는데 아내와 아들이 나만 보면 소리를 지르고 밀어내서 자주 만날 수도 없어."

선생님은 소설가의 가면을 내면화한 사람처럼 건조하게 관찰하듯 말했다.

"어느 여름날 영화를 보러 가다 길에서 아내를 만났거든. 무척 더운 날인데도 겨울옷을 몇 겹씩 껴입고 있더라고."

선생님이 말한 모습만으로는 마음의 병이 있는 걸 텐데, 내가 의아하게 쳐다보자 선생님은 이렇게 말했다.

"그냥 됐지 뭐. 다 내가 겁쟁이라서 그렇거든. 나는 평생 싸울 일이 있으면 무조건 도망만 쳤으니까."

선생님은 아내가 소리지르는 게 무서워서 밖으로만 돌았다며 "그래도 곁에 있어야지"라고 했다. 병원 치료는 해보셨는지 묻고 싶었지만 그만두었다. 그것보다는 외톨이라는 단어가 가슴에 콕 박혔다. 병이라고 말하지 않은 건 선생님이 아들과 아내를 환자로 대하지 않는다는 뜻이기도 했으니까. 선생님은 사람이 사람을 버린다는 걸 전혀 이해할 수 없는 분이라는 걸 나는 그때 알았다. 선생님은 당신을 겁쟁이라고 했지만 내겐 선생님이야말로 외톨이로 보인 날이었다.

*

　빈소는 아직 차려지지 않은 듯한데 사람들이 하나둘씩 식탁을 차지하고 앉았다. 다들 아직도 빈소가 차려지지 않아 멋쩍은 표정이었다. 다리가 저려서 식탁 아래로 다리를 뻗었는데 발에 이상한 게 걸렸다. 검은 비닐봉지였다. 좀전에 이 자리에 앉았던 걸인의 물건이면 음식물이 들어 있을 것 같았다. 그냥 둘까 하다가 슬쩍 봉지를 열었다. 그 속에는 칫솔과 수건이 들어 있었고, 의외의 물건이 하나 들어 있었다. 나는 수건에 돌돌 말려 있는 그것을 조심스럽게 꺼냈다.

　옅은 녹색 바탕에 검은 눈사람이 광대처럼 그려진 작은 책이었다. 뒤표지에는 어금니를 문 것처럼 입을 다물고 매서운 눈빛으로 정면을 응시하는 젊은 시절의 선생님 사진이 있다. 눈빛은 매서운데 아픈 현장을 목격한 사람처럼 슬픈 표정이었다. 책은 50년은 훌쩍 넘은 듯 만지면 바스러질 것처럼 내지 종이가 바래 있었고, 표지에는 비닐 커버가 씌워 있었다. 순간 이 책이 선생님이 말한 그 책이 아닐까 하는 의심이 일었다.

　선생님은 언젠가 당신이 겁쟁이가 된 날의 경험을 우동을 먹다 들려준 적이 있다.

　"돌 이야기 해줄까?"

　"돌이요?"

　"그래, 돌. 내가 겁쟁이가 된 사연이 돌멩이 때문이거든."

나는 우동 가닥을 후루룩 넘기고 고개를 끄덕였다.

"4·19 때야. 그때는 젊은 피가 솟던 때라 시위대에 휩쓸려 종로4가에 있던 동대문경찰서 앞까지 가게 되었거든. 어쩌다 보니 내가 맨 앞에 서게 되었고, 바닥에서 돌을 주워 던졌지."

나도 모르게 몸이 앞으로 기울어졌다. 선생님은 그렇게 집중해서 들을 필요는 없다며 먹으면서 들으라고 손짓으로 우동을 가리켰다. 나는 우동을 한 가락 입에 넣었다.

"내가 던진 돌에 경찰서 유리창이 깨졌는데, 그게 신호가 된 거야. 그때부터 시위들이 경찰서를 향해 돌을 던지기 시작했어."

거기까지라면 흔한 4·19 무용담일 테지만, 선생님은 그날 이후 무언가를 앞장서서 하는 건 절대 못하는 사람이 되었다고 했다. 나는 선생님이 더 이야기해주시길 기다렸다.

"그날 종로4가 부근은 햇빛이 아주 화창했어. 그 햇빛을 뚫고 경찰서에서 시민을 향해 총을 겨누었단다. 총알이, 진짜 총알이 날아오는 거야."

놀란 내 표정에 선생님은 "모두들 엎드렸지. 그런데……" 하며 뜸을 들이다가 "자기 뜻으로 엎드리지 않은 사람들도 있었어"라고 했다.

"자기 뜻으로 엎드리지 않은 사람들이요?"

"그건 나중에 모두들 일어났을 때, 일어나지 못하는 사람들이 있다는 걸 보고 알았지."

선생님은 우동 그릇을 옆으로 밀며 탁자에 엎드려 고개만 살짝 들고 그날을 재현했다. 그러면서 한마디 덧붙였다.

"그건 내가 던진 돌멩이 때문이었어."

선생님은 분명한 어조로 그건 내가 던진 돌멩이 때문이었다고 반복했다.

"내가 던진 돌 때문에 나도 모르는 사람이 이유도 없이 죽어야 한다면 난 그런 건 못하겠다, 그때부터 겁쟁이가 된 거야."

선생님은 그날에 대해 한참을 얘기하다 "그래서 페북에서 무언가에 저항하는 사람들을 보면 지금도 경이로워"라고 했다. 당신이 못했던 것을 그들은 당당하게 하고 있는 게 신기하고 미안하다고도 했다.

"난 평생 그걸 못해본 사람이거든."

나는 선생님이 모든 행동하는 사람들에게 빚진 것들을 돌려주어야겠다고 생각한 것이 이해가 되었다.

"그런데 그거 아니? 그 미안한 일에 노인네가 덧글 한 줄 달았을 뿐인데, 그게 즐겁더라. 내가 그날의 돌멩이가 된 것 같고 외롭지 않더라니까."

선생님은 분위기를 바꾸며 진짜는 다음이라며 "내가 얼마나 겁쟁이인지는 동업자인 정 동무한테만 알려주는 비밀이야" 하고 유머러스하게 웃었다.

"그때 일을 소설에 쓰고 싶은데 무서워서 쓸 수가 없는 거야."

"어떻게 하셨어요? 쓰셨어요?"

내가 급하게 물었다.

"썼지. 쓰긴 썼는데 그날로부터 18년이나 지나서."

"18년이나 걸리셨어요?"

나는 18년이나 걸렸다는 그 소설이 뭔지 머릿속으로 선생님의 작품을 하나씩 되새기고 있었다.

"18년이 걸린 게 아니라, 18년이 지나서 썼어."

내 표정을 보더니 선생이 웃으며 덧붙였다.

"그것도 4쪽이나 되나 싶은 콩트로 한 편 썼으니 내가 얼마나 쪼잔한지 알겠지?"

선생님 책의 담당 편집자였으니 나도 나름 선생님 작품 목록은 꿰고 있었다. 자신을 겁쟁이로 만든 사연이 담긴 이야기이고, 4·19의 경험인데 4쪽밖에 안 되는 콩트에 다 담을 수 있었을까. 궁금함을 참지 못하고 물었다.

"선생님 작품 목록에서 본 적이 없는데, 책 제목이 뭐예요?"

"그것까지 알려주면 재미없지. 잘 알려지지 않은 콩트와 에세이 모음집에 한 편 끼어 있으니 나중에 정 동무가 그걸 찾거나 하면 이런 형편없는 겁쟁이가 있나, 하고 웃고 넘기시게."

그날 말했던 책이 이 책이 아닐까. 이 책은 어떤 책이길래 걸인이 가지고 있는 걸까. 아니, 이 책을 가지고 있다는 건 그가 걸인이 아니라는 걸 텐데. 그때는 지나가는 말로 들었지만 선생님은 이 책에 뭔가를 숨겨놓은 것 같았다. 그런데 이런 날,

이런 곳에서. 하필이면 이제야. 내가 찾을 생각을 안 하니 책이 내게 온 것 같았다. 나도 모르게 얼른 가방을 열어 책을 숨겼다. 가방에 책을 넣은 후부터 이상한 일이 벌어졌다. 그걸 다시 꺼내 제자리에 놓아야 할지, 빨리 뒤따라나가서 그를 붙잡아야 할지, 그가 다시 올지 모르니 무작정 기다려보자는 생각이 들다가도 얼른 이곳을 빠져나가자는 조급함이 뒤섞였다. 그 순간 나는 아무도 모르는 귀한 것을 품에 숨긴 도둑이 되어 있었다.

밖으로 나와 장례식장과 붙어 있는 대학의 교정을 거닐었다. 작은 책이 하나 더 들어갔을 뿐인데 가방이 무거워서 어디든 앉을 만한 곳을 찾아야 했다. 벤치마다 폴리스 라인처럼 줄이 처져 있고, 줄에는 '코로나19로 접근 금지'라는 팻말이 붙어 있었다. 나는 가까운 카페로 들어갔다. 책을 펴기도 전에 친구에게 문자가 왔다. 친구는 좀 늦겠다고 했다. 나는 아직 빈소가 차려지지 않았다고 했다. 4시가 넘어가고 있었다.

–그럼, 일보고 저녁에나 들러야겠다.

–그래, 그러는 게 좋겠어.

–넌 어떻게 할 거니? 계속 거기 있을 거야?

책을 꺼내놓고 페이지를 펼치자 계속 문자가 왔다.

–너 올 때까지 기다릴게. 천천히 와.

책은 200쪽밖에 안 되는 문고본이었다. 친구가 올 때까지 다 읽고 식탁 아래 가져다놓으면 될 것 같았다.

*

　책 속에는 곡마단에서 유행가를 부르는 소녀와 공중그네를
타는 소년이 있었다. 8톤 트럭을 이빨로 끄는 차력사도 있었
고, 50세까지만 꽃집을 하겠다는, 그때까지 도시에 장미를 선
물로 주겠다는 꽃시장의 장미 여인도, 파고다공원에서 3만
6천 87가지 이야기를 했다는 전설의 이야기꾼도 있었다. 선생
은 이 이야기꾼에게 "그의 예술의 비밀을 묻는 것은 동업자로
서의 윤리가 아니니 묻지 못했다"고 적어놓고 있었다. 동업자,
라는 글자에서 숨이 멈췄다. 선생님은 돌 이야기를 하면서 내
게도 동업자라고 했었다. 내가 선생님과 동업자이니 당신의
비밀을 하나 말해주겠다고. 책을 읽는 동안 흩어져 있던 그날
의 기억이 하나씩 되살아났다. 이 작은 책은 뭐지? 책 속에는
아주 작은 사람들이 분주하게 하루를 시작하고, 차력을 하고,
곡마단에서 묘기를 보여주고, 도시에서 꽃을 팔고, 공원에서
매일 다른 이야기를 들려주고 있었다.

　식당에서 보았던 사람은 왜 이 책을 가지고 있었을까. 나는
책을 앞뒤로 뒤적였다. 공중그네를 타는 소년도 있고, 단성사
앞에서 뒤로 돌아 방금 스쳐지나간 여성이 누구였더라 고민하
는 남자도 있으며, 버스에 탄 무례한 잡상인의 입을 틀어막기
위해 라디오 볼륨을 최대로 높여 〈거짓말이야〉를 튼 버스 기
사도, 자전거 금족령이 내린 날 경찰서에 붙잡혀 있던 남자도

있었다. 이들 중 한 명이 아닐까. 그가 이 책 속의 누군가가 아닐까 하는 의심이 들자 나는 엉덩이가 들썩였다. 지금 장례식장에 가면 그를 다시 만날 수 있을지도 모르는데, 아직 책은 읽지 못한 부분이 남아 있었다. 그러다 어느 잔디밭에서 두 남자가 이야기하는 장면에서 멈추었다. 두 남자가 잔디밭에 앉아 서로 그날 어디 있었느냐고 묻는 대화가 이야기의 전부인 짧은 소설이었다. 아, 이 소설이구나, 선생님이 찾아보라고 한 소설이. '김형은 그때 어디 계셨습니까?'로 시작하는 소설을 처음부터 다시 읽어내려갔다.

그때 종로4가 부근은 햇빛이 아주 화창했지요.
……총알이 날아왔으니까.
……엎드려 있었다고요?
모두들 엎드렸지요.
……아니, 이 말은 정확하지 않습니다. 자기 뜻으로 엎드리지 않은 사람들도 있었지요. 그건 나중에 모두들 일어났을 때, 일어나지 못하는 사람들이 있다는 걸 보고 알았지요.
……그들이 총을 쏘기 전에 김형들이 무슨 행동을 하셨나요?
돌을 던졌지요.

나는 손가락으로 줄을 치며 읽다가 '돌을 던졌지요'에서 멈추었다. 소설은 선생님이 이야기해준 그대로였다. 돌 이야기 해줄까? 하던 선생님이 지금 내 앞에 앉아 소설을 쓰고 있는 것 같았다. 그날을 이야기하던 선생님이 떠올라 잠시 책을 덮었다. 네 쪽밖에 안 되는 이 짧은 이야기가 선생님이 겁쟁이가 된 그날 이야기라는 것, 소설가로 그날의 이야기는 네 쪽밖에 쓸 수 없었다는 게 진짜 겁쟁이라는 선생님의 고백이 두 남자의 대화 사이 행간에, 아, 어, 하는 한숨에 깃들어 있었다.

선생님의 노래를 듣고 가슴에 있던 말들이 불쑥 튀어나왔던 그날부터 돌 이야기에서 진짜 겁쟁이가 된 사연을 까마득히 어린 내게 들려주던 그날까지, 선생님은 어떤 권위도 없이 내게 솔직한 사람의 모습을 보여준 거였구나. 나를 진짜 동무로 대해주셨구나. 선생님은 사람이란 게 원래 이렇게 소심하고 겁쟁이라고, 그것이 평생을 살게 한다면 그들의 모습을 보여주는 게 소설이 아니겠냐고 말하는 것 같았다. 그러고 보니 분노와 좌절과 슬픔이 섞여 있는 뒤표지 사진은 18년이 지나도 그날을 기억한다는 표정 같았다. 사진을 찍을 때 선생님은 소설에 다 담을 수 없었던 그날을 떠올리고 있었던 건 아닐까.

일을 보고 오겠다던 친구는 아무래도 움직이지 못할 것 같다는 문자를 보냈다. 아이가 중간고사 기간인데 남편에게 장례식장에 가겠다고 했더니 요즘이 어느 땐데 장례식장엘 가느냐고 못을 박았다는 것이다. 코로나19로 팬데믹이 선언되고 '사회적 거리두기'라는 생소한 단어를 접하기 시작할 때였다.

나는 이해한다고 했다. 사람이 붐빌 시간을 피해 낮에 잠깐 다녀가려고 했던 계획에 차질이 생긴 건 나도 마찬가지였으니. 우선 이 책부터 제자리에 가져다놓아야겠다는 생각이 들었다. 지금쯤 들어가면 사람들로 분주할 테니 상조회 아주머니에게 맡기고 나오면 될 것 같았다.

편의점에 들러 음료를 사고 봉지에 담아달라고 했다. 음료는 가방에 넣고 비닐봉지에 작은 책을 넣어 장례식장으로 향했다. 1층 로비에서 체온을 재고 연락처와 지역을 적었다. 나는 주변을 두리번거렸다. 점심을 해결한 그가 어쩌면 저녁에도 다녀가지 않을까. 그의 가방, 검은 비닐봉지를 찾으러 올지도 모를 일이었다.

\*

빈소에는 여전히 선생님 가족은 보이지 않았고, 낮에 보았던 선생님 제자가 상주 자리에 앉아 있었다. 방명록에 이름을 적으려다보니 특이한 글자들이 눈에 들어왔다.

-차력사 다녀가요.
-자전거 금족령이 떨어졌을 때 당신 자전거를 타고 도망치는 놈들을 잡으러 갔던 순경이오. 이번엔 당신이 내 자전거를 타고 먼저 가버렸군.

한 장을 넘기니 방명록은 이름이 아니라 각종 사연을 담은 엽서였다.

-방이 사라졌을 때, 할머니와 제가 아저씨 방에 머물렀던 것 아시죠? 저 왔어요.

-거짓말이야, 노래를 틀었던 버스 기삽니다. 노래를 트는 게 권력이라고 했던 당신의 말 때문에 난 버스 기사로 은퇴했지. 평생 한 가지 일만 하게 하다니 다 당신 때문, 아니 덕분이라고 말하려고 왔소.

-아저씨, 저 민희예요. 민들레다방에서 재회했던 그와 내게 말을 걸어오셨죠. 그와는 헤어졌고 기억도 안 나는데요. 아저씨와의 인연은 단 몇 분인데 이렇게 오래 기억에 남아 있었습니다. 신문에 부고가 나면 한번 찾아오라고 그때 이름을 알려주며 장난처럼 말씀하셨더랬죠. 신문이 아니라 뉴스에 나오던걸요. 아저씨, 저 약속 지켰습니다.

-그날 풀밭에서 이야기를 나눴던 사람입니다. 주소를 물어보더니 얼마 후 책을 보내왔지요? 그날 나눈 이야기가 소설이 된 걸 보니 내가 어떤 사람인지 알겠더군요. 고마웠어요.

-새벽 꽃시장에서 갓난아기를 업고 묘목을 손질하던 여자예요. 그때 주소 하나 적어달라고 하더니만, 내게 책을 준 사람은 당신이 유일해요. 난 세상에 수천만 송이의 장미를 건네줬는데, 당신이 준 책과는 바꿀 수가 없더라고요. 그래서 왔어요. 감사 인사는 해야지. 내 평생 책을 선물로 준 사람은 당신밖에

없습니다. 고마웠습니다.

뭐 이런 방명록이 다 있지. 방명록은 누군가 앞에 써놓은 것을 보고 선생과의 추억을 이어쓰기한 롤링 페이퍼였다. 그리고 방명록에 쓰인 추억들은 내가 조금 전 책에서 읽은 이야기였다. 더 놀라운 일은 그다음에 벌어졌다. 건너편의 북적이는 소리에 빈소에 인사도 하지 않고 그쪽으로 들어갔다. 낮 동안의 한산함을 채우려는 듯 자리가 꽉 차 있었다. 소식을 듣고 모여든 문인들이 고인을 두고 이야기를 하고 있겠거니 했으나 그곳은 이상한 활기로 가득차 있었다. 그곳에 있는 사람들은 이쪽에서 저쪽을 향해 인사를 하고 말을 섞고 있었다. 다들 처음 보는 사람들인데 언젠가 그들을 만난 것 같은 기시감이 들었다.

그들 속에 들어가 자리를 잡고 한참을 둘러보다 나는 그 기시감의 정체를 알아챌 수 있었다. 소설 속 사람들이 소설가의 장례식에 나타나 이야기를 나누고 있다니. 신기하게도 내 옆에 앉은 할머니에게서 장미향이 났다.

"혹시 꽃시장에서 장미를 팔던 분인가요?"

매일 새벽마다 꽃시장에서 장미를 팔던, 조금 전까지도 소설 속에 있었던 그녀가 할머니가 되어 지금은 내 옆에 앉아 있는 게 분명했다. 나는 앞뒤 없이 말을 걸었다.

"그 책 읽었나보네. 우리 정이랑 나이가 비슷해 보이는데."

팔순이 다 된 여자는 어쩐지 책 속의 나이로 보였다. 그녀는 내 또래의 여자와 함께 앉아 있었는데, 나는 단번에 그녀가 선생님 책에서 본 엄마 등에 업혀 있던 갓난아기였음을 알 수 있었다. 정? 정이라고? 여자를 한번 쳐다보고 정이라는 이름을 속으로 반복하다가 나는 아, 하고 신음을 뱉었다.

"그 책에 저도 나와요. 신기하지 않아요? 그 책에 있던 사람들이 여기 다 모여 있다니. 이건 무슨 영화 속에 들어온 것 같아요."

정이라는 여자는 신기해서 사람들을 구경하고 있었다. 나는 정의 어머니, 그러니까 50년 전 꽃시장에서 장미를 팔던 여자에게 방명록에서 본 것을 물었다.

"책을 선물로 받으셨다고 방명록에서 봤어요. 혹시 그 책, 가지고 계세요?"

여자는 "그럼, 여기 내 이름도 있지"하며 책을 꺼내 첫 장의 서명을 손가락으로 짚었다. 여자가 가리킨 곳에는 단정한 글씨체로 '서정이 어머니, 숙희 씨에게'라고 적혀 있었다.

"선생님이 그때 아기 이름도 알고 계셨어요?"

"애 이름을 물어서 알려줬는데, 이렇게 서명해서 보냈지 뭐유. 그때 언젠가 한번은 꼭 다시 만납시다, 라고 했는데, 여기 온 분들 보니 다 그런 약속을 했나봐."

서정이었구나, 정서정. 선생님이 내게 '정 동무'라고 할 때 성이 아니라 이름을 부른 거였구나. 나는 그제야 20년 전 선생님이 손바닥에 써서 준 내 필명을 알아냈다. 선생님이 필명을 지어주겠다던 그날, 선생님은 나를 보며 이 여자의 등에 업혀 있던 서정이라는 아가를 떠올렸을지도 모를 일이었다.

"나는 144쪽에 있어요. 그쪽은 몇 쪽에 나와요?"

서정이라는 여자가 물었다. 몇 쪽? 나는 몇 쪽에 나올까. 이 책은 아니지만 판권이라면 나도 선생님 책의 한 페이지일지도 모르겠다고 생각했다. 뒤쪽에 있던 남자가 수수께끼를 내듯 끼어들었다.

"왜 아름다운 것들이 점점 사라져가는가? 왜 아름다운 것들은 점점 가난해져가는가?"

서정이라는 여자가 연극 대사를 하듯 "어, 아저씨, 나 그거 알아요" 하고 말했다.

"우리 앞 장에 있었던 그 곡마단? 맞죠?"

"한번에 맞추네."

남자가 웃으며 술잔을 들었다.

"선생은 이곳저곳 떠돌며 공연하는 우리를 집시들의 낭만으로 보지 않았어. 난 그때 곡마단 막내였는데 열한 살이었거든. 나는 140쪽에 잠깐 나와. 선생은 우리 공연을 보고 '왜 아름다운 것들은 점점 가난해져가는가?' 그렇게 묻더라고. 곡마단의 화려함보다 우리의 고단함을 먼저 봐준 부분이어서 한평생 간직한 문장이지."

남자는 손을 들어올려 "왜 아름다운 것들이 점점 사라져가는가? 왜 아름다운 것들은 점점 가난해져가는가?"라고 외쳤다. 맞은편에 앉은 여자가 일어서서 "이런 장례식은 처음이에요. 저쪽 방에 계신 선생님도 이곳에 있었으면 함께 웃으며 잔을 들었을 것 같지 않아요?"라고 모두를 향해 말했다.

어쩐지 선생님이 빈소 쪽이 아니라 이 손님방에 함께 있는 것처럼 느껴졌다. 빈소가 늦게 차려진 것도 이들을 불러모으려고 짜놓은 각본 같았고, 책을 두고 간 걸인도 선생님의 연출 같았다. 나중에 책을 보게 된다면 돌멩이 하나 때문에 평생을 저항이라는 단어를 지우고, 싸움으로부터 회피했던 소심하고 겁쟁이인 한 사람이 있었다고 웃어넘기라던 말이 이 사람들로 인해 장례식장에 웃음처럼 떠다녔다. 그러고 보니 선생님은 술을 한 잔도 못 마셨었지. 술 대신 사람들의 이야기를 모으고, 그것을 그들에게 다시 돌려주는 이야기꾼이었구나. 왠지 낮에 보았던 걸인은, 파고다공원에서 지나가는 사람들에게 3만 6천 87가지의 이야기를 했던, 선생님이 동업자라고 부른 그일지도 모른다는 생각이 스치고 지나갔다. 어쩌면 그는 자신의 장례식에서 서로 모르는 사람들이 당신은 몇 쪽에 나오느냐고 묻는 장면을 구경하며 지상을 떠나려 하는 선생님, 나의 동무가 아니었을까. 그때 누군가 벌떡 일어나 책의 맨 뒤쪽에 실린 작가 후기를 낭독하기 시작했다.

"흔히 작가의 글을 무슨 요술이나 마술처럼 생각하는 사람들도 있는 것 같다. 그러나 여기에 실려 있는 글들은 요술도 마술도 아닌 우리의 이야기다."

그 방에 있는 사람들은 자신의 한 시절을 기억해준 이야기꾼에게 "우리의 이야기다"라고 한목소리로 외쳤다. 그것은 누구나 각자의 페이지가 있고, 각자의 문장이 삶의 한 부분이었던 사람들의 합창이었다. 그리고 그것은 선생님이 던진 돌멩이가 저항한 오랜 투쟁 같았다. 선생님, 지금은 외롭지 않으시죠?

---

* 소설 속 작은 책은 조해일의 『키 작은 사람들』(삼조사, 1978)을 참고 인용하였습니다.

# 그 여름 저녁 강이 우리에게 준 것

"자, 따라해보세요. 똑딱똑딱."

"도다아 도오다."

"아침 해가 떴습니다."

"아진 애가 더어슨니다."

"떴습니다."

"더어승이다."

"키다리 아저씨."

"기다리 아저시이."

"잘하셨어요. 연습하면 발음은 금방 돌아올 거예요."

그는 잘했다는 말에 기분이 나쁜지 미간을 찌푸렸다. 작업 치료실 선생은 언어 테스트를 끝내고 종이 한 장을 내밀었다.

"다음은 이 그림을 보고 옆에다 똑같이 그리는 겁니다."

왼쪽 위에는 동그라미 바깥으로 햇살처럼 뻗은 세모가 여덟 개, 중앙에는 네모난 굴뚝이 달린 세모 지붕 아래 두 개의 격자창과 길쭉한 대문이 있는 집이 있었다. 정원에는 철로의 목침 같은 계단 여섯 개가 집 쪽으로 구부러져 있고, 집 오른쪽에는 정삼각형 아래로 길쭉한 기둥을 받혀 표현한 나무가 서 있는, 대여섯 살 어린아이가 그린 해와 햇빛과 집과 나무와 길이 있는 그림이었다.

그는 왼쪽 위에 동그라미를 그리고 세모로 된 햇살을 여섯 개 그렸다. 네모 벽보다 먼저 그린 세모 지붕이나 격자창문은 바람에 휘어진 듯 오른쪽으로 쏠렸고, 집으로 난 길의 계단은 네 개를 그리다 말고 나무를 그렸는데 그것도 역시 오른쪽으로 기울어 있었다. 그림을 보니 그가 어지럽다고 했던 게 어떤 상태인지 알 수 있었다.

"자, 이 그림에서 빠진 것이 있는데 어떤 걸까요?"

그가 그린 그림을 보며 치료사가 물었다. 그림을 한참 들여다보던 그는 굴뚝이 아니라 계단을 하나 더 그리고는 나를 보며 맞냐는 눈빛을 보냈다. 저 단순한 그림에서 굴뚝이 안 보이다니, 게다가 자기가 그린 게 맞는지 확신하지 못하는 그의 모습이 낯설었다. 치료사는 그에게 덧셈과 뺄셈이 적힌 종이를 주며 풀어보라고 하고 나를 상담실로 안내했다.

"이 그림은 인지능력 테스트입니다. 환자분 그림을 보면" 치료사는 햇살과 계단을 짚었다.

"숫자를 세는 것이 불안한 게 보이시죠?"

"이게 안 된다는 게 낯설어요."

"당연히 그러실 거예요. 그림을 보면 숫자뿐 아니라 전체 균형이 오른쪽으로 쏠려 있고, 굴뚝도 빠져 있어요. 환자분이 지금 인지하는 세상은 가운데에서 오른쪽으로 쏠려 있다는 걸 알 수 있거든요. 환자분은 연속적이고 종합적인 인지가 어려우니 이전에 생활할 때보다 차분하게 설명해주셔야 해요. 도구를 이용해 치료하는 것을 보셨다가 퇴원하면 집에서도 꾸준히 해주시고요."

*

어버이날은 토요일이었다. 낮에 시아버님 댁에 가서 선물을 드리고 한강을 좀 걷다가 돌아오자고 전날 그가 말했다. 쿠팡에서 소팔메토를 주문해놓았으니 망정이지 그냥 돈으로 드리자고 했으면 그가 또 입을 닫아버리는 심술을 부릴 게 뻔했다. 나는 그러자고 했고 또 뭘 가져가지, 물었을 때 그는 머리가 아프다고 타이레놀을 먹고 있었다. 선물로 들어온 사과 상자가 생각나서 그걸 가져갈까, 물었을 때 그는 내가 틀어놓은 드라마를 보며 그러든지, 라고 했다.

옆에 있던 딸이 내가 사과 먹었는데, 라고 해서 상자를 열어보니 하나가 비어 있었다. 얼른 쿠팡에서 다음날 아침에 배달

되는 식품이 뭐가 있는지 검색했다. 지난해에는 위염이 있는 아버님을 위해 유기농 양배추즙을 주문했고, 그 전해에는 도라지배즙을, 또 그전에는 비타민과 오메가3를 어버이날 선물로 드렸었다. 올해는 아버님이 동네 내과에서 전립선비대증약을 먹고 있다고 한 게 떠올라 소팔메토를 미리 주문해놓은 거였다. 마땅히 더 주문할 게 보이지 않았다.

다음날 사과는 봉지에 담고 꽃집에 들러 제일 큰 카네이션 꽃바구니를 샀다. 아버님은 연립주택 현관 앞에 나와 담배를 피우고 있었다. 정은이가 할아버지에게 꽃바구니를 내밀었다. 아버님은 담배를 비벼 끄며 정은이가 내민 꽃바구니를 받아들고 계단을 올라갔다. 현관 번호를 누르는 것으로 보아 이번에도 새어머니는 우리를 피해 집을 비운 모양이었다. 식탁에 앉아 가져온 사과를 깎는 사이 아버님은 정은이에게 대학생활은 어떠냐고 물었다. 코로나19로 대학교 수업은 어떻게 하는지가 제일 궁금하신 모양이었다. 정은이는 학과 수업은 비대면으로 하고 학보사 근로를 하느라 1주일에 한 번씩 학교에 간다고 했다.

"근로를 해?"

"장학금이 나오거든요."

"우리 정은이는 대학도 단번에 딱 붙고 근로도 한다니 아르바이트 안 해도 되겠네. 장하다. 네 엄마 아빠 힘들게 하지 않으니 네가 효녀다."

"국가장학금을 신청했는데 선정되어서요, 아버님이 주신 입학금은 급할 때 쓰려고 따로 모아놨어요."

내가 끼어들었다.

"국가에서 장학금을 받는다고? 공부 잘해서 훈장을 받은 거구나."

소득이 낮은 가구를 지원하는 게 국가장학금이지만 아버님은 성적이 좋은 아이에게 국가에서 장학금을 준다고 알아들은 모양이었다. 남편은 이상하리만큼 입을 열지 않았다. 그런 남편이 아버님도 신경이 쓰이는지 묻지도 않는데 새어머니는 동네 친구들과 꽃놀이를 갔다고 했다.

시어머니가 자궁경부암으로 투병하다 돌아가신 지 3년도 안 되어 시아버지는 새로운 분을 만나 같이 사신 지 9년이 지났다. 8년 전에는 새어머니에게 드릴 스카프를, 7년 전에는 양산을, 6년 전에는 달팽이크림을 선물했었다. 그걸 사드리고는 남편한테 욕을 얻어먹었었다.

아버님 집에 갈 때마다 새어머니는 자리를 비웠다. 그게 한 해 두 해 지나면서 그분이 우리를 피하는 거라는 걸 알게 됐을 때가 6년 전이었다. 아버님은 그사이 눈썹 문신을 해서 이전의 선하고 기운 없는 인상이 사라지고 고집스럽고 욕심 많은 노인으로 보였다.

"아버님, 문신하셨네요. 이거 아버님도 새어머님과 같이 쓰셔도 되겠어요"라고 말했을 때 남편 고개가 갑자기 휙 돌며 나를 매섭게 쏘아보는 게 느껴졌다. 아버님은 한참 전에 했는데 눈썹 진한 게 안 빠진다며 이건 뭐냐고 물었다.

"달팽이크림이라고 하면 새어머님이 아실 거예요."

설명을 하고 있는데 남편이 식탁에서 일어서며 다짜고짜 "가자"라고 했다. 내가 쳐다보자 "일어나"라고 명령하며 덧옷을 챙겼는데, 그때부터 속이 틀어지기 시작했다. 아버님 앞에서 내게 함부로 해도 된다는 듯 명령조로 말하는 것부터, 자기가 챙길 것도 아니면서 늘 시큰둥한 표정으로 선물 감별사 역할이나 하는 그가 참을 수 없었다. 나는 어떻게든 밖으로 나가고 보자는 심정이 되었다. 차에 타자 그가 "너는 그 여자를 그렇게 불러야겠어?"라고 공격했다.

"그 여자?"

"그래. 그 여자."

"그럼, 아버님 앞에서 그 여자라고 해? 어?"

"내 말은 그 여자 선물을 왜 챙기냐고? 한 해에 한두 번인데도 우리를 안 만나려고 피하는 그 여자한테 너는 선물을 하고 싶니?"

"왜 말을 바꿔? 내가 새어머님이라고 해서 화가 난 거야, 아니면 선물을 챙겨서 화가 난 거야?"

"그렇게 부르지 말라고! 챙기지도 말고!"

"그럼 어버이날 아버님 집에 가면서 빈손으로 가니?"

"그러니까 그 여자 건 챙기지 말라고. 알아들어? 앞으론 챙기지 마."

나는 앞으로 내가 챙기나 봐라 하는 심정으로 "그럼 앞으로 아버님 것도 네가 챙겨"라고 쏘아붙였다. 남편은 액셀을 밟았다가 브레이크를 밟았다 하며 거칠게 운전했고, 그럴 때마다 화가 더 솟구쳐서 "아버님 앞에서나 그 여자 저 여자라고 하지. 아니 숫제 내 앞에서처럼 아주머니라고 하지 그래"라고 비아냥거렸고, 그가 브레이크를 밟으며 정지선을 지날 때 몸이 앞으로 쏠린 게 마치 나를 한 대 친 것처럼 느껴졌다.

"그러게 아버님이 혼인신고 한다고 할 때, 내가 자기한테 몇 번을 말했어. 같이 사는 것까지는 어쩔 수 없지만 혼인신고를 해버리면 아버지 말고 그 아주머니 뒤처리까지 우리가 다 해야 하는 거라고. 좀 적극적으로 말리라고 했어 안 했어?"

"뒤처리라고?"

아차 싶었지만, 정지선에 선 차가 움직이는 때처럼 물러서기에는 이미 늦은 거였다.

"그래, 그 뒤치다꺼리를 네가 할 거니? 다 나한테 시킬 거면서, 그때는 아버님 결정인데 어쩌겠냐며 미적거리더니 이제와서 왜 이래?"

"너 말 가려서 안 해? 뒤처리가 뭐야?"

"그러는 너는 말을 가려서 한다는 게, 아주머니를 새어머니라고 부른 게 그렇게 못마땅하니?"

나는 말꼬리를 잡고 놓지 않았고, 그는 그날 이후 1주일 동안 내게 말을 걸지 않았다. 시간이란 참 이상하다. 그때는 다시는 내가 선물을 챙기나봐라, 하는 심정이었는데 시간이 지나면서 무뎌졌고, 1년에 한두 번인데 그것도 못할까 싶어 매년 선물을 챙기는 건 내 몫으로 다시 돌아왔다. 다만 그날 이후 선물은 과일이나 식품으로 대체했고, 그도 핏대를 세우는 일은 자제했다. 어버이날이 돌아올 때마다 그때 싸운 일이 떠올라 감정이 섞인 말은 하지 말자고 다짐하곤 했다.

깎아놓은 사과를 집으려다 말고 그는 고개를 갸웃거리더니 이제 일어나자고 했다. 이번에도 새어머니가 안 계셔서 또 속이 꼬였나 싶었지만 그런 표정도 아니었다. 그의 목소리는 공기가 빠지고 기운이 없었다. 운전하면서도 그는 앞차와 거리를 두며 초보운전자처럼 앞만 보고 운전했다. 집 앞에 차를 주차하고 나서 한숨을 쉬는 그의 표정을 살폈다.

"몸이 안 좋아?"

그는 대답 없이 고개를 삐딱하게 저으며 집으로 들어갈까, 한강으로 갈까를 고민하는 듯 보였다. 정은이가 한강에 가자며 앞장섰다. 그는 순순히 딸의 뒤를 따랐다. 나도 그 뒤를 따라 걸었다. 걷다보니 남편은 뒤로 처지고 나와 정은이만 팔짱을 끼고 걷게 되었다. 기분이 나쁠 때면 입을 닫아버리는 그에게 슬슬 화가 나려던 참이었고, 또 감정이 폭발할까봐 일부러 딸과 더 바짝 붙어서 걸었다. 그러다가도 나는 자꾸 뒤로 처지는 그를 한 번씩 뒤돌아보았는데, 마치 매초마다 반려인 몸 상태를 체크하는 개가 된 것처럼 평소와 다른 먼 곳을 보는 시선과 느리게 걷는 걸음걸이, 뭔가 이상했다. 그러다 그가 내 어깨를 잡았다. 뒤에서. 온몸을 그 손에 싣고 있다는 걸 알 수 있었다. 내가 뒤로 돌았을 때, 그는 내 어깨를 잡고 아래로 무너지고 있었다.

"어, 어, 수지인아. 어, 어."

그는 땅바닥에 주저앉았다. 보자기가 주르륵 흘러내리듯. 그러곤 나를 쳐다보며 뭔가를 말하려고 입을 열었으나, "다이가, 다이이가 히미" 하며 일어서려고 내 엉덩이를 붙잡다가 다시 주저앉았다. 119 구조대를 부르기에도 다급한 상황이었다. 딸이 지나가던 택시 앞으로 뛰어가 차를 세웠다. 응급실에 도착해 남편의 인적 사항을 적고 보호자는 한 명만 있을 수 있다고 해서 정은이는 타고 온 택시를 타고 집에 가 있으라고 했다. 코로나19 검사를 받고 격리 창고처럼 임시 천막으로 이어진 문을 세 개 거치고서야 응급실로 들어설 수 있었다. 휠체어에 앉은 그는 혼자서 침상으로 올라갈 수 없어 간호사가 업다시피 해서 침상으로 옮겼다.

*

간호사들이 분주히 오가며 피를 뽑아가고 링거를 꽂고 수액을 맞는 동안, 응급실 레지던트가 와서 이것저것을 물었다.

"전조 증상이 있었을 텐데, 이상하다고 느낀 게 언제였나요?"

나는 그 이상한 전조가 어젯밤 드라마를 보며 그러든지, 라고 하던 때였는지, 깎아놓은 사과를 포크로 집다가 말고 가자고 말하던 네 시간 전인지 알 수 없었다.

"전조요?"

내가 되물었다.

"다리에 힘이 풀려서 일어설 수 없었다고 하셨잖아요. 그게 언제죠?"

"좀 전에요. 여기까지 오는데 응급실 앞에서 기다리는 것까지 40분 걸렸어요."

"그전에는 이상한 점이 없었나요? 말투가 어눌해졌다든지, 손힘이 안 들어간다든지, 입술이 한쪽으로 돌아가거나."

"지난주에 왼손이 저리다고 했어요. 손목터널증후군이 도진 줄로만 알고, 그것도?"

내가 묻고도 바보 같은 질문이었다. 그때 왔어야지 왜 이제 왔느냐고 할 게 뻔했다.

"음, 지난주면…… 오늘은 이상하지 않으셨고요?"

사과를 포크로 집는 걸 못하더라고, 그 말이 나오지 않았다. 대신 걸음걸이가 느려서 이상하다는 생각만 했다고 했다.

"그건 언제예요?"

레지던트는 계속 증상이 시작된 시간을 물었다. 증상이 나타나고 세 시간 이내에 병원에 도착해야 뇌혈관을 막고 있는 혈전을 녹이는 혈전용해 치료를 할 수 있다고 했다.

"증상으로 봐선 뇌경색이 의심됩니다. 응급 CT와 MRI 찍은 결과를 보고 담당 의사가 올 겁니다."

레지던트는 다리에 힘을 줘보라고, 자기 손을 꽉 잡아보라고, 이름과 주소를 말해보라며 그의 발음과 입 모양을 살폈다. 레지던트가 가고 나서 나도 똑같이 두 손으로 그의 손을 잡고 힘을 꽉 줘보라고 했다. 한강으로 갈 때 손을 잡았으면 알 수 있었을까. 왼손의 힘이 확연히 차이가 났다.

"더 꽉 쥐어봐."

그는 힘은 주는데도 힘이 안 들어가는 게 이상한지 한참을 내 얼굴을 쳐다보았다.

"아침에 이상하지 않았어?"

"몸이 이상하면 병원으로 와야지 한강에 가자고 하면 어떡해?"

"며칠 전에 반차 쓴 것도 머리가 아파서라고 했지? 그때 전조가 온 거 아닐까?"

"아까 포크로 사과 집을 때 힘이 안 들어갔던 거 맞지?"

나는 계속해서 그에게 물었고 그는 입을 다물고 있었다.

"끄덕이지 말고 말을 하라고."

그제야 그의 안면 근육이 왼쪽으로 미묘하게 틀어진 게 보였다. 발음도 어눌했다. 이게 다리에 힘이 빠지기 전부터인지 아닌지 알 수 없었다.

CT와 MRI 검사가 끝나고 담당 의사가 나를 불렀다. 의사는 사진을 띄우고 그의 오른쪽 뇌를 가리켰다. 나는 언제나 그의 머릿속이 궁금했다. 함께 산 지 20년이 넘었지만, 어떻게 저렇게 말을 안 하고 살 수 있나. 답답하지 않나. 일할 때도 저러나. 내가 좋아했던 그의 과묵한 면은 살면서는 답답함으로 변해버린 지 오래였다. 그런 사람이랑 같이 사는 나란 사람의 머릿속도 알 수 없기는 마찬가지였다.

"여기 하얀 부분 보이시죠? 혈관이 터진 자리예요. 여기가 좌측 운동신경과 연결되어 있어요. 환자분은 왼쪽 팔, 다리, 입술 쪽으로 마비가 온 것 같습니다."

화면에는 검은 바탕에 흰색이 거미줄처럼 얽힌 그의 머릿속이 보였다.

"그런데 여기 아래 하얀 부분도 있잖아요. 이번 말고 그전에도 뇌출혈이 있었던 흔적입니다. 이 정도면 증상이 있었을 텐데, 머리가 아프다고 호소하지 않았나요?"

의사가 짚은 부분은 운동신경과 연결되었다는 부위보다 더 넓게 하얀 부분이 퍼져 있었다.

"머리가 아프다고 했어요. 타이레놀을 계속 먹었습니다. 남편이 임플란트를 하느라 뼈이식을 받았거든요. 그 이후부터 머리가 아프다고 해서 치과에서 준 약도 먹고 있었어요."

"임플란트와는 상관이 없을 것 같은데, 지금까지 검사 소견으로는 뇌경색으로 보입니다."

내가 한숨을 몰아쉬자 의사는 뇌혈관이 막혀서 영양분과 산소를 공급하는 피가 뇌에 통하지 않는 상태를 뇌경색이라고 한다고 설명했다. 내가 아무 대답이 없자 꾸준히 운동하면 운동기능은 회복될 수 있다고, 매일 걷기운동을 할 수 있도록 하라고도 덧붙였다. 그러면서 문제는 여기를 보시면, 하고는 뇌 사진 아래 목 부위를 짚었다.

"저희가 검사를 위해 조영제를 넣었거든요. 여기가 경동맥입니다. 오른쪽과 왼쪽이 색깔이 다르지요?"

의사가 짚은 부분을 보니 확실히 두 쪽이 달랐다.

"오른쪽 경동맥을 보시면 여기가 폐쇄되어 있어요. 심장이나 경동맥에서 생긴 혈전, 그러니까 피떡이 떨어져나가 혈류를 타고 흘러가서 멀리 떨어져 있는 뇌혈관을 막아서 생기는 색전성 뇌경색일 확률이 높아요. 환자분은 이 경동맥이 막혀 있어서 집중치료실로 입원해서 원인이 뭔지 추가 검사를 해야겠습니다."

내가 멍한 표정으로 있자 의사는 내게 뇌경색에 대한 일반적인 설명을 늘어놓았다. 뇌혈관이 수도관에 녹이 스는 것처럼 좁아져서 막히는 혈전성 뇌경색도 있고, 혈전이 혈류를 타고 뇌혈관을 막아서 생기는 색전성 뇌경색이 있는데, 남편의 경우는 후자가 의심된다고 했다. 의사는 남편이 먹고 있는 약이 있는지, 질병이 있는지를 다시 하나씩 물으며 체크했다.

그사이 그는 잠이 들었다가 내가 오니 일어나 앉았다. 눈으로 뭐라고 하더냐고 내 표정을 살폈다. 궁금하면 말을 하라고, 나는 속으로 소리쳤다.

"뇌졸중이 맞대."

그는 그럴 줄 알았다는 표정으로 힘이 안 들어가는 왼손을 폈다가 주물렀다 하며 링거줄을 따라 달려 있는 수액을 올려다보았다.

"자므 자어. 오내마네. 수애게 머 너어나바."

발음이 이상한 걸 느꼈는지 목소리는 점점 작아졌다.

"여태 머리가 그렇게 아픈데 참는 미련퉁이가 어딨어."

이전에도 뇌출혈이 있었다는 말을 할까 말까 망설이다 "이전에도 뇌출혈이 있었대. 증상이 없었어?"라고 물었다.

"아, 그대구나."

"그대? 그대가 뭐야?"

그는 수액에 뭘 넣었는지 한 달 내내 어지럽던 게 사라졌다며 말을 돌리려 했다.

"그대? 그때라고 한 거지? 그때가 언젠데?"

말을 하기가 싫은지 그는 침대에 도로 누워버렸다.

"그때가 언제야?"

된소리, 센소리가 안 되고 받침이 탈락한 발음으로 그는 "이주 저네 게다네서 너머져어"라고 했다.

"너머져? 넘어졌다고? 계단에서?"

나는 놀라서 소리쳤다. 어바지이, 흐어바지, 어바지, 하며 설명하는 그의 발음을 알아듣는 데도 시간이 걸렸다.

"허, 헛? 헛발질? 헛발질했다고?"

그는 헛발질을 해서 넘어진 거였다고 설명하다가 왼쪽으로 틀어진 입 모양을 내게 보여주기 싫은지 등을 보이고 돌아누웠다. 계단에서 넘어진 것도 말을 안 하고, 머리 아픈 것도 별것 아니라고 타이레놀만 먹어대고, 다리에 힘이 빠져 일어서지 못할 때가 되어서야 내 어깨를 잡는 사람. 그게 너였지. 늘 짐작하게 하고, 표정을 살피게 하고, 하고 싶은 말이 있으면 속으로 삼켰다가 1년 있다가 네가 그때 그랬지, 라고 말하는 사람. 일어난 일보다 감정과 표정만으로 짐작하고 표현하면서 어떻게 20년을 같이 살 수 있었을까. 나는 그의 등에 대고 허탈한 숨을 뱉었다.

*

그는 경동맥을 다시 촬영하고, 신경생리검사를 받고, 경동맥 폐쇄 원인을 찾기 위해 심장에 구멍이 있는지 확인하는 심장내시경을 받았다. 심장내시경을 받고 나올 때는 침대에 누운 그의 팔을 간호사들이 양쪽에서 잡고 있었는데, 간호사는 환자가 계속 움직여서 내시경 과정에서 출혈이 있었다고 했다.

"당신이 계속 움직여서 검사가 오래 걸렸대."

허공을 향해 손을 휘저으며 "가마기, 가마기가" 소리치는 그의 손을 잡았다. 마취에서 깨어난 그는 검사를 받는 동안 무수한 까마귀떼가 달려들었다고, 아무리 소리를 질러도 그것들이 자꾸 밀려와 자기가 기사가 되어 칼을 들고 싸웠다고 했다.

다음날 회진을 온 담당 의사에게 그는 전날 진통제를 처방받고 두통과 몽롱함이 사라졌다고, 어깨가 계속 아팠는데 그것도 사라졌다고, 대신 어지러움은 다시 시작된 것 같은데 잠을 푹 자고 싶다고 "수애게 너은 거" 그걸 달라고 더듬거리며 한참을 설명했다. 의사는 수액으로 혈액순환이 되면서 두통이 사라질 수 있다며 심장내시경 결과 좌우 심방 사이 구멍이 있다고 했다.

"혈류가 다른 길로 가면 혈전이 뇌혈관으로 바로 가는 경우가 생기거든요. 그래서 심장내시경으로 검사를 한 건데, 환자의 경우는 다행히 이 구멍이 원인은 아닌 것 같습니다."

그러면 또다른 원인을 찾아 검사를 해야 하는 거냐고 묻자, 의사는 심장의 구멍은 인구의 30퍼센트가 있는 증상이라고 했다. 내시경을 한 이유가 구멍의 크기나 심방 크기를 보기 위한 거였다고.

"심장 구멍이 보통보다 크거나 심방이 비대해져 있을 경우 이것이 경동맥 혈전의 원인일 수 있는데 다행히 그렇지는 않아요."

그럼 막힌 경동맥은 어떻게 치료하는 거냐고 물었다. 의사는 다행이라고 말했지만 뭐가 다행이라는 건지 알아들을 수가 없었다.

"혈전으로 막힌 걸 뚫는 수술을 할 경우 거기 있던 혈전이 혈관을 타고 다른 곳을 막아버릴 위험이 커요. 혈전을 녹이는 약을 처방했으니 경과를 지켜보시지요. 지금으로선 수술보다는 약물로 장기적으로 치료하는 것이 좋아 보입니다."

그는 잠을 자고 싶다며 계속 어지럽다고 했다. 이마에 손을 대니 열감이 있었다. 의사는 그에게 운전을 하느냐고 물었다. 그는 끄덕였고 나는 그렇다고 답했다.

"운전할 때 어지러워서 힘드셨을 텐데, 그동안 어떠셨어요?"

그는 사이드미러를 보다가 앞을 보면 옆의 것이 시야에 안 들어왔다고, 골목에서는 특히 옆으로 지나가는 사람이 안 보이는 경우가 많았다고 더듬거렸다. 그런 상태로 시아버님 집에서부터 집까지 운전을 했다고 생각하니 아찔했다. 의사는 이전에 뇌출혈이 있던 부위가 시신경이 지나가는 자리였다고, 시력에 문제가 생겼을 수 있으니 추가로 뇌파검사와 안과검사를 받아보자고 했다. 그날 밤 그는 내게 문자를 보냈다. 같은 병실의 침대와 보조 침상 사이에서 그는 오래전 유년의 새벽이 떠오른 모양이었다.

먼 옛날, 그러니까 내가 여섯이나 일곱 살쯤 무렵의 어느 시리고 푸른 새벽의 일이야. 기단이 높았던 한옥 안방 창호에 손바닥만한 유리를 덧대놓은 창으로, 고열의 감기를 앓다 혼자 부스스 깨어 앉아 멍하니 그 작은 창에 이마를 대고 밖 멀리를 보았어. 두 그루 미루나무가 바람에 쉼없이 스스석거리며 작은 이파리를 흔들고 있었고, 이명처럼 그 소리가 또렷하게 들렸지. 시리도록 푸른 하늘이 너무 밝아 소스라치게 두려웠어. 누구라도 함께 깨어 있어주면 했지만 아무도 깨어 내 이마를 짚는 이가 없었던 것 같아. 잠든 엄마 숨소리를 배경으로 그 새벽의 공포는 심장이 헐떡이며 지속되었지. 나는 그때의 작은 미루나무 이파리들이 까마귀떼는 아니었을까 하고 가끔 착각하곤 해.

잠이 든 그의 이마를 짚었다. 바람에 흔들리는 미루나무 이파리들이 까마귀떼로 보였던 그때로부터 얼마나 멀리 온 것일까. 열이 난다는 말을 그는 이렇게 하는 사람이었지. 그와 사는 동안 그가 말하고 표현하는 방식을 잃어버렸다는 걸 그제야 알게 되었다. 나는 언제부터 그의 말을 알아듣지 못했던 걸까. 그가 입을 닫아버리곤 하던 순간에 그는 이런 말을 하려고 했을 텐데. 우리는 얼마나 많은 언어를 버리고 여기까지 온 걸까.

*

그는 2주간 집중치료를 받았다. 고지혈증 치료제인 리피토 정과 만성위염 치료제인 무코스타정, 혈전생성억제제제인 아스피린 프로텍트정, 혈전색전증 치료제인 플라빅스정을 하루에 한 알씩 먹었고, 데이터만으로는 알 수 없는 뇌의 상태를 체크하고 치료하는 작업치료를 받았다.

작업치료실은 어린이집처럼 알록달록한 장난감들로 가득했다. 그가 있는 테이블 맞은편에는 여든은 되어 보이는 할머니가 색깔별 블록 쌓기를 하고 있었고, 뒤쪽에서는 손가락을 하나씩 접었다 펴며 숫자를 세는 할아버지가 있었다. 치료사는 여러 도형이 그려진 종이를 그에게 건네며 똑같이 그려보라고 했다. 그가 그리는 도형은 육각형이나 이등변삼각형의 꼭짓점이 맞지 않았다. 치료사는 종이를 한 장 더 내밀었다. 그가 도형을 그리는 동안 치료사는 내게 그가 푼 뺄셈 종이를 보여주었다. 5 빼기 3은 2였지만 37 빼기 13은 15였다.

그는 입원해 있는 동안 작업치료에 열심이었다. 특히 안면마비가 풀리면서는 발음이 돌아온 것이 신기한지 작업치료사와 대화라는 걸 하기 시작했다.

"산동검사를 했는데 시력이 떨어지긴 했지만 문제는 없다고 나왔어요. 그런데 제가 운전할 때 사이드미러에 보이는 것을 인지하고 대응하기까지 종합적인 능력이 떨어진 건 확실하거든요."

그는 말을 배우기 시작한 아이처럼 말수가 늘었고 전에 없이 수다를 떨기 시작했다. 나는 치료사와 그가 어떻게 대화하는지를 살폈다. 처음 작업치료실에 왔을 때 숫자를 세지 못하는 그가 낯설었던 것처럼 꼼꼼하게, 심지어 자상하게 자기 상태를 설명하는 그도 낯설기는 마찬가지였다. 치료사는 늘 그날의 분위기나 그의 기분을 먼저 살폈다.

"송민호 씨, 지금 발음이 거의 다 돌아온 것 느끼고 계시죠?"

치료사가 묻자, 그는 작업치료실에 오면 매일 그리는 그림을 내밀며 "새벽인 것 같아서 볏, 뼛, 볕을 하나 뺐어요"라고 말장난을 하기도 했다.

치료사는 "이제 볕도 발음할 수 있다고 저한테 자랑하신 거죠? 이건 어려우실 텐데" 하며 테이블에 빨강과 파랑, 노랑, 검정으로 이루어진 깃발을 놓았다. 치료사는 깃발을 같은 색깔 구멍에 하나씩 꽂는 거라고 설명하고 그에게 깃발을 잡아보라고 했다. 그는 엄지와 검지에 힘이 안 들어가서 오른손으로 자기 손을 잡아 힘을 주려고 했다. 치료사는 그의 오른손 대신 얼른 그의 손을 잡고 빨강 깃발을 집어 빨강 구멍에 함께 꽂았다. 다음은 파랑을, 그다음은 노랑을, 마지막으로 검정 깃발을 집어 검은 구멍에 넣다가 잡고 있던 손을 슬쩍 놓고 그가 혼자할 수 있도록 유도했다. 그러면서 "저도 사이드미러 보고 앞을 볼 때 종합 인지가 안 되는 경우가 많아요. 차를 몇 번을 긁어

먹었는지 몰라요. 전 운전한 지 20년이 넘었는데 지금도 그래요"라며 긴장을 풀어주었다.

"자, 다음은 꽂은 깃발을 뽑아서 다시 제자리에 꽂는 겁니다."

그는 검은 깃발을 뽑으려다 잘 안되는지 치료사를 바라보며 "도와주셔야겠는데요"라고 말했다. 나는 깜짝 놀랐다. 도와달라는 말은 살면서 그에게 들어본 적이 거의 없는 말이었다. 치료사는 "깃발을 꽂는 것보다 빼는 게 더 어렵죠?"라며 그의 손을 잡고 "오른손은 이 통을 잡고 왼손으로 빼내는 거예요" 하며 어린아이에게 하듯 "쏙" 하며 깃발을 빼냈다. 그는 뭔가 재밌는 일을 발견한 사람처럼 검정부터 노랑, 파랑, 빨강 깃발을 꽂은 순서대로 차례로 빼내며 쏙, 쏙, 쏙 따라 했다. 치료사는 "아주 좋아요. 꽂은 순서대로 빼내셨네요. 뭔가 정교한 일을 하시는 분 같아요"라며 과장되게 칭찬했다. 평소의 그라면 이 아줌마는 시끄럽게 왜 이래, 라는 불편한 표정을 지어야 했으나, 그는 "출판편집일을 하고 있어요"라며 맞장구를 쳤다. 괴상하고 낯선 느낌이 들었다.

다음날 치료사는 콩이 있는 바구니를 테이블에 올렸다. 설마 저 콩을 다 세라는 걸까, 그의 눈빛을 보니 그렇게 말하고 있었다. 치료사도 그의 눈빛과 표정을 보고는 "콩을 세는 게 아니고요" 하며 그의 손을 잡고 바구니에 있는 콩을 한주먹 움켜쥐었다. 그러면서 비어 있는 바구니에 옮겨 담으며 "콩을 이

쪽 바구니로 옮기시는 거예요"라고 했다. 그는 빈 바구니로 콩을 옮기며 절반은 테이블에 흘렸다. 그럴 때마다 치료사는 남편의 어깨부터 팔뚝을 마사지하고 바구니에 그의 손을 넣어 콩으로 손등과 손가락을 문질렀다.

"제가 20대 때부터 간호사 일을 하다가 암수술을 받은 적이 있어요. 수술받고 치료하면서 남은 생은 덤이라고 생각했거든요. 그랬더니 무슨 일이 일어났는지 아세요?"

그는 다음 말을 기다렸다.

"생각만 바꿨을 뿐인데 그때부터 세상살이가 참 편해지더라고요. 자, 바쁠 것 없으니까 천천히, 한주먹 쥐고 옮겨봅시다."

그는 끄덕끄덕이 아니라 "지금이 덤이네요"라고 대꾸하며 콩을 옮기다가 "그럼 이 일은 언제부터 하신 겁니까?"라고 물었다. 쥐고 있던 콩이 테이블로 떨어지며 콩콩콩 소리를 냈다. 그는 "아, 그래서 콩이구나" 하며 콩, 콩, 콩 웃어댔다. 테이블에 떨어진 콩을 바구니에 주워 담으며 치료사는 "저도 콩이 왜 콩인지 오늘 알았네요"라며 "간호사 그만두고 이 일을 한 지 20년이 다 되어가요. 송민호 씨는 편집일 하신 지 얼마나 되셨어요?" 하고 물었다.

"저도 25년쯤 되었어요."

"그동안 만든 책들이 엄청나겠네요."

"의학서부터 법률 책까지, 사전과 그림책 빼고 다 해봤지요."

"법률, 책, 쏙, 콩까지 발음하기 어려운 단어인데 이제 정확하게 발음하시네요."

치료사는 그의 발음을 수시로 살폈고, 그는 출판일을 계속할 수 있을지 모르겠다고 전날 내게 했던 고민을 치료사에게도 털어놓았다.

"병원에 있으면서 책을 보려고 해봤는데 글자를 보면 여전히 어지럽더라고요. 교정도 보고 수정도 해야 하는데, 책을 보는 것 자체가 어지러우니 걱정이에요."

치료사는 운동기능이 많이 회복되었으니 어지러운 것도 차츰 좋아질 거라면서 콩 바구니를 치우고 또다른 종이를 내밀었다. 종이에는 다양한 길이의 선이 그어져 있었다. 그 선들 중앙에 점을 찍어보라고 했다. 종이에 그어진 선들에 점을 찍는 간단한 일을 그는 교정을 보듯 꽤 신중하게 집중하고 있었다.

퇴원하는 날은 가는비가 내렸다. 그는 들어갈 때는 업다시피 해서 침상으로 옮겨졌지만 병원을 나올 때는 두 발로 걸을 수 있었다. 입술의 마비도 풀렸고 발음도 돌아왔다. 나는 검은콩을 주문한 후 빨래집게와 깃발을 꽂는 아이들 장난감을 사놓으라고 딸에게 부탁했다. 퇴원하기 전 작업치료실에 들러 치료사와 인사를 나눠야겠다고 그가 말했다.

치료사는 "퇴원하시지요?"라고 묻고는 그동안 그가 그렸던 그림과 뺄셈을 한 종이, A4 한 장 가득 그어진 선의 중심에 점을 찍은 결과지를 내게 주었다.

"이걸 나중에 비교하면 지금 송민호 씨의 세계가 얼마나 어지러운지 알 수 있을 거예요. 중심이 안 잡힌다는 건 어지럽고 몽롱한 세상에 사는 거예요. 이곳에 혼자 오래 있으면 나중엔 우울증이 올 수도 있습니다. 운동기능은 굉장히 빨리 회복이 되었어요. 그렇지만 한번 흐트러진 의식은 심리적인 안정감을 찾아 어딘가 기댈 곳을 찾기 마련이에요. 뇌졸중 환자들을 보면 이전과 확연히 달라지는 경우를 자주 보게 돼요."

"달라진다는 건 어떤 거지요?"

내가 물었다.

"송민호 씨는 뇌가 화들짝 놀랐다가 지금 제자리를 찾는 중이거든요. 작업치료를 하면서 제가 느낀 건 송민호 씨는 언어와 감정에 무척 섬세하다는 점이었어요."

나는 살면서 그가 주체할 수 없을 정도로 화를 냈던 지점들을 들킨 것 같았다. 결혼하고 얼마 안 되어 그의 물건 중 카세트테이프를 버렸던 것이 왜 그때 떠올랐을까. 그가 처음으로 내게 입을 닫아걸었던 때가 그때여서일까. 나는 싸울 일이 있으면 입을 닫아버리는 것이 그의 기질이라고 느꼈으나 치료사는 그것이 언어의 섬세한 부분이 건드려졌기 때문이라고 했다.

"이 일을 하다보면 보호자에게 상담 의뢰가 이어지는 경우가 가끔 있습니다. 환자들이 운동기능은 회복이 되었는데 생활은 이전과 달라졌다고 해요. 굉장히 자존심이 센 사람이 갑자기 의존적으로 바뀐다든지, 안개 속에 있는 것처럼 결정을 못한다든지 하는 식으로요."

치료사가 말한 예는 내가 살면서 그가 변하길 기대했던 부분이었다.

"그렇게 변하면 외려 좋겠는데요."

치료사는 남편을 바꾸고 싶으면 지금이 기회라고 내게 속삭였다.

"기회요?"

"언어를 새로 배우는 것은 아니지만, 송민호 씨는 언어의 순서를 머릿속에서 다시 배열하는 중이거든요. 이전의 좋고 나쁜 감정은 가라앉고 자세하게 설명하거나 대화하려는 거 못 느끼셨어요?"

그와 대화할 때 부드러워진 것, 나를 배려한다고 느껴지던 것이 배열의 문제였구나. 나는 치료사가 말한 덤의 인생이 내게 찾아올지도 모른다는 생각이 들었다. 치료사는 연금술사가 되어 평생 고쳐질 것 같지 않던 그와 대화하는 법을 덤으로 내게 찾아준 것 같았다. 치료실 문을 나서는 그에게 치료사가 말했다.

"아침해가 떴습니다."

그것은 그동안 치료를 받느라 고생했다는 말이었으나 내게

는 이제 다시 잘해보라는 암호 같았다. 그는 "똑딱똑딱"이라고
답했고, 우리는 모두 웃을 수 있었다.

*

"아무래도 음, 그러니까, 수진아?"

여름의 끄트머리에서 그는 좀처럼 부르지 않던 내 이름을
불렀다. 그와 마주앉아 빨래를 개던 참이었다. 내 이름을 부르
고도 한참을 말을 안 하는 그를 나는 양말 다섯 개를 개는 동
안 기다렸다.

"그러니까 뭐? 응?"

딸의 팬티를 개며 말했다. 우리는 여름휴가중이었고, 그는
이번에는 아무 곳도 가지 않고 집에서 쉬고 싶다고 했었다. 그
는 내가 개켜놓은 수건을 화장실에 가져다놓으며 나를 부른
것을 잊은 듯 보였다.

계란찜을 퍼서 딸의 밥그릇에 놓아주며 그가 다시 말했을
때는 점심때였다.

"음, 가까운 양수리라도 다녀올까?"

정은이가 "양수리?"라고 되물었다.

"양수리 알지? 음, 두물머리라고도 하는데."

"두물머리가 뭐야? 괴물 이름 같다."

"두 물의 머리가 만나는 곳이어서 두물머리라고 해. 이름 예

쁘지 않아?"라고 내가 끼어들었다.

"물에 머리가 있다는 상상이 재밌어. 두물머리가 양수리였어?"

그는 두 물에 대해 정은이에게 천천히 설명했다.

"한강에는 크고 작은 여울이 한, 백여 개가 넘어. 작은 물줄기가 빠르게 흐르는 곳을 여울이라고 하는데, 아빠가 대충 생각나는 것만 해도, 반여울, 잔여울, 막흐르기여울, 살여울, 맨여울, 개여울…… 더 할까?"

그는 머릿속에 있는 여울의 이름을 꺼낼 때는 책을 읽듯 막힘이 없었다.

"개여울이라는 노래도 있어. '당신은 무슨 일로 그리합니까 홀로이 개여울에 주저앉아서…… 가도 아주 가지는 않노라시던 그런 약속이 있었겠지요.'"*

내가 노래를 시작하자 정은이가 후렴구를 따라 하며 "엄마나, 그 노래 알아. 아이유가 부른 노래야"라고 했다.

"아이유도 이 노래를 불렀구나. 김소월의 시에 곡을 붙인 거야."

"근데 개여울, 개웃기다. 막흐르기여울도 웃겨. 막흐르기여울이 있으면 대충흐르기여울도 있고, 막여울도 있겠네. 이름이 다 북한말 같네."

---

* 정미조의 〈개여울〉(1972) 가사 중에서.

정은이는 앞에 한 말을 자꾸 까먹는 그에게 무슨 말을 했는지 알리려는 듯 "그래서 아빠가 하고 싶은 말이 뭔데? 두물머리 가자는 거지?"라고 했고, 그는 마치 내가 가자고 조른 것처럼 "휴가도 못 갔잖아. 엄마도 답답할 거고"라고 얼버무렸다. 정은이는 핸드폰에 있는 스케줄을 주욱 읊으며 "아빠, 날 잘 잡았네. 오늘은 약속이 없거든. 내가 맨날 이렇게 한가하진 않은데, 진짜 날 잘 잡았어. 그래, 두물머리 가자"라고 했다.

두물머리에 도착했을 때는 해가 기울고 산그림자가 강물에 떠 있었다. 강 건너편으로 불빛도 하나둘 보이기 시작했다. 그는 강물 앞에서 사진을 찍는 정은이를 보며 내 이름을 불렀다. 수진아, 부르고는 다시 한참을 아무 말이 없었다. 나는 저녁이 내려앉은 여름 강가에서 그의 손을 잡았다. 한강으로 가는 길에 그의 손을 잡지 못한 것이 후회되는 날이 많았으므로. 그는 아무래도 출판사 일을 그만둬야 할 것 같다고 했다. 그가 글자를 읽는 게 힘들다는 걸 알고 있었고, 언제든 그가 결단을 내리리라 예상하고 있었다. 나는 고개를 끄덕였으나, 모아놓은 돈도 없는데 지금 남편이 일을 그만두면 뭘 하며 살아야 할지 막막한·표정은 감출 수가 없었다. 그는 그런 내 표정을 읽은 듯 요즘 새로운 일을 알아보고 있다고 했다.

"새로운 일?"

"전철에 보면 깃발 들고 다니는 사람들 본 적 있어?"

"깃발?"

"상조회 깃발."

"한두 번 본 적 있지. 나이 드신 분들이 하던데."

"내 병은 움직이지 않으면 머리가 아프잖아. 상조 깃발 배달을 하면 계속 움직여야 하니까 운동한다 생각하고 하면 좋지 않을까."

"사람들은 매일 죽으니까 일이 없지는 않겠네."

내가 웃으며 말하자 그는 주머니에서 종이를 꺼내 펼쳤다. 몇 개월 전 그가 그린 해와 집과 나무가 있는 그림 뒷면에 아홉 개 색깔로 수도권 전철노선도가 그려져 있었다. 마름모꼴 녹색 선에는 51개의 역이 있었는데, 그는 성수에서 시작해 성수로 돌아오는 선을 손가락으로 주욱 그으며 잠실에서 멈췄다.

"여기는 내가 대학 때 아르바이트했던 곳이야. 그 호텔이 지금은 엄청 유명하지만 내가 거기서 유리섬유 깔고 잤던 생각하면 그 호텔은 가고 싶지 않아."

나는 잠실에서 교대를 지나 사당역에서 멈췄다.

"여긴 우리 연애할 때 헤어지기 싫어서 비디오방에서 두어 시간 더 있다가 가던 곳이지?"

"비디오방만 있었나, 너 보내기 싫어서 사당역에 있던 그 꼬칫집, 이름이 뭐였더라."

"투다리!"

"그래, 투다리에서 꼬치 한 줄 시켜놓고 먹다가 막차 태워 보낸 곳이지."

"여긴 우리가 처음 잤던 곳이다."

내가 성수역을 짚었다.

"그날 종로에서 집회가 있었지. 집회 끝나고 신설동까지 걸어가서 성수행 전철 타고 오는 길에 우리 과 깃발을 두고 내렸던 것도 기억나?"

"기억나지. 그때 용답역에 있는 차량기지까지 가서 그거 찾아서 성수까지 걷다가 너무 힘들어서 그 여인숙에 들어갔잖아."

"그거 아직도 있을까?"

"그 여인숙?"

"아니, 그 여인숙에 깃발 두고 온 기억 안 나?"

"아, 맞아. 기지까지 가서 찾아놓고는 여인숙에 두고 나온 게 쪽팔려서 학과 애들한테는 전경한테 뺏겼다고 둘러댔었지."

"그건 세상에 우리 둘만 아는 비밀이잖아."

사진을 찍던 정은이가 다가오며 비밀? 비밀이 뭔데? 하고 물었다. 그는 비밀을 알려주려는 듯 전철노선도가 그려진 지도를 정은이에게 내밀었다. 정은이는 종이를 받아들고는 강 건너를 향해 뻗었다. 바람은 실버들을 흔들고 주홍빛으로 물든 하늘이 남한강으로 스며들며 강 건너 집들도 그가 그린 그림처럼 물결 따라 살랑살랑 흔들리고 있었다.

"이거 우리가 살 집을 그린 거야? 전원주택 같네."

"전원주택이라고?"

"마당이 넓은 집에 나무가 있고, 벽난로도 있는지 굴뚝도 있잖아. 저기 강 건너에 있는 집들이 이런 집이잖아."

그가 본 세상은 강물에 그려진 그림 같은 거였나. 강물에 비친 것들은 구름도, 빛들도, 나무도, 집들도 모두 흔들리고 있었다. 우리가 가질 수 없는 집 마당을 그리며 흔들리는 건 당연한 거 아닐까. 중심을 잡을 수 없는 게 정상이 아닐까. 어지러운 게 당연한 게 아닐까. 눈앞의 풍경은 그의 눈에 비친 세상이었고, 나는 여름 강가에서 그의 세상에 들어가 그 흔들리는 풍경을 바라보고 있었다. 기우는 햇살을 받아 종이 뒷면에 그려진 전철노선도가 비쳤다. 정은이가 전철역 곳곳에 있는 검은 삼각형을 가리켰다.

"근데 이 삼각형은 다 뭐야?"

"깃발을 배달할 곳."

새로운 일을 정한 듯 그가 말했다. 정은이는 그와 나를 번갈아 쳐다보며 무슨 말을 하는지 모르겠다는 표정을 지었다. 그가 그린 지도에는 우리가 깃발을 두고 온 여인숙과 헤어지기 싫어서 들어갔던 비디오방이, 언젠가 크게 싸우고 헤어지자던 인사동 골목과 다시 만나 서로의 몸을 더듬던 소월길이 있었다. 그것만 있을까. 그를 만나기 전 고등학교 때 오가던 명동의 언덕길과 아빠 손을 잡고 처음으로 전철을 타고 내렸던 뚝

섬과 첫 월급을 타고 밥을 사주겠다던 언니가 일한 충무로도, 아빠가 돌아가시고 엄마를 모셔오던 남태령 고갯길이 있었다. 그리고 그 모든 곳에 그가 깃발을 배달하게 될 장례식장이 있었다. 나는 그가 표시해둔 검은 삼각형을 세기 시작했다. 그가 깃발을 그려놓은 곳은 마흔일곱 개였다.

"서울에 장례식장이 이렇게나 많아?"

그는 웃으며 아직 다 완성한 건 아니라고 했다.

"내가 이 생각을 언제 한 줄 알아?"

"검은 깃발을 뽑을 때지? 도와달라고 치료사에게 말할 때 나 정말 이상했었어."

"아니, 까마귀떼와 싸울 때. 그때 내가 진짜 기사가 된 것 같았거든."

열이 나는 이마를 창가에 대고 시리고 푸른 새벽을 맞이하던 대여섯 살의 그가 중년의 남자가 되어, 흔들리는 시간을 지나, 몇 달 전 응급실에서 손에 힘을 줘보라던 말에 답하듯 내 손을 꼭 쥐었다.

"이제 힘이 들어가지?"

# 오래된 서점에서

약속도 없고 갈 곳도 없지만 무작정 걷고 싶은 날이 있다. 어디로 갈까. 무턱대고 집을 나와 지하철 2호선이 머리 위로 지나가는 아랫길을 따라 걸었다. 한 정거장 정도 걷다보니 마을버스 정류장이 있고, 그 앞엔 누군가 버려놓은 소파가 있었다. 소파에는 두세 겹의 겨울 덧옷을 껴입고 손가락 마디가 잘린 장갑을 낀 사내가 앉아 있었다. 그의 옆에는 청테이프가 덕지덕지 붙은 두 개의 종이가방이 있었는데, 그는 그 안에 있던 검정 비닐봉지를 하나씩 꺼내 소파에 늘어놓다가 종이가방에 다시 넣는 일을 반복하고 있었다. 버스를 타려면 뭔가 있어야 하는데 그게 뭔지 모르겠다는 듯 검은 비닐봉지를 뒤지다가 자기가 뭘 하려고 했는지 잊어버린 몸짓이었다.

정류장 맞은편에는 금속공장이 있었다. 길가로 나와 있는 용접기에선 불꽃이 튀고, 용접 마스크를 쓴 할아버지가 엉덩이를 도로 쪽으로 쳐들고 용접을 하고 있었다. 그쪽으로 발걸음을 옮기니 낯선 향이 났다. 지방의 다리 공사장에서 용접을 하다가 떨어져 별이 된 한 시인은 이걸 하늘과 땅을 이어붙이는 향이라고 했었다. 철과 철을 붙이려면 불꽃이 튀고 꼬스름한 향이 난다고. 이어진 철을 끊으려면 다시 불꽃이 튀겠지. 그때도 꼬스름한 향이 날까. 그런 생각을 하다 그를 쳐다보았다. 비닐봉지를 뒤지던 그도 용접불꽃을 쳐다보고 있었는지 그와 시선이 부딪쳤다. 그 잠깐 사이 나는 그가 눈을 깜빡이며 인사를 했다고 느꼈다. 나도 모르게 그를 향해 답례하듯 목을 까닥하며 움직였다. 그는 아무 일 없던 것처럼 하던 일, 비닐봉지를 꺼내 늘어놓다가 도로 넣는 일로 돌아갔다. 혼자 머쓱해져서 빠른 걸음으로 전철역 구간을 빠져나와 청계천과 중랑천이 만나 한강으로 이어지는 길로 향했다.

그래, 여기 유한양행이 있었지.

저녁이면 하얀 모자를 벗고 철문에서 쏟아져나오던 사람들. 그 길엔 밥집이 많았고, 밥집 앞에서는 저녁불이 켜지는 포장마차가 양옆으로 늘어서 있었어. 포장마차가 끝나는 곳의 골목을 끼고돌면 키가 큰 쥐똥나무가 있었는데. 초여름의 시작을 알려주던 쥐똥나무 꽃향기가 나던 길을 더듬어 걸었다. 향기에도 높낮이가 있다면 쥐똥나무 꽃은 미와 파의 음을 가진 것 같지 않냐던 친구가 있었다. 그 친구 이름이 뭐였더라.

연숙이, 진희, 선화, 보경이, 은진이. 초등학교부터 중학교 고등학교 친구들이 하나둘 떠올랐다. 여름이 지나갈 땐 쥐똥 같은 까만 열매가 열렸었는데. 맞아, 은진이. 얼굴이 까맣고 수학을 잘하던 중학교 때 친구. 은진이는 그 까만 열매에 빨간색 물감을 칠하기도 했어. 왜 색칠하냐고 했더니 까만 열매가 싫다고 했던가. 은진이네 집이 여기 어디였을 텐데. 쥐똥나무가 없으니 포장마차가 늘어서 있던 길 끝까지 가도 은진이네 집을 찾을 수가 없었다.

골목을 지나 누런 겨울 풀들이 넘어진 공터에서 서성였다. 내가 살던 집은 앞뒤로 열두 가구 셋방이 붙어 있던 무허가 판잣집이었는데, 열두 개의 방은 공터가 되어 공원이 들어설 예정이라는 팻말이 꽂혀 있었다. 공터에는 버려진 냉장고가 쓰레기를 담고 있고, 급하게 떠난 건지 넘어진 책장과 프라이팬, 숟가락들이 흙에 박혀 있었다. 널브러진 옷가지와 이불이 풀들을 덮은 사이로 사람들이 지나다니며 생긴 작은 길이 있었다. 그 길을 따라 찻길을 건너 둑방에 올랐다.

돌로 된 오래된 다리인 살곶이다리 위로 자전거가 지나가고 있었다. 살곶이다리를 건너 한양대 쪽으로 갈 수도 있지만 이번에는 늘 피해 다니기만 했던 길로 걷고 싶어졌다. 성동교 중간쯤에서 한강으로 가는 물길을 눈으로 좇으니 작은 모래 턱이 보였다. 모래 턱에 쪼르르 앉아 있던 새들이 물길을 거슬러 날아올랐고, 다리 반대편에서는 누군가 걸어왔다. 나는 내 앞에 침을 퉤하고 뱉었다. 지나가던 사람이 나를 위아래로 훑어보고는 자기도 침을 뱉고 가던 길로 걸어갔다. 저렇게 하면 되는 거였는데.

*

집이 한양대역과 뚝섬역 사이여서 고등학교 3년 내내 이 다리를 지나다녔지만 막상 이 길에 서니 아르바이트를 해서 산 마이마이만 떠올랐다. 고등학교 2학년 때였으니 열일곱 살이었다. 나는 이어폰을 꽂고 다리 위를 건너고 있었고, 반대편에선 나보다 서너 살 많은 무서운 언니들이 오고 있었다. 그들은 조금 전 내 옆을 지난 사람처럼 스쳐지나가지 않고 내게 말을 걸었다.

"너, 그거 내놔."

내가 감출 새도 없이 그 언니들은 새것으로 반짝이는 하얀색 마이마이를 낚아채고는 제 것처럼 가방에 넣었다.

안 돼, 그거 주세요. 내가 말했던가.

싫어, 그거 내 거야, 했던가.

나는 아무 말도 못 한 채 얼어붙었고, 그들은 "뭘 쩨려봐, 썅! 눈깔을 지져놓을까보다" 하며 담뱃불을 들이댔다. 물러서지 말아야 했을까. 아니면 눈에 더 힘을 주고 내가 그걸 사려고 이명래 고약에서 얼마나 많은 고약을 포장했는지 아느냐고 소리

쳐야 했을까. 마이마이에 들어 있던 테이프도 〈전영혁의 음악세계〉에서 매일 밤 녹음한 건데, 그걸 녹음하고 내 귀에 이어폰을 꽂고 길거리를 걸으며 듣고 싶어서 내가 얼마나 애를 썼는데. 그러니 제발 돌려달라고 애원이라도 했으면, 다리 난간으로 올라가 뛰어내리겠다고 겁이라도 줬다면 난 좀 다른 사람으로 살 수 있었을까.

　머리를 굴릴 새도 없이 나는 고개를 떨어뜨렸다. 뚝, 하고 소리가 나는 것 같았다. 나는 혼자였고 무엇보다 소중한 것을 지키기 위해 다리에서 뛰어내리겠다고 위협할 객기도 없었다. 그들은 내게 침을 뱉고는 경쾌한 발걸음으로 키득대며 따라오면 담뱃불로 지져버리겠다고 위협하다가, 그래도 따라오는 개새끼를 돌려보내듯이 다리 위에서 쿵 하며 발을 굴렀다.

　"꺼져."

　고개를 돌려 뒤를 보았다. 30년이 지났는데도 이 다리 위에서 기억나는 게 마이마이를 뺏긴 그날뿐이라니. 빈 웃음이 삐져나왔다.

　"퉤퉤!"

　나는 또 한번 30년 전에 뱉지 못한 침을 뱉었다. 한번 뱉으니 또 뱉고 자꾸 뱉고 싶었다. 이게 뭐지. 고작 침을 뱉었을 뿐인데 이상한 희열이 느껴졌다. 다리가 아파서 전철을 탄 뒤, 살면서 누군가에게 침을 뱉은 일이 없었는지를 떠올렸다. 억울하고 화가 나는 일이 없었던 것도 아닌데, 어떻게 그럴 수 있지. 정말 내가 누군가의 얼굴, 아니 발밑에라도 침을 뱉은 일이 없었다고? 아무리 떠올려봐도 생각나는 얼굴이 없었다. 어느새 동대문운동장이라는 이름이 더 익숙한 역에서 지하철을 갈아타고 혜화역에서 내렸다. 어느 날 문득 그 다리를 건널 때, 그때로 돌아가면 가장 해보고 싶었던 것을 해버렸기 때문일까. 발걸음은 30년 전 마이마이를 빼앗기기 전 내가 있었던 곳들을 되짚고 있었다.

유난히 몸통이 굵은 은행나무 한 그루가 골목의 대장처럼 서 있고, 조금 더 올라가니 '2층은 원서, 1층은 인문사회과학 서적'이라고 쓰여 있는 간판에는 전화번호 역시 예전 그대로 남아 있었다. 나는 스마트폰을 꺼내 서점을 찍었다. 뺑뺑이를 돌려 고등학교를 배정받았을 때 내가 다닌 중학교에서 명동에 있는 학교를 배정받은 건 나 하나뿐이었다. 그 학교의 교정은 명동성당 뜰 안에 있었고, 언덕 위에 붉은 벽돌로 지은 미션스쿨이었다. 이 서점은 그 학교의 문예부 선배들과 모임을 하던 곳이었고, 그곳에서 알게 된 다른 학교 친구들을 만나는 장소였으며, 게시판에 메모를 남기거나 아무것도 하지 않고 종일 앉아 책을 보는 도서관이기도 했다.

좋아하던 역사 선생님이 전교조에 가입했다고 해직되고, 그 선생님과 함께 노조에 가입했던 국어 선생님과 미술 선생님까지 줄줄이 학교를 쫓겨나던 때였다. 눈앞에서 선생님들이 해직되는 상황은 누가 봐도 부당했고, 뭐라도 해보자고 문예부 선배들이 아이들을 끌어모으던 그때, 나도 선배 손에 이끌려 이 서점에 왔었다. 간판만 그대로이고 서점은 월세를 감당할 수 없어 맞은편 지하로 자리를 옮긴 지 몇 해 지났는데, 그마저도 유지할 수가 없어 이제 문을 닫는다는 기사를 본 것이 며칠 전이었다. 서점 이름이 박힌 녹색 간판에는 'since 1985'가 적혀 있었다. 녹색 간판에 빨려들어가듯 지하로 이어진 계단을 내려갔다.

계단을 내려오는 소리를 들었는지 문을 열자마자 서점 주인이 기다리고 있었던 사람처럼 인사를 건넸다. 그는 아침부터 밤까지 지하에 있어서 그런지 동그란 얼굴이 하얬다. 건너편 서점에서 점원으로 일하다 스물여덟에 이 서점을 인수했다던가. 그는 내가 이곳의 오랜 손님이었다는 걸 알아보고는 "소식 들으셨죠? 서점을 지키지 못해 미안해요"라고 말했다.

그에게 인사를 하려고 들렀다는 갈색 모자를 쓴 중년의 남자가 끼어들었다.

"아무도 못하는 일을 하신 거예요."

"저는 오늘 부산에서 왔어요. 기사 보고 꼭 한번 와보고 싶어서요. 지금 대학 입학 결과 기다리고 있는데 남자친구랑 같이 왔어요."

쇼트커트가 어울리는 여자애도 인사할 때를 기다렸던 건지 서점 주인에게 고개를 숙였다.

"그동안 이곳에 쌓인 책들처럼 많은 사람들이 드나들었잖아요. 저는 대학 때부터 여기 들락거렸으니 30년도 훨씬 넘었네요. 저 건너편 책방에다 가방 던져놓고 가두투쟁 나가고 그랬지요."

"우와, 30년이요? 우리 엄마랑 아빠도 이 서점에서 만났대요. 그래서 왔거든요. 여기서 우리 사진 찍어서 엄마한테 보여주려고요."

여자애는 "저희 둘 같이 나오게 찍어주세요" 하며 스마트폰을 내밀었다. 중년의 남자는 "그래. 그런 곳이지, 이곳은" 하며 사진을 찍어주고는 서점 주인과 같이 찍자며 자기 스마트폰을 꺼냈다. 그들이 나누는 얘기를 방해하고 싶지 않아 책장을 둘러보았다.

출입문 입구에 있는 책장 하나엔 녹색평론사의 책들이 가지런히 꽂혀 있고 그 옆엔 '풀방'이 있었다. 계단 아래에 방을 만들어 책 읽기 모임을 하는 공간이라고 했다. 고개를 숙이고 들어가니 지하의 다락방 같았는데 벽에는 '철학이란 철학을 넘어서기 위한 도구이다'라는 낙서가 있었다. 풀방 옆은 디근자로 움푹하게 들어가 삼면이 책장인데 책들이 오래되고 낡아 헌책방 같았다. 주황색 표지의 네 권짜리 『자본론』 옆에는 『한국근대민중운동사』, 『부자의 경제학 빈민의 경제학』, 『철학사전』, 『불량제품들이 부르는 희망노래』, 『아무도 미워하지 않는 자의 죽음』, 『역사와 계급의식』, 『예술사의 철학』, 『인민의 벗이란 무엇인가』, 『민중의 세계사』 등이 꽂혀 있고 맞은편에는 오래된 시집들이 있었다. 시집 옆 자투리 벽에 청색이 바래 옥색이 된 바탕에 흰 새와 검은 새가 그려진 포스터가 눈에 들어왔다. 이곳을 들락거리면서도 그동안 한번도 눈에 띄지 않은 포스터였다. 서점 주인에게 이 포스터가 건너편 서점에 붙어 있었던 거냐고 물었다.

"그쪽 벽에는 거기 있던 책장을 그대로 뜯어와서 책을 꽂았어요. 그 포스터도 그때 뜯어온 거예요."

"이게 쭉 여기 붙어 있었다고요?"

서점 주인은 고개를 끄덕이고는 디근자 책장에서 시집을 뽑아 부산에서 왔다는 학생들 쪽으로 갔다. 서점에서 있었던 일들을 그들에게 얘기하는 게 신이 난 모양이었다.

"이 시집 때문에 내가 대공분실에 끌려가기도 했어요. 박종철이 고문받았던 옆방, 510호요."

"박종철이 누구야?"

남자애가 여자애 귀에 속삭였다.

"박종철 몰라? 영화도 있잖아. 너 그거 못 봤어?"

"아, 태리 나오는 거?"

"강동원이 신발 잃어버리고 그랬잖아."

강동원은 이한열을 연기한 거고 박종철은, 하며 중년의 남자가 끼어들려고 하자 남자애가 "무슨 내용이길래 거기에 끌려가요? 대박 신기해" 하며 서점 주인이 뽑은 시집을 넘겨받았다. 시집은 문학과지성사에서 나온 『서울에 사는 평강공주』

였다.

"평강공주가 온달이랑 연애했던 거 맞지?"

남자애가 여자애를 보며 말했다. 여자애는 연애한 게 아니라 결혼, 하며 남자애가 들고 있던 시집을 잡아챘다. "바보라고 소문난 온달이랑 얼굴도 한번 안 보고 결혼했는데 온달이가 알고 보니 잘생긴 왕자였잖아. 그런데 너는" 하며 여자애가 남자애 머리를 흐트러뜨리면서 장난을 쳤다. 남자애는 근데 왜 평강공주 때문에 아저씨가 붙잡혀갔느냐고 물었다.

"내 죄목이 불온서적을 판매했다는 거였거든요. 풀려난 다음에 압수 목록을 보여달라고 했어요. 그런데 그 목록에 뭐라고 적혀 있었게요?"

서점 주인은 학생들에게 함부로 말을 놓지 않았고, 중년 남자는 힌트를 주듯 남자애 옆에서 평강을 세게 발음했다.

"서울에 사는 평강, 평강공주, 설마 평양공주요?"

남자애가 말하자 "오, 서울에 사는 평양공주! 무슨 암호 같은데. 이야, 대박!" 하며 여자애도 웃어댔다.

"우리 서점엔 걔들이 말하는 불온서적이 엄청 많거든요. 그런데 그런 건 하나도 못 보고 자기들이 보고 싶은 것만, 그것도 평강을 평양으로 적어서 어떻게든 불온서적을 만든 거예요."

"그게 언제예요?"

중년 남자가 물었다.

"아내가 아이를 임신했을 때니까 1997년 4월에 들어갔어요."

"우리가 태어나기도 전이네요."

"90년대 말까지도 사찰이라고 해서 여기에 보안과 사람들이 왔다 가고 그랬어요."

"사찰, 보안, 금서…… 오랜만에 들어보네요. 그 힘든 시절 다 보내고 인문사회과학 서점을 여기까지 끌고 오셨으니 참 대단하세요."

중년의 남자가 모자를 벗어 한 손에 들며 가볍게 목례를 했다.

"보안 사찰이 있던 그때보다 지금이 더 힘들어요. 처음 서점을 인수했을 땐 그래도 대학 앞에 인문사회과학 서점 하나는 있어야 한다고 생각했거든요. 그때는 입학 시즌이 되면 대학 동아리 선배들이 사비를 털어서 신입생들한테 책을 사주고 그랬어요. 그게 관례였어요. 입시 준비하느라 그동안 못 읽은 책들, 특히 사회과학 책들을 읽으라는 분위기가 있었으니까. 언젠가부터 대학도 경쟁을 위한 고등학교의 연장이 되어버리고 대학 와서도 스펙 쌓기 바쁘더라고요. 그땐 또 토익이나 공무원시험 문제집들만 팔리더라고요. 그러다 지금은 그것마저 인터넷서점에서 사는 게 더 싸니까 여긴 책 무덤이 되어버렸어요. 이렇게 하다간 책 관을 짜야 할지도 몰라요."

"책 관이요?"

"그게 싫었어요. 인문사회과학 서적은 책의 뿌리 같은 건데.

그런 서점이 대학 앞에 하나쯤은 있는 게 맞는데. 간간이 찾아오는 손님들한테는 정말 미안한데 내 청춘도 여기 다 있거든요. 서점을 이어서 해줄 젊은 친구들이 나타나면 이 책들 다 줄 거예요."

서점 주인의 이야기에 신기해하며 시집을 들추는 어린 학생들 모습이 낯설지가 않았다. 그들 이야기를 따라 나도 90년대 초 이 서점을 들락거렸던 그때로 돌아간 것 같았다. 더군다나 곧 문을 닫게 될 서점에서 이제야 발견한 포스터에서 눈을 뗄 수가 없었다. 포스터는 1990년 4월 21일에 연극 〈새들도 세상을 뜨는구나〉가 딱 하루 상연했음을 알려주고 있었다. 어떻게 지금껏 이게 한번도 눈에 들어오지 않았던 걸까. 그날이 4월 21일이었구나. 포스터에 적힌 시간과 연우소극장이라는 장소를 보니 30년 전 어느 봄날의 내가, 아니 그가 떠올랐다.

*

"이게 한 편의 시인데, 그걸 연극으로 만들었대."

서점에 붙어 있던 포스터를 보며 그가 말했다.

"무슨 신데 시 한 편이 연극이 돼?"

"나도 모르지. 옆에서 대학생 형들이 하는 얘기만 엿들었어."

그는 서점 직원에게 포스터를 가리키며 "형, 저 연극 제목이 나오는 시집 알아요?" 하고 물었다. 직원은 당연히 알지, 하는 표정으로 시집 코너로 가서 "하, 황, 지, 32번이네" 하며 『이 時代의 아벨』과 『地上의 人間』 사이에 끼어 있는 시집을 꺼내 먼지를 털었다.

"황지우보다 고정희가 먼저 나왔었네. 한자가 많은데 이거 읽을 수 있어? 살 거야?"

"줘봐요. 읽을 만해야 사지요."

그는 직원의 손에서 시집을 빼앗아 표지에 있는 캐리커처를 보며 "무슨 시인이 회사원처럼 생겼어" 하고는 내 쪽으로도 내밀었다. 넥타이를 매고 있어서 회사원 같아 보였지만 한쪽은 솟고 한쪽은 평평한 눈썹이 눈에 들어왔다.

"화가 난 것 같은데. 뭔가를 응시하는 것 같지 않아?"

그는 내 말은 듣는 척도 하지 않고 시집을 뒤적이다가 "이야, 이거 이거" 하며 목소리 톤을 높이더니 "문학은 표현하고 싶은 것을 표현할 뿐 아니라 표현할 수 없는 것, 표현 못 하게 하는 것을 표현하고 싶어 하는 욕구래"라고 말했다. 이제 막 문예부에 들어온 후배에게 문학이 무엇인지 알려주겠다는 말투였다. 표현 못 하게 하는 것들? 그런 게 뭘까를 생각하는 동안 그는 "표현 못 하게 하는 것을 표현하고 싶어 하는 욕구에 도전하면서 얻어진 것, 그게 문학이란 말이지. 그런데 어떻게 침묵에 사다리를 놓을 수 있을까"라며 혼잣말을 했다. 그는 문학이 무엇인지를 찾기 위해 이 서점에 온 것처럼 보였다.

"침묵에 사다리를 놓다! 와, 네 표현이 더 좋은데."

그는 대답 대신 시집 뒷면을 내밀며 "사람과 사람 사이의 신……, 이거 뭐라고 읽어?" 하고 한자를 짚었다. 한자 위에 그가 방금 한 말이 보였다.

"뭐야, 이 시인이 한 말이었어?"

그는 한자를 톡톡 치며 그러니까 이거 뭐라고 읽냐고 재촉했다.

"호. 신호."

"사람과 사람 사이의 신호라."

그는 차례를 펼쳐 사람과, 사람 사이의, 신, 신호, 하며 손가락으로 훑어나갔다. 중간에 연극 제목인 '새들도 세상을 뜨는구나'가 보였지만 그냥 지나쳤다. 서점 직원이 "그 출판사에서 나온 시집 뒤에 있는 글들은 시인의 산문 같은 것에서 뽑은 걸 거야"라고 일러주고는 하던 일을 계속했다.

"이 시인, 산문집도 있어요?"

그는 그 시인의 책은 다 읽어야겠다는 듯 덤벼들었다. 직원은 계산기를 두드리다 삐딱하게 머리를 돌려 저쪽에서 본 것 같은데, 하고 말했다.

"어디요?"

그는 직원이 눈짓으로 가리킨 쪽 책장을 손으로 훑었다.

"한마당인가 거기 찾아봐."

"한마당이 뭐예요?"

"출판사가 한마당이라고. 거기 한마당 책들 보이지? 브레히트 옆에."

"브레히트는 또 뭐야. 어디요? 형이 와서 찾아봐요."

지난번 문예부 독서 모임에서 읽은 책이 브레히트의 시집이어서 노란색의 시집이 단번에 눈에 들어왔다. 나는 그의 옆으로 가서 "살아남은 자의 슬픔, 여기 있잖아" 하고 시집을 꺼냈다.

"그거 말고 기호, 아니, 사람과 사람 사이의 신호."

내가 그 옆에 있는 책을 뽑으려 할 때 "오호, 신호!" 하며 그가 잽싸게 내 손을 치며 먼저 뽑아냈다.

"신호할 때 신자가 믿을 신자인 건 알거든. 호는 좋을 호겠네."

나는 그의 행동에 어리둥절했다. 그동안 그가 보여준 섬세하고 부드러운 태도와는 180도 다른 모습이었다. 그는 의자에 앉아 한참을 책을 보다가 벌떡 일어났다.

"은하야."

그제야 내가 같이 있었다는 게 생각난 모양이었다.

"왜?"

그가 책을 낚아채며 내 손을 쳐낸 것도 기분이 나빴지만 그가 책을 읽는 동안 멀뚱히 기다리고 있는 내가 한심해지려던 참이었다. 그는 내 눈을 뚫어지게 쳐다보았다. 너도 미안하지? 잘못했지? 나는 그가 책 욕심이 과해서 그렇다는 변명을 늘어놓으면 가볍게 이해하고 넘어가야지 싶었다.

"은하야 너……."

그는 한번 더 내 이름을 불렀다.

"뭐야? 기분 나빠지기 전에 빨리 말해!"

그는 읽던 책을 흔들었다. 무슨 말이지? 지금 내게 저걸 사 달라는 걸까? 내가 아무 말이 없자 그는 포스터를 가리키며 "저 날이 내 생일이거든" 하고 말했다. 그날 나는 뭔가에 홀린 듯 지갑을 열었다. 그 안에는 한 달치 용돈이 들어 있었다. 시집은 2천 원, 산문집은 2천8백 원이었다. 나는 5천 원을 꺼내 직원에게 내밀었다. 왜 그때 객기가 발동했는지 나도 알 수 없었다.

이걸로 너하고는 끝이다. 너는 그 시집이랑 산문집 읽을 때마다 내가 떠오를 거야. 지금 이 순간이 떠오를 거라고.

서점을 나와 앞서 걸으며 자꾸 화가 나서 이런 말이 입가에 맴돌았다. 나는 그와 헤어지는 방법으로 책값을 계산한 거라고 오랫동안 생각했었다. 그러고는 내 기억에서 지워버린 채 지금껏 그날의 기억을 꺼낸 적이 없었다. 그런데 포스터를 본 순간 내가 그와 한번 더 만났다는 사실이, 기억의 틈에 끼어 있다가 영상처럼 생생하게 떠올랐다. 그는 내 옆에서 알랑거리며 생일날 연극을 같이 보자고 했었다.

"같이 보자고?"

그는 끄덕이며 내 손을 잡았다. 나는 그 손을 내치지 못했고, 그는 여동생에게 하듯 내 볼에 살짝 입술을 댔다. 화를 내지도 못했는데 벌써 화해를 해버린 것 같았다. 그와 헤어질 때나는 "그래, 연극 같이 보자" 하고 대답하고 말았다.

연극을 보기로 한 날 혜화동사거리를 지나 언덕길을 올라 연우소극장 앞에서 한참을 기다려도 그가 오지 않았다. 연극 시작 시간이 다 되어서야 골목 끝에서 그가 전속력으로 달려왔다. 그가 가까이 올 때마다 가슴이 두근거렸다. 숨을 헐떡이며 시계를 보던 그의 첫마디는 "들어가자"였다. 늦어서 미안해도 아니고, 얼른 티켓을 사자도 아니고, 들어가자니.

"티켓은?"

내가 물었을 때, 그는 어깨를 으쓱하고 두 손을 양옆으로 벌리며 "안 샀어?"라고 되물었다. 네가 사기로 했잖아, 생일 선물을 준비 안 한 거야? 그런 표정이었다. 책을 사달라고 해서 사줬는데 연극도 보여달라는 거였구나. 연극을 같이 보자는 말이 티켓을 사달라는 거였구나. 그는 내 표정을 훔친 사람처럼 어이없다는 몸짓으로 "내가 지금 티켓 한 장 값밖에 없는데"라고 했다.

"그러면 난 안 볼래."

그가 혼자 티켓팅을 하고 연극을 보러 들어갈 거라곤 예상하지 못했다.

"그럼 나 보고 나올 때까지 너는 서점에 가서 기다릴래?"

나는 이 어처구니없는 상황에 어떻게 해야 할지 몰라 멀뚱히 서 있었다. 그는 내 대답은 듣지도 않고 등을 돌려 공연장 입구로 뛰어갔다. 뛰어가는 그의 걸음 위로, 바닥에 떨어진 벚꽃이 술렁이며 떠올랐다가 내 쪽으로 밀려왔다. 화가 나는 게 아니라 비참하고 얼굴이 화끈거렸다. 이러는 게 어딨냐고 소리라도 질러야 했는데, 나는 입을 닫고 고개를 팍 숙여버렸다. 나는 왜 이 모양일까. 한 해 전 축제 때 2학년 선배들 대신 자기 학교에 와서 문학의 밤 낭송을 해달라고 추근대던 놈이 이놈이 맞나. 학교 앞에서 일기장을 건네며 자기 글을 보여주던 녀석이 이놈이 맞나. 우린 지금 사귀는 걸까? 이런 놈인 걸 알았으니 헤어지자고 말해야 하나. 그러고 보니 그는 내게 사귀자는 말을 한 적이 없었다. 딱히 사귄 것도 아닌 것 같은데 헤어지자는 게 더 웃기지 않나. 걷다보니 어느새 서점이었다. 직원은 나를 보고는 왜 혼자 왔냐고 했다. 무슨 말이냐고 물었더니 직원은 그가 내내 서점에 있다가 연극 보고 다시 오겠다고 했다며 "같이 연극 보는 거 아니었어?" 하고 재차 물었다.

　연극이 시작될 시간이 다 되어 달려온 것도 계획한 거였을까. 나보고 서점에 가 있으라고 한 건 자기가 다시 와야 하기 때문이었겠지. 그제야 그와 만날 때마다 반복됐던 패턴을 알아챌 수 있었다. 그는 혼자 있는 걸 못 견디면서도 둘이 있으면 자기 속에 매몰되는 종류의 인간이었다. 뭐 이런 새끼가 다 있지. 그 새끼한테 책도 사주고 기다리랬다고 여기 와 있는 나는 뭔가. 만난 지 1년이 다 되어서야 그걸 눈치챈 나 자신에게 한

숨이 나왔다. 그가 오기 전에 서점에서 나가야겠다는 생각뿐이었다. 최소한 그에게 지금 내 모습을 들키고 싶지는 않았다. 서점을 나서기 전에 시집이 꽂힌 책장 앞으로 가서 32번 시집을 뽑았다. 그놈이 오면 계산할 거라고 하고 시집을 들고 나가버릴까. 그러면 통쾌했을 테고 화가 가라앉을 수도 있었는데, 나는 시집을 책장에 도로 끼워넣었다.

나도 그 시집을 보고 싶었다고. 시 한 편이 어떻게 연극이 되었는지 보고 싶었단 말이야.

서점에서 나와 집으로 걸어오며 내 속에서는 이런 말들이 쏟아졌고 미련한 내가 마음에 들지 않아 속이 탔다. 발길은 공중전화 앞에서 자꾸 멈췄다. 서점으로 전화해서 그놈을 바꿔달라고 할까. 그가 받으면 "이 개새끼야!" 소리 지르고 딱 끊어버릴까. 공중전화는 왜 그렇게 많은지 내 인내심을 테스트하는 것 같았다. 그날 나는 공중전화부스에 들어가 수화기를 들고 번호를 누르다 다 누르지 못하고 수화기를 내려놓았다.

무슨 소용이야. 잊어버리자, 다시는 보지 말자. 넌 정말 저질이야. 너랑은 끝이다.

그날 혼자 속으로 했던 말들만 기억나는 걸 보니 나는 그날 이후 그를 지워버리려 했고 그렇게 했던 것 같다. 나는 비참함 때문에, 한마디도 못하고 헤어진 스스로에게 화가 나서 아무에게도 얘기하지 못하고 그와 그날을 기억에서 지우려 했을 것이다. 그동안 그와 관련된 것들은 잊고 있었으니 잘 숨긴 셈이었다. 그런데 그 봄날이 30년 동안 서점 벽에 붙어 있던 포스터를 통해 되살아나다니. 기억이란 아무리 묻어두어도 어느 순간에 용수철처럼 튀어나오는 현재로구나 싶었다.

\*

어느새 서점은 책을 사는 사람보다 서점 사장에게 인사하러 들르는 사람들로 북적였다. 열린 문으로 꽃무늬 스카프를 두른 키 작은 여자가 들어와 책장 사이를 돌아다니는 게 보였다. 여자는 녹색평론사 책들이 꽂힌 책장에서 『케스―매와 소년』을 만지작거리다가, 풀방을 지나 디근자 책장 앞을 서성이며 책을 꺼냈다 넣고 다시 꺼내기를 반복했다. 시집을 꺼냈다가 클로드 모르강의 『꽃도 십자가도 없는 무덤』을 펼쳤다. 여자는 90년대 중반에 나온 북한 SF소설인 『푸른 이삭』을 지나 새 책이 진열된 매대 앞에서 손가락으로 책등을 만지고 있었다. 여자의 동작은 비닐봉지를 넣었다 빼고 다시 넣던, 마을버스 정류장 앞에서 본 남자의 행동과 닮아 있었다. 그러다 여자와 눈빛이 마주쳤다. 서점에 오는 사람들에게 말을 걸며 인사를 나누고 있는 중년의 남자나 엄마에게 보여주려고 사진 찍으러 왔다면서도 자리를 뜨지 않고 있는 학생들과 마찬가지로 그녀도 뭔가를 찾으러 온 사람처럼 주변을 쭈뼛거리고 있었다. 나는 괜히 그녀에게 서점 직원처럼 말을 걸고 싶었다.

"저, 찾는 책이 있으세요?"

"얼마 전에 느티나무책방에서 나온 책 읽는 모임에 관한 책인데, 책 제목이 뭐였더라."

"혹시 나무 색깔 표지 아니에요?"

"맞아요."

나는 그녀가 한 것처럼 손가락으로 매대에 진열된 신간들을 훑었다. 매대의 맨 끝에 나무 색깔 표지가 보였다.

"사실 책을 사러 온 건 아니고요, 그냥 이 서점에 한번은 오고 싶었어요."

나는 그녀가 이야기를 하고 싶어서 이곳에 왔다고 느꼈다. 그녀의 행동은 어딘지 모르게 나와 닮아 있었다. 무턱대고 집을 나와 이곳에 와 있는 나도 그날 하고 싶었던 것이 대화였다는 걸 깨달았다. 그때 그녀가 먼저 물었다.

"혹시 퇴촌이라고 아세요?"

"그럼요. 경기도 광주에 있는."

늘 한두 번 묻고 답하다보면 그다음은 할말이 없어지는 내게 누구나 다 아는 질문으로 대화를 이끄는 그녀의 방식이 신선하게 다가왔다.

"연애할 때 남편의 방에 가봤는데, 방에서만 지내던 사람이라서 그 방이 제겐 무척 특별했어요. 남편이…… 어릴 때부터 장애가 있었거든요. 사방이 책으로 둘러싸여 있는데 그야말로 서점이더라고요. 그래서 언제든 이 서점을 바깥으로 열어두고 싶다고 생각만 하고 있다가 결혼하고 시간이 한참 지난 어느 날……."

그녀는 잠깐 숨을 돌렸다.

"어느 날?"

나는 다음 이야기를 재촉했다.

"불쑥 저질러버렸어요."

"저지르다니요?"

"더 지나면 못할 것 같아서요."

"퇴촌에서 서점을 여셨나요?"

"서점은 아니고, 동네 서재 도서관이요."

나는 이런 재미있는 사연을 들려준 여자에게 자연스럽게 박수를 쳤다.

"도서관은 책만 있으면 할 수 있는 줄 알고, 앞뒤 안 재고 아무것도 모르고 그냥 하고 싶은 걸 하자 하고요. 그런데……." 여자는 뜸을 들이다가 "얼마 전에 도서관 문을 닫았어요"라고 했다.

"유지하기 힘들었군요."

"도서관이 책만 있다고 할 수 있는 게 아니더라고요. 그래도 얻은 게 더 많아요. 한 5년 동안 이웃들이 동네 친구가 되면서 기타 치고 노래하고 아이들 같이 키우면서 잘 놀았어요."

"저도 오늘 불쑥 이곳에 오게 되었는데, 그냥 발길이 이곳으로 끌렸어요. 고등학교 때부터 알던 서점이라서 문을 닫는다고 하니까 계속 마음에 걸렸나봐요. 그러다가 불쑥……."

그녀는 '불쑥'이라는 단어에 반응하듯 눈주름이 잡히며 미소를 지었다.

"서점을 접는다고 해서 쓸쓸할 줄 알았는데……." 여자는 말끝을 흐리다가 책을 가슴에 안으며 이 책을 읽을 땐 이곳이 떠오르겠다고 했다. 솔직하게 자신의 이야기를 꺼내놓은 여자의 태도 때문이었을까. 나도 왠지 이 여자에게 아무에게도 말하지 않았던 비밀이랄지 부끄러운 기억을 털어놓고 싶어졌다.

"저 포스터 보이죠?"

"새들도 세상을 뜨는구나, 연극이요?"

"아니, 포스터요. 30년 전에 저 포스터를 봤어요."

"연극이 아니라 저 포스터를요? 그때도 저 포스터가 붙어 있었다고요?"

"저쪽 디근자 벽의 책꽂이는 건너편 서점에 있던 걸 그대로 뜯어온 거래요. 책들도요."

"어쩐지 저쪽에 들어가서 책들을 훑어보는데 시간여행을 하는 것처럼 기분이 이상했어요."

여자는 남의 이야기를 잘 듣는 사람 특유의 반응을 보이며 의자에 앉았다. 나도 그 옆에 앉았다.

"고등학교 때 이 서점에 왔었거든요. 아주 찌질한 남자애랑 저 연극을 볼 뻔했는데, 결국엔 못 봤어요. 여기 오니까 그런 기억들이 막 튀어나오네요."

찌질한, 이라고 말할 때 어떤 쾌감이 밀려왔다. 여자는 찌질한 남자애, 저도 그런 애들 많았어요, 하며 맞장구를 쳤다. 그러면서 오늘 처음 만났는데 오래 만난 친구 같다며 "오래된 서점만 줄 수 있는 이런 선물 같은 시간이 전 정말 좋아요"라고 했다.

그때 서점 문에 달린 달랑이 종이 울리며 우체부가 들어왔다. 서점 사장은 그에게 음료를 건네며 종일 입에 달고 있었던, 이제 곧 문을 닫을 거라는 말을 반복했다. 우체부는 언제까지 하느냐고 물었고, 서점 사장은 "이 책들 다 주고 싶은 청년들이 나오면 곧"이라고 답했다. 서점 주인도 책을 파는 것보다 이야기를 더 나누고 싶었던지 우체부가 음료를 다 마실 때까지 계속 넋두리를 늘어놓았다.

우체부가 다녀간 후 조금 지나 서점 사장은 "이것 좀 봐요. 나, 이런 걸 받았어요" 하며 편지봉투를 흔들었다. 서점에 있던 사람들이 계산대 앞으로 모여들었다. 서점 주인이 신기한 물건을 자랑하듯 계산대에 편지지를 펴고 봉투를 그 옆에 두었다. 편지봉투에는 에든버러 북숍 마크가 찍혀 있었다. 나는 편지봉투를 가리키며 에든버러 북숍이라면 젠 캠벨이 처음으로 서점에서 일했다는 그곳 아니냐고 물었다.

"젠 캠벨! 맞아요. 여기 어디 책이 있을 텐데."

서점 주인은 서점에 관한 책을 모아놓은 책장에서 분홍색 표지의 『북숍 스토리』를 단번에 꺼냈다. 편지지에는 타자기로 찍은 전보 같은 문자가 찍혀 있었고, 서점 주인은 이런 것도 들어 있네, 하며 봉투에 들어 있던 것을 꺼내 편지지 옆에 세웠다.

"우린 종이학을 접는데 스코틀랜드에선 신화 속 동물을 종이접기하나봐요."

종이로 접은 유니콘을 보며 퇴촌에서 온 여자가 말했고, 부산에서 온 여자애는 유니콘의 뿔을 만지작거리다 사진을 찍었다.

"이거 타자기로 친 거 맞지? 에든버러 서점에선 타자기로 편지를 보내나봐."

남자애는 편지지에 찍힌 문장과 타자기 글씨에 관심이 있었다. 중년의 남자는 "그렇지, 세상엔 책이 이렇게나 많으니 서점도 다양하고 많아야지" 하며 주먹을 쥐고 서점 주인을 향해 "굿 파이트"라고 외쳤다.

"키프 파이팅 더 굿 파이트, 위 니드 모어 북숍 인 더 월드(Keep fighting the good fight, We need more bookshop in the world)!"

남자애가 아나운서의 오프닝 멘트처럼 타자기로 친 문장을 발음했다. 여자애는 "세상엔 더 많은 서점이 있어야 한다는 거지? 아저씨, '굿 파이트'는 무슨 뜻이에요?" 하며 중년의 남자를 쳐다보았다.

"좋은 싸움?"

중년 남자가 말했다.

"괜찮은 싸움은 어때요?"

나도 끼어들었다. 서점 주인이 "지는 싸움 같은데요"라고 하자 서점에 있던 사람들이 한바탕 웃음을 터뜨렸다. 짧은 시간 서점에 같이 있었을 뿐인데, 한순간에 같이 웃을 수 있는 건 나이도 경험도 다른 사람들이 지는 싸움의 의미를 공유했기 때문이었다. 서점 주인은 봉투에 적힌 이름을 보며 이 친구도 기사를 본 모양이네요, 라고 했다. 중년의 남자가 아는 사람이냐고 물었다.

"스코틀랜드로 유학 간다고 몇 년 전에 마지막으로 본 학생인데 우리 서점의 단골이었어요. 일부러 거기 있는 서점에 가서 전보 보내듯 이 편지를 보낸 것 같아요. 저는 이곳을 지킨 것 말고는 한 게 없는데……"

서점 주인은 "이런 편지를 받으니 그래도 잘 지내온 건가?" 하며 주변을 둘러보았다. 부산에서 온 학생들이 굿 파이트, 하며 중년 남자를 흉내냈다.

퇴촌에서 온 여자는 내게 연락처를 물었다. 우리는 거리낌 없이 연락처를 주고받았다. 그녀는 서점을 나가며 "다음달에 또 들를게요"라고 했다. 서점 주인은 그녀가 산 책에 이 서점의 독서 모임도 소개되어 있다고 했다. 그녀는 이미 알고 있다고, 도서관을 다시 열게 된다면 그 책으로 첫 독서 모임을 할 거라고 했다. 그러면서 꼭 다시 들르겠다고, 도서관을 접고 책

정리를 하며 많이 울었는데 뭔지는 모르겠지만 이상한 기운을 받았다고 했다. 중년의 남자는 서점 주인이 꺼내둔 『북숍 스토리』를 가방에 넣었고, 부산에서 온 학생은 『서울에 사는 평강 공주』를 읽어보겠다며 서점을 나섰다. 나는 오래전 그에게 사주었으나 정작 나는 읽지 못했던 시집과 산문집을 계산했다.

그날 집에 돌아오니 서점에서 산 책이 가방에 없었다. 설마 하며 사진으로 찍어둔 간판의 전화번호를 눌렀다. 30년 전 다누르지 못한 전화번호를 누르고 정말 서점 주인이 전화를 받을까 두근대며 기다렸다. 서점 주인이 전화를 받았다. 서점 주인은 안 그래도 계산대에 있던 책을 챙겨놓았다고, 언제든 와서 찾아가라고 했다. 나는 서점에서 만난 여자에게 배운 말로 다시 들르겠다고, 꼭 찾으러 가겠다고 했다.

어쩌면 그 봄날 내가 32번 시집을 꺼냈다가 다시 책장에 꽂아놓은 건, 그는 잊어버려도 오랫동안 들락거릴 수 있는 정류장과 같은 서점은 잃고 싶지 않아서가 아니었을까. 다시 들르겠다는 말은 30년 전 어느 봄날 내가 그에게 하려던 말은 아니었지만 시간의 더께가 쌓여 두툼하고 다정하게 내게로 돌아오고 있었다. 서점 주인이 에든버러 서점에서 온 편지를 손님들에게 자랑한 것인지 전화기 저편에서는 사람들이 왁자하게 웃으며 "굿 파이트" 하는 소리가 들려왔다.

다정의 순간

주소 좀 찍어줘

사촌오빠의 문자였다.

주소는 왜요?

찍어 지금 운행중

찍어, 라니 기분이 묘하게 상했다. 아직도 나를 열 살 꼬맹이로 아나. 운행중이라면서 문자는 왜 보내는 건데. 속이 상했지만 처음에는 찍어줘, 라고 했으니 급해서 그랬겠지 싶어 주소를 적고 '운전 조심하세요'라고 인사까지 보냈다. 사촌오빠는 그날 편의점 택배를 보낸 건지 다음날 박스가 하나 도착했다. 박스에는 녹색 바탕의 앨범이 들어 있었다. 기역과 시옷 학교 마크가 있는 1986년 중학교 졸업 앨범이었다.

'이게 왜 오빠네 집에 있어요'라고 썼다가 '요'를 지우고 물음표를 찍었다. 답장이 없었다. '언니한테 보내야지 왜 나한테 보냈는데?'라고 문자를 보냈다. 그래도 답장이 없었다. 뭐야, 이 사람들은. 맨날 이런 식이지. 아무때나 전화해서 통보하고 욕하고. 답장이 안 오니 사촌오빠만이 아니라 그 집 사람들이 우리를 대하던 일들이 생각나서 화가 나기 시작했다. 자기들이 뭔데 아직도 나를 이렇게 대하는데. 이해하고 싶지도 않고 통화하기도 불편했다. 사촌오빠는 네 시간이 지나서 답장을 보냈다. 네 시간이면 마을버스 구간을 한 바퀴 돌고 담배를 피우고 나서도 시간이 남는 거 아닌가. 그런데 이번에는 더 짧았다.

운행중

문자가 더 왔나 확인할 때마다 내가 보낸 문자가 거슬렸다. 너는 속도 좋다, 운전 조심하라는 말이 나오니? 계속 답이 없으니 신경질이 나기 시작했다. 마을버스가 운행을 마치는 시간에 문자를 보낼까. 그때는 운행중이라고 못 하겠지. 답장이 오면 '자는중'이라고 보낼까. 혼자 씩씩거리다가 택배 받았다는 걸 알았으니 다시 연락하지 말자 싶어 문자를 다 지워버리고 사진첩을 펼쳤다.

언니가 몇 반이었더라. 1반부터 넘기며 언니를 찾았다. 1반의 급훈은 '깨끗한 생활을 하자'였다. 인옥, 미경, 정화, 금숙, 미정, 태님, 경숙, 경원, 희경, 은희, 현주…… 단발머리이거나 커트가 대부분인 사진 중에 긴 머리의 순덕, 미숙, 서경, 주연까지 62명 중 언니는 없었다. 2반으로 넘어갔다. '최선을 다하자.' 체육 시간에 단체 사진을 찍은 것인지 맨 앞줄에 있는 사람들만 배드민턴 채를 든 채 네 줄로 서 있는 사진에도 언니는 없었다. 앨범을 넘기다보니 80년대 중학생 유행도 보였다. 당시 유행이었던 얼굴의 반을 가리는 잠자리 안경이 재밌어서 안경을 쓴 사람들을 찾았다. 길영과 선미, 해정과 원희, 원숙까지 한 반에 안경을 쓴 사람은 다섯 명밖에 없었다. 3반 급훈은 '자기 몫을 다하자'였고, 4반은 '우리는 최선을 다한다', 5반은 '스스로 하는 사람이 되자'였다. 그러고 보니 학년이 시작될 때 학급회의에서 제일 먼저 하던 일이 급훈을 정하는 거였고, 서예를 잘하는 애가 급훈을 써서 액자에 넣어야 환경미화를 통과했던 기억이 났다. 정숙, 침묵, 또 뭐였지. 내가 기억하는 급훈은 그런 것들인데 언니네 학교는 명사를 동사로 통일한 것 같았다.

6반은 '작은 일부터 실천하자'가 급훈이었다. 담임인 조옥희 선생님 옆에는 뜨개질하는 교실 수업 사진이 있고, 바로 아래 첫번째로 언니 사진이 있었다. 머리를 묶었다가 풀었는지 긴 머리는 묶었던 자국이 둥그렇게 뻗쳐 있었고 두툼한 입술이 돋아 불만이 가득한 표정이었다. 내가 아는 언니 친구가 있을까. 복순, 정아, 은영, 귀영, 현희…… 앞머리를 내리고 반머리를 한 현희 언니만 낯이 익었다. 언니 친구라기보단 동네에서 자주 본 얼굴인 것도 같았다. 언니도 내 중고등학교 앨범을 보면 아는 얼굴이 없기는 마찬가지겠지. 내 기억엔 언니가 커 보였는데 한 해 아래의 애들보다 더 작은 1번이었구나.

앨범을 넘기면서 사촌오빠는 왜 뜬금없이 이걸 내게 보냈을까, 하는 생각이 계속 끼어들었다. 7반부터 15반까지는 남자반이었다. 남자반은 여자반과는 다르게 윤리 과목에서 배우는 정직, 책임감, 용서와 같은 덕목들이 급훈이었다. 책임감 있는 사람이 되자, 곧고 곧음, 꾸준히 열심히 공부하자, 10반은 7반의 '사람'을 '학생'으로 바꿔 '책임감 있는 학생이 되자'였고, 정직한 사람이 되자, 서로의 잘못을 용서하는 사람이 되자, 내 마음을 알차게, 하면 된다는 급훈이 이어졌다.

'하면 된다'가 급훈인 15반에 낡은 종이가 끼어 있었다. 앞뒤로 빼곡하게 적힌 단정한 글씨체로 봐서 언니가 쓴 것 같았고 제목이 있었다. 앤에게 보내는 편지. 너무 빽빽하게 적혀 있어서 습관적으로 손가락으로 화면을 크게 하는 손짓을 했다. 여백이 하나도 없는 종이의 맨 아래에 1985년 11월 13일이라는 날짜가 보였다. 11월 13일이면 언니 생일이었다. 내용을 읽어보려 했지만 돋보기를 쓰지 않으면 읽을 수가 없었다. 제목이 있는 걸로 봐선 일기라기보다는 독후감 같았다.

언니가 보육교사로 일하는 어린이집 마치는 시간을 기다렸다가 전화를 했다.

"언니, 창수 오빠가 택배를 보냈어."

"그게 뭐?"

언니는 창수라는 이름을 듣자마자 냉랭해졌다.

"택배가 언니 중학교 앨범이더라고."

통화가 끊어진 건 아닌데 언니는 아무 말이 없었다.

"언니, 안 들려? 뭐야, 왜 아무 말도 안 해? 이상하네, 내가 다시 전화할게."

엘리베이터에서 받았나 싶어 끊었다가 몇 분 있다가 다시 전화를 거니 언니가 "그 안에 다른 건 없었니?"라고 물었다.

"언니가 쓴 독후감도 있었어. 나도 이제 돋보기 써야 할까봐. 글씨가 너무 작아서 뭐라고 쓴 건지 안 보여. 근데 언니 1번이었어? 앨범을 폈는데 언니가 몇 반인지 몰라서 앞에서부터 살펴보는데 6반 맨 처음에 언니 사진이 있더라."

"그게 있어?"

"앨범이니까 당연히 사진이 있지."

"아니, 독후감이 끼어 있었다면서."

"제목이 있으니 독후감인가 싶은 거지."

"그게 있단 말이지?"

"언니는 이게 언젯적 건데 그것도 기억나? 언니 생일에 쓴 거더라."

언니가 앨범보다는 독후감을 기억하고 있는 게 신기했다.

"웃기지도 않네. 그걸 왜 지금 돌려준다니."

나는 말문이 막혔다.

"돌려주다니, 무슨 말이야?"

"너 창수 전화번호 나한테 보내."

언니는 흥분해 있었다.

\*

언니는 아빠를 알코올중독 병원에 보내면서 고모에게 평생 들을 욕을 다 들었다고 했었다.

아픈 사람을 정신병원에 넣고 너도 자식이냐, 정신병원이 아니라 알코올중독 치료 병원이다, 거기 가면 독방에 가두고 약물을 주입한다는데 네가 자식이 돼서 어떻게 그럴 수 있냐, 그럼 고모가 아빠랑 살아봐라, 너희 아빠가 나쁜 사람 아니다, 살살 달래고 정붙이게 해야지 넌 성질머리가 그러니 천벌 받을 거다, 그 벌 받을 테니 끊어라…….

언니는 그날을 설명하며 마지막에 "내가 살다 살다 하루에 열두 번도 더 개쌍년이 됐었다"고 했다. 당시 나는 산후조리원에 있던 때라 술을 먹고 길거리에서 알몸으로 행패를 부리던 아빠를 병원에 보내는 일은 언니가 혼자 맡아서 했었다. 고모에게 온갖 욕을 얻어먹던 언니 옆에서 그걸 듣고 있던 형부는 다시는 볼일 없다고 생각하고 핸드폰을 가로채 고모와 막말을 하며 싸우다 핸드폰을 집어던질 정도였다고 했다.

고모를 다시 본 것은 큰아버지의 장례식에서였다. 언니와 형부는 고모가 말을 걸어도 반응하지 않고 알은체하지 않는 식으로 그날의 분을 삭이고 있었다. 더 자세한 얘기는 언니가 입을 닫아서 알지 못했지만 나는 누구에게나 상냥하고 친절한 언니가 이렇게 마음의 문을 닫아걸 땐 그럴 이유가 있는 거라고 생각했다. 이번에도 언니가 창수 오빠에게 과하게 화를 내는 것 같았지만, 앨범과 엮인 그럴만한 이유가 있을 거였다.

"보내."

창수 오빠와도 안 좋은 말이 오고갔느냐고 물었지만 언니는 대답이 없었다.

"운전중이라고 할걸."

나는 창수 오빠가 종일 답장이 없더니 운행중이라는 문자만 달랑 왔다고 했다. 내가 화를 돋운 건지 언니는 나와 싸울 기세로 소리를 질렀다.

"운전은 개만 한대? 너는 왜 걔를 싸고돌아?"

언니가 내게 이렇게 화를 내는 건 전에 없던 일이었다. 나는 당황해서 창수 오빠를 길에서 봤다는 얘기를 꺼냈다.

"내가 그쪽 얘기는 하기가 싫어서 언니한테 얘기 안 했는데, 나 몇 달 전에 길에서 창수 오빠 봤어."

"그게 뭐?"

"언니 화났어?"

"너한테 화난 거 아니야. 그 새끼가 이제 와서 너한테 그걸 보냈다니까 무슨 생각으로 보낸 건지 웃겨서 그래. 걔 만났는데 너한테 뭐라 하든?"

"말도 못 했어."

"널 못 본 체했어?"

"그게 아니라, 내가 버스 정류장에 앉아서 김밥 먹고 있었거든. 마을버스가 한 대 섰는데 사람들이 타는 것도 아닌데 앞문을 안 닫고 계속 서 있더라고."

"근데?"

"전자안내판을 보니 내가 탈 버스가 5분 있다 도착이라 김밥을 두 개씩 입에 넣고 있었는데 기분이 싸한 거야."

"왜 자꾸 뜸을 들여. 빨랑 말해."

"버스 기사가 나를 빤히 쳐다보다가 나랑 눈이 마주쳤거든."

"설마."

"살이 너무 쪄서 처음엔 못 알아봤는데, 창수 오빠가 맞더라고. 그 오빠가 클랙슨을 길게 누르고는 내가 알아보니까 그제야 문을 닫더라고."

사실 클랙슨 소리는 '너는 왜 거기서 김밥 먹고 있냐'는 조롱으로 들렸고, 알은체하기도 전에 버스 앞문이 닫힌 것도 '너는 아직도 궁상맞게 사는구나. 나 다 봤다'는 행동 같아서 굳이 언니에게 전하고 싶은 얘기는 아니었다. 내가 하려던 말은 건축업을 하면서 고모네 집도 짓고 돈을 긁어모은다고 자랑하던 사촌오빠가 사실은 마을버스 기사를 하고 있더라는 거였는데, 언니는 내가 더 말할 기회도 주지 않고 따지고 들었다.

"닫아? 문을 닫았다고?"

"운행중이었으니까."

언니는 창수 오빠가 뭘 하며 먹고사는지는 관심도 없다는 듯 소리를 질렀다.

"너는 왜 거기 앉아서 김밥을 먹어!"

"퇴근하고 걸어오는데 남편은 회식 있다고 하고 지연이는 시험기간이라 저녁 먹고 스터디 카페로 간다고 했거든. 식당에 혼자 들어가서 밥 먹기 싫어서 그랬지."

언니가 몰아세우니 나도 변명을 하게 되었다. 화제를 돌리려고 앨범을 택배로 보낼까 물으니 언니는 화를 식히려는지 "다음에"라고 짧게 말하다가 "아니다. 너 휴가 때 뭐해?" 하고 물었다. 나는 일을 그만뒀다고 말하려다 휴가 계획이 없다고만 했다. 언니는 "우리 같이 여행 갈까?"라고 했다. 나는 깜짝 놀랐다. 언니와 나는 여행이라는 걸 같이 가본 경험이 없었다. 어릴 때도 그렇지만 둘 다 결혼한 이후에도 가족여행을 계획해본 적도 없었다. 같이 여행을 가자니, 뜻밖의 말이었다. 언니한테 무슨 일이 생겼나 싶어 덜컥 겁이 났다.

"언니 무슨 일 있어? 혹시 어디 아프거나 그런 거 아니지?"

언니는 "죽을병에 걸려야 우리가 같이 여행 갈 수 있는 건 아니잖아"라고 했다. 나는 "근데 왜 그래, 무섭게. 우리 여행 간 적이 없잖아"라고 되물었다.

"없지. 그러니까 가보자고, 그거."

언니는 말끝에 "여행"이라고 했다.

"한 번도 없잖아."

"없지."

"언니, 진짜 왜 그래?"

"우리도 가보자. 말을 뱉으니까 뭐 별것도 아니고만. 이제 몸만 가면 되겠네."

"정말 별일 없는 거 맞지?"

"그때 가져와. 빌어먹을 앨범이랑 그거."

"앨범 주려면 여행 가야 하는 거네."

"싫으니?"

"싫은 게 아니라, 이런 얘기는 처음 해보는 거라서 낯설어서. 근데 형부도 날짜 맞출 수 있겠어?"

"아니."

"그럼 우리 둘만 가자고?"

"아니."

"그럼 뭐야?"

"혜진이랑 지연이 데리고 가자."

언니는 조카와 내 딸을 데리고 가자고 했다.

"그럼 지연이도 혜진이랑 같이 가는 첫 여행이 되겠네."

"우리는 못해봤지만 애들은 그렇게 살게 두지 말자고."

언니는 그날따라 뭔가를 결심한 듯 강했고, 흔들림이 없었으며, 늘 나를 배려해서 너는 어떻게 하고 싶어, 하고 묻던 습관을 확 뒤집어버렸다. 그것이 앨범 때문인지 딸들, 우리 딸들에게 물려주지 말아야 할 무엇 때문인지는 알 수 없었다. 언니의 제안은 낯설면서도 반가운 것이었지만 해보지 않은 불편한 것이기도 했다. 그때 퇴촌에서 있을 북토크 행사가 떠올랐다. 퇴촌이라면 가기도 편하고 북토크가 끝나면 근처에서 방을 잡아 쉬다 오면 될 것 같았다.

"휴가 때까지 기다리면 마음이 바뀔 수도 있으니까 말 나온 김에 확 질러버릴까?"

"질러버리다니?"

"퇴촌에 있는 도서관에서 행사가 하나 있거든. 이전에 가겠다고 약속해놓았는데, 난 언니랑 이런 곳도 가고 싶었어."

언니가 마음을 열어 여행을 가자고 표현해서 그런지 나도 언니와 하고 싶었던 것을 자연스럽게 이야기했다.

"그런데?"

"그 근처에 휴양림도 있으니까 행사 끝나고 거기서 쉬다 오면 어때?"

언니가 너는 거기 어떻게 아느냐고 물으면 몇 해 전 서점에서 만나 이야기 나누다 친구가 되었다고, 그 친구가 동네 도서관을 열게 된 사연과 과정이 참 감동적이라고, 도서관 문을 닫았다가 이번에 다시 시작하게 되었다고, 그 친구와 만났던 오래된 서점도 내가 고등학교 때 들락거리던 서점이었는데 서점을 접는다는 신문기사를 보고 찾아간 날이었다고, 그 친구도 나처럼 그날 신문기사를 보고 서점에 왔다가 만난 거였다고, 그런 사정을 알려주려 했는데 언니는 "그래, 주말 끼고 쉬다 오면 되겠네. 금요일에 월차를 쓸게"라고만 하고 전화를 끊었다.

*

언니와 여행을 하기로 한 날 오전에는 실업급여를 신청하려고 고용보험센터로 향했다. 언니가 집 앞으로 태우러 오겠다고 했으니 고용보험센터에 갔다가 집으로 가면 시간이 딱 맞을 것 같았다. 고용보험센터 교육실은 마스크를 쓴 백여 명의 사람들로 북적였다. 마이크를 든 여성이 자기 설명을 듣고 실업인정 신청서에 순서대로 체크하라고 했다. 그는 나눠준 실업급여 수첩에 있는 번호를 확인하라며 신청서 작성법을 하나씩 설명했다. 설명이 끝나고 신청서를 제출하기 위해 줄을 섰다. 내 앞에는 키가 작은 여자가 서 있었다. 그녀는 앞에 있는 사람의 신청서를 계속 훔쳐보고 있었다. 나도 그녀의 신청서를 훔쳐보았다. 체크해야 할 부분이 전부 다 비어 있었다.

여자 차례가 되어 신청서를 받은 상담사가 "설명해드렸는데 여기 다 비어 있네요" 하며 "우선 그 칸에 오늘을 적으세요"라고 했다. 여자는 고개를 갸웃하며 "여기요?" 하고 되물었다. 상담사는 아크릴 칸막이 사이로 "네, 거기에 적으면 됩니다"라고 건성으로 대답했다. 여자는 볼펜을 쥐고 여기가 거기인가, 하며 손을 떨고 있었다. 우물쭈물하고 있는 여자에게 상담사가 "거기요. 거기에 오늘을 적으라고요"라고 했다. 여자가 몸을 수그려서 종이가 보이지 않았다. 그때 상담사가 "아, 그게 아니고 오늘 날짜를 적으라고요" 하고 아크릴 칸막이 옆으로 손을 뻗어 서명 위를 짚었다.

어깨너머로 보니 여자는 날짜 칸에 볼펜으로 꾹꾹 누른 글씨로 '오늘'이라고 적고 있었다. 옆줄에 있던 중년 남자가 여자를 보고는 웃어댔다. 여자는 뭐가 문제인지 모르는 표정이었다. 그 순간 나는 울컥하고 뭔가가 올라왔다. 이 사람은 그동안 얼마나 많은 거절을 당해왔을까. 날짜를 적는 칸에 '오늘'을 적는 사람. 실업급여장에 들어왔을 때 뭐부터 해야 할지 몰라 당황했던 나도 여자와 다르지 않았다.

집에 돌아와 언니를 기다리면서도 그 '오늘'이라는 단어가 머리에 박혔다. 언니에게 전화를 걸었다. 언니는 전화를 받지 않았다. 조금 있어 조카에게 전화가 왔다.

"이모, 거기 주차할 데 없죠?"

"현관 앞에 차 세우라고 해. 몇 분에 도착한다고 나오니?"

조카가 언니에게 몇 분 걸리느냐고 묻는 소리가 들렸다. "다 왔대요…… 아, 엄마가 지금 나오래요." 나는 앨범을 챙기고 지연이는 캐리어를 번쩍 들어 계단을 내려갔다. 현관 앞에서 언니가 트렁크 문을 열고 기다리고 있었다.

"뭐야, 와 있다고 얘기를 하지. 전화 끊자마자 내려온 건데."

언니는 1층 매장에서 차를 빼라고 해서 근처를 한 바퀴 돌고 다시 온 거라고 했다. 오랜만에 만난 혜진이와 지연이는 뒷자리에 앉자마자 대학생활에 대한 이야기를 풀어놓고 있었다.

"언니, 내가 오늘 무슨 일이 있었느냐면……."

나는 실업급여장에서 보았던 여자에 대해 말했다.

"실업급여? 너 일 그만뒀어?"

나는 그렇게 됐다고 했다. 언니는 그건 밤에 얘기하자며 자기도 공무원만 대하면 얼어붙더라고, 그 여자 심정이 이해가 간다고 했다. 옆에 있던 혜진이도 취업박람회에 참여할 때 그런 일 있었다면서 서류 쓰는 건 정말 너무 긴장된다고 했다.

하남을 빠져나와 퇴촌으로 가는 길은 공사 구간이 있는지 차가 밀렸다. 오늘 가는 곳에 누가 오는지 말을 꺼내려 했는데, 아무도 오늘이 그날이라는 걸 알아채지 못하니 쉽게 말을 꺼낼 수가 없었다. 나는 괜히 오늘 여행을 하자고 했나 후회하고 있었다. 언니는 밥이라도 먹고 가자며 매운탕집 주차장에 차를 세웠다. 근처에서 유명한 집인지 우리가 들어간 이후에도 차가 계속 들어왔다. 음식점 옆으로는 개천이 흐르고 흰 새가 우아하게 걷고 있었다.

"여긴 완전 시골이네."

매운탕집 큰 창으로 벚꽃이 휘날렸다. 떨어지는 벚꽃 사이로 흰 새가 날아올랐다. 혜진이가 저기 좀 보라는 듯 바깥으로 손짓을 했다.

"오랜만에 바깥공기 쐬니까 좋다. 이게 뭐 어렵다고 그동안 해볼 생각을 못 했을까."

언니도 기분이 좋은지 혜진이와 함께 있는 사진을 찍어달라고 지연이에게 핸드폰을 내밀었다.

어릴 적 언니와 떨어져 살았던 것은 4년이었다. 언니가 중학교 들어가는 해에 언니는 고모네 집에 맡겨졌다. 고모는 그 다음해에 언니보다 한 살 어린 창수 오빠를 같이 중학교에 입학시켰다. 그때 나는 아빠를 따라 여인숙을 전전하다가 집을 나갔던 엄마가 돌아온 후부터는 같이 살았다. 하지만 언니는 고모네 집에서 중학교를 졸업할 때까지 더 있어야 했고, 같이 살지 않았으니 난 언니의 중학교 시절이 어땠는지 아는 게 없었다.

헤어져 있었던 건 4년이었지만 우리는 고민을 나눈다는 것이 어떤 건지 알지 못했다. 언니와 싸울 일도 없었다. 집안에 큰일이 있을 때만 부랴부랴 해결하기에 바빴다. 대체로 아빠가 술을 먹고 사고를 치는 일이 우리가 대화하는 시간이었다. 같이 살 방 한 칸이 없던 시간을 지나 폭력이 행해지는 집에 같이 산다는 건 일상을 나눌 이야기가 사라지는 시간이었다. 그래서 그런지 매운탕집에 앉아 사진을 찍으며 활짝 웃고 있는 언니의 모습이 내겐 낯설고 아린 풍경이었다.

＊

매운탕집에서 나와 천진암로를 따라 우산리로 접어들었다. 소연은 우산리로 도서관을 옮기며 공간은 더 작아졌고 찾아오기 힘들어졌다고 했지만 한 달에 한 번씩 보내준 도서관 편지를 보면 어디서든 이웃과 함께하고 있다는 걸 느낄 수 있었다. 도서관은 식당에 딸린 별채를 얻었다고 했다.

"저기다. 맞죠?"

혜진이가 손짓으로 삼각지붕의 작은 오두막을 가리켰다. 언니는 근처에 차를 세웠다.

"와, 정말 예쁘다. 동화에 나오는 집 같아. 어디서 빵냄새도 나는 것 같은데."

나는 이 도서관에서는 빵도 굽는다고 했다.

"숲속 빵집 도서관이네."

언니도 이런 곳에 어린이집이 있으면 정말 좋겠다며 나무계단에서 놀고 있는 아이들을 쳐다보았다.

"신발 속에도 꽃잎이 떨어졌네."

나무계단 앞에서 언니가 한 아이에게 말했다. 아이는 입을 가리며 쉿 하는 몸짓을 했다.

"누가 이렇게 예쁘게 신발을 정리했을까. 아줌마 올라가도 되니?"

쉿 하는 몸짓을 한 아이 옆에 있던 대여섯 살 되는 단발머리 아이가 신발을 양쪽으로 밀며 길을 열어주었다. 언니는 신발을 벗어 맨발로 서서 쉿 하는 표정을 따라 했다. 단발머리 아이가 까르르 웃으며 언니의 신발을 한 짝씩 양옆으로 밀어 내가 갈 길도 만들어주었다. 안으로 들어가니 햇살이 쏟아지는 넓은 창 앞에 네 명이 앉아 있고, 책이 있는 방에도, 거실에도 사람들로 가득했다. 소연이가 우리를 보고는 앞쪽으로 오라고 손짓했다. 지연과 혜진은 뒤에 있겠다고 해서 언니와 나는 앞으로 가서 사람들 사이 끼어 앉았다.

"매년 오늘이 되면 우리 가족에겐 도피처가 필요했어요."

검은 원피스에 스카프를 두른 중년의 여자가 이야기를 시작했다.

"어느 해인가는 이 나라를 떠나 해외로 갈까 싶을 정도였어요. 관장님이랑 통화하다가 이날 우리는 갈 곳이 없다, 어디서도 우리를 반기지 않더라, 생존자는 어딜 가든 죄인이 되는 것 같다, 나는 이날이 가까이 오면 이 사람이 또 무슨 일을 저지를까봐 너무 불안하고 괴롭다, 그런 얘기를 나눴거든요. 그냥 마음에 있던 말들이 관장님한테는 쏟아지더라고요. 그랬더니 원래 정한 날은 오늘이 아니었는데 관장님이 고민을 하나도 안 하고 그럼 날짜를 바꾸자고 해주셔서 오늘 두 딸과 함께 우리 가족이 여행하듯이 여기 와 있습니다."

내 옆에 앉은 사람이 박수 치며 "잘 오셨어요. 만나고 싶었어요"라고 했다. 언니는 '여행'이라는 단어에서 슬쩍 내 손을 잡았다가 놓았다. 사회자는 손을 뻗어 "저기 두 따님도 함께 오셨어요" 하고 손짓했다. 혜진이와 지연이 옆에 서 있던 두 딸이 고개를 숙여 인사했다. 사회자가 "동수 님, 오늘은 그동안 하고 싶었던 얘기, 저희에게 들려주고 싶은 이야기를 마음껏 하셔요. 여기 오신 분들은 귀를 열고 들을 거예요. 그렇죠?" 하고 말했다.

몇 번이나 자해를 했다는 남자는 상처로 똘똘 뭉친 사람처럼 정면을 바라보지 못했고, 고개를 숙이고 있었다. 그러던 그에게 마이크가 오자 그는 자신을 누군가 끌고 갈 것처럼 조급해했다. 시선을 어디에 두어야 할지 몰라 두리번거리며 "아무도 내 이야기를 들어주질 않아요"라며 자신에 대한 소개도 없이, 인사도 없이 이야기를 시작했다. 동수 씨는 이야기를 하다가 책을 펼치며 "여기 보면" 하며 말과 말 사이 틈도 허용하지 않겠다는 듯 숨이 찰 정도로 이야기를 쏟아냈다. 달리기하는 사람 같았다.

"그런데요, 내가 왜 저러고 있었는지는 전혀 기억에 없어요. 왜 기울어진 배에서 이리 뛰고 저리 뛰고 저러는지. 여기 이 책을 보시면 이게 난데."

사회자가 책을 들어 73쪽이라고 입 모양으로 알려주었다. 가방에서 책을 꺼내 언니에게 건넸다. 차에서라도 오늘 오는 분이 어떤 분인지 설명했어야 했는데 언니는 당황한 것 같았다.

"이때 기억이 통째로 날아갔어요. 해경에서 찍은 영상을 봤는데, 내가 그 영상을 보고 첫마디가 '어, 내가 왜 저기 있지?' 였거든요."

그의 이야기를 만화로 그린 작가는 동수 씨의 말을 끊지 않으며 끄덕였다. 언니는 사회자가 말한 페이지를 펼치고 그의 이야기에 집중했다.

"그게 너무 괴로웠어요. 왜 기억이 안 날까. 딱 몇 분일 텐데. 그 몇 분이 왜 기억에서 사라져버렸을까."

옆에 앉은 아내가 기억나지 않는 몇 분을 기억해내려는 듯 힘들어하는 그를 대신해 이야기를 시작했다.

"이 사람이 한번 이야기를 시작하면 이렇게 숨도 쉬지 않고 말을 해요. 이럴 땐 잠깐 숨쉴 틈이 필요해요."

동수 씨는 아내에게 마이크를 주며 숨을 몰아쉬었다.

"이 사람은 기억이 안 나서 괴롭다고 하는데, 어느 간담회에 갔다가 심리학과 교수님을 만났는데, 그분이 이 사람의 고통을 정말 잘 들어주시더라고요. 그분이 고맙게도 오늘 여기도 오셨어요."

언니와 나는 그의 아내가 바라보는 쪽을 향해 고개를 돌렸다. 뒤쪽에 앉아 있던 사람이 눈을 맞추고 인사를 했다.

"저기 계신 선생님이 그러더라고요. 너무 괴로운 기억이어서 그 몇 분이 기억에서 증발한 걸 거다, 기억은 증발했어도 몸에 남은 상처는 그걸 기억하기 때문에 자해와 같은 극단적인 선택을 하게 되는 거다."

내 앞에 앉은 사람이 고개를 끄덕였다.

"그런데요. 나라고 그걸 모르겠어요?"

"그렇죠. 맞아요."

고개를 끄덕이던 사람은 이야기 사이 추임새를 넣듯 반응했다.

"고맙습니다, 늘 허공에 대고 말을 하다가 이렇게 호응해주시는 분들을 보면 정말 고마워요. 그러니까 그걸 모르지는 않는데, 우리 가족 말고 다른 사람에게 그 말을 들으니까 그게 그렇게 위안이 되더라고요. 이 사람은 어쨌든 살았잖아요."

아내가 고개를 숙이고 있는 그의 손을 잡았다.

"살았기 때문에 유족들을 만나면 살아 있다는 그 자체가 죄가 되는 거예요. 그래도 당시 상황을 알려줄 사람은 살아남은 사람들일 텐데 어디를 가도 그 얘기를 안 들어주는 거죠. 그러니 속이 얼마나 숯검댕이가 됐겠어요. 아이들 전원 구출됐다고 방송 나가고 했을 때 아니라고, 아이들 아직 못 나왔다고, 이 사람이 아이들 구출하느라 인대가 늘어나서 나중에 수술까지 했는데, 그때는 자기가 아픈지도 몰랐대요. 그때 진도체육관에서 방송국 마이크 빼앗아서 아직 배에 아이들 남아 있다고 미친놈처럼 얘기한 뒤론 아무도 이 사람에게 마이크를 안 주는 거예요. 어떻게 그럴 수가 있는지. 그 얘기를 우리 작가님이 이 책에서 얘기해줘서 오늘 이렇게 여러분도 만나고 그럴 수 있어서 감사해요."

아내는 남편의 이야기를 만화책으로 출간한 작가에게 마이크를 넘겼다. 사회자가 작가를 소개하며 "그림을 그리고 동수 님의 이야기를 글로 쓰는 2년 동안 이명으로 괴로운 시간을 보냈다고 들었어요. 지금은 어떠신가요?" 하고 물었다. 스포츠 모자를 쓰고 연신 고개를 끄덕이며 동수 씨의 이야기에 호응하던 작가는 "고통의 무게는 다 다르겠지만 동수 님의 고통에 비하면 나는 아무것도 아니지요. 듣는 것만으로도 힘이 드는데 얼마나 고통스럽겠어요. 저는 다리 역할을 한 거라고 생각해요. 동수 님이 이야기할 수 있는 자리를 만드는 게 제가 할 수 있는 일이라고 생각했어요"라고 했다. 그러면서 "요즘은 다정, 다정함에 대해 자주 생각해요. 이 작업을 하며 사람들에게 하고 싶었던 말은 책에서 했으니 이제는 우리 안에 있는 그 다정을 열어주셨으면, 이 책을 읽는 사람들이 그것을 찾아주셨으면 좋겠어요" 하며 고개를 들어 사람들과 눈을 맞췄다. 작가는 자신보다는 동수 씨의 목소리로 그날의 이야기를 듣는 게 더 좋겠다고, 그게 자신이 이 작업을 한 이유라고 했다.

"우리 안에 있는 다정, 그게 없는 게 아니라 있다는 말씀이 와닿네요. 그럼 우리 그 다정을 끄집어내며 잠깐 쉬어갈까요. 사실 저는 노래하는 사람, 시와입니다."

사회자는 자신은 노래하는 사람이라며 "오늘 동수 님이 오신다고 해서 달려왔어요. 사회도 제가 보겠다고 처음으로 이렇게 용기도 냈답니다. 좀 서투르더라도 봐주시고, 대신 노래 들려드릴게요" 하며 기타를 잡았다. 동수 씨는 앞에 있는 것이 힘든지 잠깐 들어가도 되겠느냐고 했다. 사회자는 "그럼요. 다정을 듬뿍 담아서 오늘 와주신 동수 님과 작가님, 그리고 그의 곁에서 함께 길을 열어주시는 현숙 님과 저 뒤에 있는 따님들에게도 제 노래가 닿을 수 있으면 좋겠습니다"라며 눈빛을 반짝였다. 순식간에 빽빽이 앉아 있던 자리가 뒤쪽으로 밀리며 없던 자리가 생겼다. 사회자는 기타 음을 잡으며 "이렇게 다정한 자리가 생겼네요"라고 했다.

"이 노래는 도서관의 관장인 베짱이 소연이가 노랫말을 쓴 곡이랍니다. 숨, 소리를 내어보면 무슨 생각이 나세요? 베짱이는 '사이'가 생각난대요. 너와 나 사이 부는 바람, 숨, 들려드리겠습니다."

노래는 사람들 사이에 서서히 스며들었다. 속삭이듯 나직하게 부르는 노래는 언니와 나 사이에도 스며들었고, 시와가 용기를 내어 사회를 본 것처럼 내게도 이상한 용기를 불어넣고 있었다. 지금껏 언니와 나누지 못했던 말들, 내가 생각하는 것들, 내 주변의 이야기, 힘든 일들만이 아니라 사소한 이야기를 나누는 것이 내가 언니와 나누고 싶은 것이었고, 그것을 찾은 것이 그날 내가 얻은 용기였다. 시와의 노래가 끝나고 도서관의 중창단이 소개되었다. 이 자리를 위해 밤마다 모여 연습을 했는데 어느 날은 전기가 나가 촛불을 꺼내 서로의 소리를 맞췄다고 했다.

　의자와 악보를 옮기며 무대를 만드는 몇 분 동안 계단에서 만났던 단발머리의 작은 여자아이가 총총걸음으로 동수 씨 옆으로 가 쪼그려앉았다. 동수 씨는 머리를 박고 몸을 말아 두 손으로 껴안은 채 앉아 있었다. 언니는 단발머리 아이를 유심히 보고 있었다. 아이는 동수 씨의 소매를 집게손가락으로 집어 톡톡 끌어당겼다. 아빠 손을 잡아끄는 몸짓이었다. 동수 씨는 숙인 고개를 옆으로 틀었다. 그의 뒤에 앉아 있던 언니가 단발머리 아이처럼 내 옆구리를 톡톡 쳤다. 아이가 뭔가를 하려고 한다는 걸 내게 알려주고 싶은 모양이었다. 잔뜩 구부린 그의 어깨가 단발머리 아이 쪽으로 돌아갔고, 여자아이는 소매를 끌던 손에 한 손을 더해 그에게 내밀었다. 그 순간 그의 표정은 알 수 없었으나 무대에서 합창*이 흘러나왔다.

　어두운 비 내려오면, 아이의 두 손에는 작은 풀꽃이 있었다.

　처마 밑에 한 아이 울고 서 있네, 그가 두 손을 내밀었다. 여전히 어깨는 구부린 채였다.

　그 맑은 두 눈에 빗물 고이면, 소프라노와 바리톤이 섞인 중창단이 그를 향해 손을 내미는 손짓을 했다.

　아름다운 그이는, 그곳에 있는 모두가 합창했다.

　"사람이어라."

---

* 김민기의 〈아름다운 사람〉(1971).

그때였다. 언니가 꺽꺽하며 울음을 터트렸다. 아무도 왜 우느냐고 묻지 않았고, 그럴 필요도 없었다.

세찬 바람 불어오면, 그가 숙이고 있던 고개를 들었다.

벌판에 한 아이 달려가네, 그는 뒤를 돌아 딸들을 찾는 듯 보였다. 사람들이 어깨를 양옆으로 흔들며 목소리를 더했다.

그 더운 가슴에 바람 안으면, 중창단이 수어를 하듯 그에게 손을 내밀었다.

아름다운 그이는, 모두 합창으로 이어졌다.

"사람이어라."

눈빛이, 손짓이, 몸짓이, 노래가 한 사람을 향했다. 동수 씨는 단발머리 아이에게 받은 풀꽃을 두 손에 받아들고 그대로 멈춰 있었다. 작은 풀꽃이 속눈썹 떨 듯 떨렸다.

"새하얀 눈 내려오면 산 위의 한 아이 우뚝 서 있네."

동수 씨의 목소리가 울음을 뚫고 터져나와 노래에 실렸다.

"그 고운 마음에 노래 울리면."

노래가 그의 몸속으로 들어가 뱉어지고 있었다.

"음음음."

파도처럼 허밍이 퍼져나갔다.

"아름다운 그이는, 사람이어라."

노래에 실린 마음은 그의 어깨를 펴주었고 두 손으로 전한 풀꽃은 향기 없는 향을 내뿜었다. 옆에서 울고 있는 언니를 보며 우는 것이 용기라는 생각을 했다. 그러자 내게서도 울음이 쏟아졌다.

*

북토크가 끝나고 도서관 근처에 있는 펜션을 둘러보았
다. 언니는 숲속에 들어앉은 도서관도 좋고 그 앞에 자리잡은
펜션도 마음에 든다며 멀리 갈 것 없이 그곳에 짐을 풀자고 했
다. 숙소 앞에는 개천이 흐르고, 바람이 지나갈 때마다 밤 벚꽃
이 떨어졌다.

"어떻게 살았길래 떨어지면서도 저렇게 아름다울까."

베란다 바닥에 앉아 떨어지는 꽃잎을 보며 언니가 말했다.

"이야, 이모는 시인이다."

지연이가 이모 옆에 딱 붙어서 떨어지지 않았다. 혜진이
는 "이모, 건배" 하며 내게 맥주 캔을 내밀었다.

"내가 창수랑 같이 졸업한 건 알지?"

언니가 먼저 말을 꺼냈다.

"알지."

"70년대도 아니고, 그때 남의 집에서 식모살이하는 애는
학교에 나밖에 없었어. '식모'라는 단어가 그래서 나는 아직
도……."

혜진이가 언니 가까이 다가가 "엄마, 건배" 하며 맥주 캔을
내밀었다. 언니는 "건배" 하고 캔을 부딪쳤다. 아프다는 말이

건배로 바뀐 것 같았다.

"창수는 나를 부를 때 늘 누나라고 했거든."

"학교에서 누나라고 불렀어?"

"응. 그 누나라는 말이 나는 그렇게 싫더라고. 같은 학년인데 창수가 나를 누나라고 부르니까 애들이 한번씩 물어보는 거지. 그러면 창수는 저 누나가 왜 우리 집에 같이 사느냐면, 그러면서 우리집 얘기를 아무 거리낌없이 다 하는 거야."

혜진이가 맥주 캔을 탁하고 내려놓으며 "치사하다. 남자들은 엄마 때나 지금이나 왜 다 유치하고 치사하냐"며 입술을 삐죽였다. 지연이도 "그치, 이모 진짜 슬펐겠다. 그래서 어떻게 했어요?" 하고 물었다.

"걔가 없는 말을 한 건 아니니까. 어떤 말은 누나라고 말해도 식모가 된다는 걸 걔는 몰랐겠지. 그때는 왜 그렇게 주눅이 들었었는지. 아무 말도 못했던 것 같아."

혜진이와 지연이는 앨범을 넘기며 "그걸 왜 몰라" 하며 씩씩거렸다.

"너희들 뭐해?"

"창수 찾아."

언니가 "15반이야. 맨 뒷장"이라고 알려주었다.

"찾았다. 여기."

나는 언니에게 그 독후감은 뭔데 그렇게 화를 냈느냐고 물었다. 혜진이는 엄마가 쓴 글 읽어봐도 되느냐는 눈짓을 보냈

186

다. 언니는 읽어보라며 "도둑맞은 글"이라고 했다.

"도둑맞은 글이라고?"

"35년도 지난 일인데, 네가 앨범 얘기를 하자마자 젤 먼저 떠오른 게 이 글이었어. 웃기지?"

지연이가 앨범의 사진을 짚으며 "이 창수 아저씨가 훔쳤어요?" 하고 물었다. 언니는 지연이를 보며 "응. 한번은 누구에겐가 꼭 말하고 싶었나봐. 우리 지연이한테 일러야겠다" 하며 웃었다. 지연이가 벌떡 일어나며 "도둑놈 창수"라고 했다. 혜진이는 "이건 누가 봐도 엄마가 쓴 건데, 이 글을 훔쳐서 뭐해?"라고 덧붙였다.

"창수가 그걸 훔쳐서 상을 받았거든. 웃긴 건 그날 고모와 고모부가 창수를 데리고 외식하러 나가더라. 나보고 저녁상을 차리라고 했으면 내가 무슨 짓이라도 할까봐 자기들만 나가서 저녁을 먹고 와서는 너무 행복해하는 거야. 그날의 표정, 말들, 나한테도 무척 친절하게 해줬던 것, 시간이 지나도 그런 게 지워지지 않더라."

언니는 그날의 평온함에 관해 이야기했다. 고모와 고모부가 창수 오빠를 데리고 외출한 그 날, 언니는 처음으로 고모네 집에서 언니에게는 금지되었던 것들을 했다고 했다. 안방의 자개장을 열어 고모 옷을 입어보고, 화장대에 앉아 고모의 반지와 목걸이를 걸어보고, 창수 오빠의 방에 가서 책상에 앉아 뭘 할까 하다가 서랍에 침을 뱉었다고, 거실에 앉아 고모부의 담배도 꺼내 피웠다고도 했다.

"엄마가 나보다 먼저 담배 피웠네."

혜진이가 언니를 쳐다보았다.

"그날은 그래도 되는 날이었어."

"담배 맛도 기억나?"

"행운을 태우는 맛이더라."

"행운을 태우는 맛이요?"

지연이가 물었다.

"내게 올 행운이 창수에게 갔는데, 난 그걸 찾고 싶지 않더라고. 모두 다 알고 있는데 모른 체하는 것 같았어. 걔가 그걸 어떻게 고쳤는지는 모르지만 나도 독후감을 냈단 말이야. 그러면 담임도 그걸 알고 있을 텐데 어떻게 모두 공모한 듯 걔한테 상을 줄 수 있지? 글을 훔쳤으니 벌을 줘야지. 글을 봤으니 고모도 모를 수 없는데 내가 보는 앞에서 자기들끼리 외식하러 가고 행복해하는 게 다 너무 웃긴 거야. 그날 담배를 피우며 그런 생각을 했어."

"무슨 생각?"

"너희들의 그 행운이 얼마나 오래가는지 내가 지켜볼 거야."

"뭐야? 그럼 독후감이 돌아올 날을 기다린 거네."

"그때는 그랬어. 글이라는 게 어떻게든 내 마음을 반영하는 거잖아. 그러니까 내 마음을 도둑맞았다고 생각했거든. 그게 다른 물건과는 다르게 어떻게든 돌아올 것 같은 거야. 내 마음이니까."

우리는 사촌오빠가 왜 그걸 보낸 걸까, 언니가 아니고 내게 보낸 걸 보면 쪽팔려서 그런 거 아닐까, 그렇다 해도 앨범에 그 훔친 글까지 넣어서 보낸 건 확인해봐야 하지 않을까 하며 언니의 마음에 쌓였던 일들을 이어붙였다. 혜진이는 술에 취해 "궁금한데 창수 아저씨한테 지금 전화 걸어볼까?" 하며 까불었고, 언니는 "그때는 없던 내 편이 생긴 것 같네"라며 웃어 댔다. 혜진이가 언니를 껴안으며 "난 영원히 엄마 편이야"라고 했고, 지연이도 "나도 나도 끼워줘"라며 강아지처럼 몸을 비볐다. 언니는 지연이의 머리칼을 쓸며 중얼거리듯 말했다.

"그런데 말이야. 오늘 다른 생각이 들더라."

"다른 생각?"

"내가 그때 얘기를 했다면 어땠을까?"

지연이가 "여태 아무한테도 말을 안 했었어요?" 하며 엄마도 전혀 모르고 있었느냐는 표정으로 나를 쳐다보았다. 언니는 그날 이후 세상의 문제들을 무시하는 사람이 된 것 같다고 했다. 어린이집 선생님 화법으로 자장가처럼 조용한 목소리였다. 그러다가 자신의 몸을 괴롭히면서까지 그날의 진실에 관해 자신이 본 것을, 기억이 안 나는 것까지 괴로워하며 끊임없이 이야기하던 그에게 감동을 받았다며 "나이 50이 넘어도 어떻게 살아야 할지를 고민하는 게 사람인가봐. 세상의 문제란게 결국엔 내가 껴안으면 내 문제인 건데, 무서우니까 세계와 나를 분리한 게 아닐까"라고 했다.

"이제 이건 버려도 되겠다. 그치, 지연아?"

언니는 그 시절의 자신에게 허락을 구하듯 등을 구부려 지연이에게 물었다. 앨범과 함께 지나간, 이제 지나간 것이라 불러도 좋을 그 시절도 함께 버리겠다는 몸짓이었다. 창밖으로 벚꽃 잎이 눈꽃처럼 날렸다. 지연이는 언니를 따라 하며 "이모, 어떻게 살았길래 벚꽃잎은 떨어지면서도 저렇게 아름다울까요"라고 질문 같은 대답을 했다. 혜진이는 내년 오늘에도 그들을 초대해 함께하겠다던 도서관의 약속에 다시 오고 싶다며 핸드폰 사진을 보여주었다. 혜진이 찍은 사진에는 풀꽃을 전하던 작은 아이와 어깨를 움츠린 그가, 노래가 흐를 때 울음이 터진 언니의 뒷모습이 담겨 있었다. 어떤 말은 35년을 묵혔다가 버려지기도 하고, 또 어떤 말은 고마워서 다시 보자는 약속으로 이어진다는 걸, 그 밤 혜진은 사진에 담아 보여주고 있었다.

지연이가 "그 노래 제목이 뭐야? 아까부터 자꾸 그 노랫말이 떠나질 않아. 아름다운 그이는 하는 거" 하고 물었다. 혜진이가 가사를 검색했는지 "아름다운 사람"이라고 대답했다. 어두운 비 내려오면, 노래가 시작되자 혜진이와 지연이는 노래를 따라 불렀다. 지연은 두 손으로 작은 꽃을 전하는 아이의 마음이 작가가 말한 다정 같다며 언니와 내가 어릴 때는 하지 못했던 대화를 나누었다.

다음날 소연이는 오랜만에 만날 수 있어서 반가웠다는 문자를 보냈다. 나는 혜진이 찍은 사진을, 두 손으로 작은 풀꽃을 전하는 다정의 순간을 소연에게 보냈다. 소연은 행사가 끝나고 도서관 사람들에게 들었다면서 사랑을 구체적으로 만진 날이었다고 했다. 나는 내년에도 보자고, 또 보자고 혜진이가 내게 했듯 그렇게 문자를 보냈다.

* 소설 속 만화는 김홍모의 『홀 – 어느 세월호 생존자 이야기』(창비, 2021)를 참고하였습니다.

마산행

오토바이가 골목으로 들어오는 소리가 들린다. 드드드렁, 골목 입구에서 한번 멈췄다가 다시 시동을 거는 아빠의 오토바이다. 이 소리가 들리면 나는 하던 걸 멈추고 책상 밑에 있는 호른을 꺼낸다. 벨을 돌려서 관에 끼우고 마우스피스를 꽂아 입에 물고 벨 속에 손을 넣는다. 소리를 지르듯 배에 힘을 주면 먹이를 놓고 싸우는 까마귀 소리가 난다. 손가락으로 버튼을 누르며 음을 하나씩 잡다보면 까마귀 열두 마리가 엉켜서 싸우는 삑사리가 나는데, 그걸 뱉어내지 않으면 제소리가 나오지 않는다. 악기를 지원하는 오케스트라를 육성하는 중학교여서 입학하면서부터 공짜로 호른이라는 낯선 악기를 불게 되었지만, 졸업을 앞둔 지금까지 맑은 소리를 내기가 힘들다.

아빠가 골목으로 들어서는 소리가 들릴 때마다 급하게 꺼내는 호른은 오토바이 시동 거는 소리보다 더 시끄러운 소리를 낸다. 초등학교 때는 아빠의 오토바이 소리가 이렇게 싫지 않았고, 딱히 신경쓰지도 않았다. 지금은 어쩌면 어떻게든 저 오토바이 소리, 거기서 내려 걸어오는 발소리를 막고, 그만 불라는 아빠의 탁한 목소리를 뿔로 받아버리고 싶다. 오토바이가 골목에 들어올 때부터 아빠가 집으로 들어올 때까지 내가 얼마나 긴장하는지는 호른 소리를 들어보면 알 텐데. 엄마도 아빠도 내가 하고 싶은 말을 알아듣지 못한다.

아빠는 내 방을 들여다보며 종일 불었으면 이제 그만해, 3년 내내 불었는데 아직도 그렇게 삑사리가 나면 그만둬! 그런다. 아빠가 집에 오는 이때가 하루 중 내가 가장 신경질이 나는 시간이라는 걸, 그걸 어떻게 말해야 할지 몰라서 피스를 끼워 급하게 호른을 분다는 걸, 아빠의 목소리를 어떻게든 막으려 한다는 걸, 그게 소리지르는 거라는 걸 아빠는 알려고도 하지 않는다. 그저 내가 종일 호른만 불었다고, 그렇게 불어대는데도 음을 내지 못한다고, 그런 거 뭐 하러 부느냐고 같은 소리만 반복할 뿐이다.

엄마라고 뭐 다를까. 오토바이 소리가 들리면 엄마는 한숨부터 내뱉는다. 어휴, 어떻게 술 먹자는 친구도 없어. 그러고는 내게 소리를 지른다. 그만 좀 불어. 시끄럽잖아. 아빠한테 할 잔소리를 엄마는 내게 뱉어낸다. 괜찮다. 호른은 그런 말들을 벨 속으로 다 빨아들이는 악기다. 호른은 어떨 때는 잔소리를 막는 방패가 되고 또 어떨 때는 소리를 지르는 뿔이 되니까.

아빠는 로더를 운전한다. 비탈을 오르거나 좁은 길로 건축 자재를 옮겨야 할 때 로더가 요긴하다고 했다. 아빠의 로더는 건축자재를 옮기는 일도 하지만 흙을 담고 다지는 일까지 한다고 했다. 요즘은 전원주택 공사장에서 일하는데, 일을 마치면 오토바이를 끌고 퇴근한다. 오늘도 아빠의 퇴근 시간은 정확하다. 8시 15분 전이다. 그 시간에 맞춰 호른을 불어대는 내가 지겨운지, 엄마는 시끄럽다며 소리를 꽥 지르는 것으로 아빠를 맞는다. 나는 엄마가 한숨보다는 소리를 지르는 게 더 좋다. 엄마의 한숨이 언제부터 반복되었더라.

아빠는 걸어다녀도 될 거리를 군이 오토바이를 끌고 다닌다. 전원주택 공사 현장은 양평이다. 양평까지 오토바이를 타고 가느냐 하면 그것도 아니다. 아빠는 집 근처 전철역에 오토바이를 세워두고 전철을 타고 출근했다가 오토바이를 타고 돌아온다. 집에서 전철까지는 걸어서 10분밖에 안 걸리는데도 그러는 이유를 난 모르겠다.

아빠는 자기가 모르는 곳을 두 발로 걷는다는 걸 절대로 이해할 수 없는 사람이다. 아니, 그것은 아빠에게 평생 하지 말아야 할 일 중 하나인 듯, 세상에 그런 쓸데없는 짓이 어디 있느냐고 코웃음을 친다. 그럴 때마다 엄마는 그러면 뭐 하러 여행을 가느냐고 했고, 아빠는 그러니까 돈 쓰고 걸어다니는 짓을 왜 하자고 조르느냐고 팽팽하게 맞섰다. 어릴 때부터 그런 싸움을 하도 많이 봐서 이젠 그런가보다 하는데, 말다툼의 끝은 그걸 하지 않는 것이다. 그래서 자연스럽게 가족여행도 없어져버렸다.

양복도 안 꺼내 놓고, 손수건 어디 있냐니까?

아빠가 또 소리를 질렀다. 엄마는 거기 찾아봐, 하다가 당신이 그게 왜 필요한데? 이거나 가져가, 하고 수건을 던졌다. 나는 슬그머니 방문을 닫았다.

어떻게 20년을 속일 수 있어!

갑자기 엄마가 소리를 질렀다. 잠깐 정전된 듯 조용하다가 방에 있는 물건들이 박살나는 소리가 이어졌다. 이번에는 진짜 이혼하려나보다 싶어 불똥이 튈까봐 얼른 호른부터 케이스에 넣었다. 아빠는 엄마에게 소리를 지르다 문을 박차고 나가버렸다. 드드드렁, 오토바이에 시동이 걸렸다. 그래봤자 오토바이는 전철역에 세워두고 공사장 근처에 있는 인부들 방에서 묵겠지. 아빠의 동선은 간단하다. 집과 밥집, 공사장, 집. 아빠의 하루는 잠과 밥과 일로만 채워져 있는 게 분명하다.

평소에도 전화하지 않는 아빠지만 이번에는 1주일이 지나도 들어오지 않고 있다. 불안하냐고? 천만에. 아빠가 가출한 1주일 내내 엄마와 나는 좋다. 아주 좋다. 아빠가 없는 집은 환하고 명랑하다. 엄마도 상냥하고 나도 신경질 부릴 기회가 없다. 아빠의 가출을 유도하려고 엄마가 일부러 싸운 게 아닐까 싫을 정도다.

저녁은 뭐 먹을까? 우리 맛있는 거 먹으러 가자.

퇴근길에 엄마가 문자메시지를 보내면 나는 먹고 싶은 걸 고른다. 엄마와 나는 동네 맛집을 돌아다니며 스파게티부터 떡볶이까지 저녁마다 골라 먹고 있다. 게다가 중학교 들어와서 뚝 끊겼던 대화라는 걸 한다. 엄마는 도시가스 검침을 하다 보면 좋은 집으로 이사하고 싶어진다고 하다가 점심은 누구랑 먹어? 좋아하는 애는 없어? 하고 물었다. 윤리 선생님이 철학자 같아서 좋다고 했더니 엄마는 남자 보는 취향이 엄마랑 같다고 했다.

취향이 같다고? 난 아빠 같은 사람이랑은 절대 안 살 건데.

설마 너, 엄마가 연애한 사람이 아빠뿐이었다고 생각하는 건 아니지?

우리의 대화는 결론을 내는 게 아니어서 이쪽에서 저쪽으로 참새떼처럼 몰려다녔다. 남자 취향을 묻다가 갑자기 고등학교는 어디로 가고 싶으냐고 묻는 식이다. 그전에도 이런 질문이 없지는 않았지만, 저녁상에서는 항상 아빠가 입을 꾹 다물고 있다가 초를 치듯 한마디 던졌다.

그 성적으로 고등학교는 갈 수 있고!

주변 사람들이 언제고 자신을 공격할 것이라 믿는 아빠는 상대방의 약점을 먼저 찌르는 것이 대화라고 생각한다. 더이상 다음 이야기를 할 수 없게 입을 막아버리는 것이다. 나는 아빠와 이야기하는 것 자체를 피하기로 했다. 그래도 하루하루가 흘러갔고 벌써 중학교 졸업을 앞두고 있으니까 고등학교만 졸업하면 아빠와도 빠이빠이다. 지금 내 심정은 그렇다.

그런데 엄마는? 엄마는 어떻게 할까? 매운 떡볶이를 먹으며 아빠와 이혼할 거냐고 물었다. 엄마는 그러고 싶다고 했다. 나는 좀 빨리 이혼할 수 없느냐고 했다. 엄마는 아빠 고집을 누가 꺾느냐며 한숨을 내쉬었다.

아빠 초등학교밖에 못 나왔다면서. 엄마도 여태 몰랐어?

엄마는 네가 어떻게 그걸 아느냐고 물었다.

코딱지만한 집에서 엄마 아빠가 싸우면 그 소리가 다 어디로 가겠어. 아빠가 쪽팔려서 집 나간 거 아니야?

다 들었구나. 엄마도 이번에 알았어. 아빠가 답답한 사람인 건 알았지만, 학력도 속였을 줄은 몰랐거든. 20년을 속고 살았다고 생각하니까 너무 허망하더라고. 어디다 풀 데도 없고. 윤아야, 나는 내가 존경할 수 있는 사람이랑 살고 싶었어. 그런데 아빠하고는 말이 안 통해.

취향이 같다는 게 그거였구나. 그러니까 이혼하라고.

괜히 나를 이해시키려고 눈치보는 것 같아서 친구와 수다 떨 듯 툭 말해버렸다.

근데 엄마, 아빠는 왜 초등학교밖에 못 나왔대?

시댁이라고 어디 물어볼 데가 있어야 나도 성질을 내겠는데, 그걸 말을 안 해. 결혼할 때부터 아빠는 혼자였거든.

아빠는 고아야?

가족들과도 연을 끊고 살아서…… 아빠랑 연애할 때는 내가 그 자리를 채워주고 싶었지. 지금 생각하면 웃겨. 내가 뭐라고 네 아빠를…….

김말이를 내 입에 넣어주며 엄마는 내가 미쳤지, 하는 표정을 지었다.

아빠, 젊었을 땐 이러지 않았어?

착한 사람이었지. 자기를 내세우지도 않고 어디 해를 끼치지 않는 착한 사람. 그때도 한곳에서 오래 있지 못하고 여기저기 떠돌면서 일을 했거든. 몇 달씩 외지에 갔다가 돌아오면 한번씩 만났는데, 떨어져 있는 동안 보고 싶어지더라고. 여행가 같았어. 엄만 그때 집과 회사만 왔다갔다하던 때라 아빠가 그렇게 멋있어 보이더라. 맞다, 그때 프러포즈로 통장도 받았었다.

프러포즈도 했었어, 아빠가?

아빠가 엄마랑 결혼하고 싶어서 통장을 만들었다고 내미는데 월급을 착실히 모았더라고. 외지에서 쓸 돈 안 쓰고 살뜰하게. 자유로운 사람이 성실하기까지 하네, 그땐 그런 게 다 믿음직해 보였어.

떡볶이집을 나와 거리를 걸으며 팔짱을 끼려다 엄마의 손을 잡았다.

엄마! 자유롭고 성실하고 착한 사람이었던 아빠는 왜 이렇게 된 거야? 지금은 전혀 그렇지 않잖아. 고지식하고 답답하고 자기만 아는 못된 사람. 아니야?

나 때문에 그렇겠지.

그렇게 생각하면 안 되지. 이혼할 거라면서. 그렇게 생각하면 평생 이혼할 수 없잖아.

너는 엄마랑 아빠가 이혼하면 좋겠어?

잠깐의 갈등도 없이 대답했다.

당연하지. 난 아빠 같은 사람이랑 절대 못 살아. 엄마가 몰라서 그러는데, 내 친구들 아빠를 보면 오빠 같아. 삼촌 같기도 하고. 아빠는 너무 아저씨야. 그것도 꼰대 아저씨. 난 대학 가면 무조건 기숙사로 갈 거야.

오랜만에 엄마와 손을 잡고 걸으며 아빠 흉을 보니 속이 시원했다. 길에는 은행이 폭탄처럼 떨어져 있었다. 엄마 손을 놓고 은행을 밟지 않으려고 까치발을 했다. 지하철역에서 사람들이 쏟아져나왔다. 엄마는 역 근처 자전거 세워두는 곳을 두리번거렸다. 없네. 걸으면서도 계속 신경을 쓴 모양이었다. 요즘 3500원짜리 밥도 있나. 엄마는 문자메시지를 보며 중얼댔다. 아빠는 가출해서도 엄마 카드로 결제하는 바람에 동선을 다 들키고 있었다.

아무튼 저녁 시간은 끝내주게 지킨다니까. 역전우동에는 3500원짜리 밥도 있니?

주메뉴는 따로 있고 사이드 메뉴로 양이 적은 덮밥이 있는데, 아빠는 덮밥만 시켰나봐.

저녁으로 이걸 먹을 사람이 아닌데. 그런데 네 아빠가 왜 여기 가 있지?

엄마는 메시지에 찍힌 마산 창동점을 가리켰다. 이전 메시지를 보니 며칠 사이 산복분식, 만미당, 부림여인숙, 오동동횟집이 찍혔는데, 이상한 건 '강신도양복점'이었다.

아빠가 양복점에도 들렀나봐. 비싼 걸로 샀네.

엄마는 가격보다는 아빠의 동선에 고개를 갸웃하며 계속 중얼거렸다.

양복 입을 일도 없으면서 무슨 일이지. 마산엔 왜 내려간 거야.

오토바이를 타고 마산까지 내려간 걸까. 아빠는 음식점도 질릴 때까지 한 곳만 다니는 사람인데. 양복을 사고 모르는 곳을 돌아다니려고 오토바이를 끌고 간 걸까. 아빠가 뭘 하고 있는지 궁금했다. 카드에 찍힌 곳을 시간대별로 점으로 이어볼까. 그러면 이번에는 확실히 이혼할 수 있을지도 모르는데.

다음날 뉴스를 보는데 정말 뜻밖의 일이 벌어졌다. 아빠가 뉴스에 나온 것이다. 가슴에 꽃을 달고 대통령과 악수하는 장면에서 엄마와 나는 맞지, 이게 뭐야 하는 눈빛을 교환했다. 저기 가려고 양복을 찾아놓으라고 했구나, 엄마가 중얼거렸다. 아빠는 부마민주항쟁 40주년 기념식 맨 앞줄에서 대통령과 악수한 후 안경을 벗어 손수건으로 눈을 누르고 있었다.

아빠가 왜 저기 있어? 가슴에 꽃은 다 뭐야.

엄마는 가만히 화면을 보다가 그래서 손수건을 찾았구나, 하고 또 혼자서 말했다. 그런데 그게 끝이 아니었다. 다른 채널 뉴스에도 아빠가 나왔다. 40년 만에 국가 기념일로 지정되어 대통령이 참석하는 행사라고 했다. 또다른 채널로 돌렸다. 이번에는 얼굴만 획 비치는 것으로 끝나지 않고, 한쪽에는 리포터가 있고 다른 쪽에는 아빠가 앉아 이야기하는 인터뷰였다. 아빠를 뉴스와 인터뷰로 보게 되다니, 이게 무슨 일인가 싶었다.

카메라가 이름표에 적힌 '당시 15세'를 클로즈업했다. 얼른 아빠 나이에서 40을 뺐다. 열다섯, 내 나이였다. 리포터는 그때 어떻게 붙잡혔느냐고 물었다. 긴장한 표정의 아빠는 누가 건드리면 도망갈 것처럼 두려워하는 눈빛이었다. 발끝을 모으고 손을 무릎에 올려놓은 아빠는 잔뜩 주눅들어 카메라를 쳐다보지도 못하는 열다섯 살 소년 같았다. 아빠는 자장면 배달을 마치고 돌아오는 길에 창동사거리를 지나다 시위대를 처음 보았다며 더듬거렸다.

엄마는 문자메시지에 찍힌 카드 내역을 확인하며 창동점, 그래서 저기 간 거였네, 하고 퍼즐을 맞추듯 자꾸 혼잣말을 했다. 아빠는 그런 시위 장면은 처음 보았다고, 신기해서 따라다니다가 골목길에서 붙잡혔다고 했다. 그러더니 벌떡 일어나

두 손을 뒤쪽으로 보내며 뒤에서 이렇게 묶어가지고, 하며 질질 끌려가는 시늉을 했다. 무슨 말인지 하나도 알아들을 수가 없었다. 내가 이해할 수 없는 말을 리포터는 다 알아들었다는 듯 끄덕이며 그동안 얼마나 힘드셨느냐고 했다.

힘들었다기보다는, 내가 그래서 중학교 졸업도 못 하고…… 이 나이 되도록 낯선 길이 나오면 도망가고 싶어져요. 또 붙잡힐까봐 한곳에 오래 있는 일도 못 하고, 골목길도 혼자 못 다니겠고. 가출한 중학생이 데모 구경하다가 끌려가서 42일 동안 고문당한 얘길 누구한테 하겠어요. 아무도 안 믿어요. 아내와 아이한테는 창피해서 여태 말도 못 하고 살았어요.

그런 세월이 40년이나 지난 거네요. 그런 분들이 많다고 그래요. 부산에서 불씨가 붙고 나흘 뒤에 마산에 위수령이 떨어졌으니까요. 그런데 대통령 시해 사건으로 11일간 부산과 마산에서 이어지던 시위 물결이 순식간에 가라앉아버렸죠. 사회 전체가 갑자기 애도하는 분위기로 바뀐 탓에 당시 독재 타도를 외쳤던 분들도 입을 닫고 살았다고 합니다. 선생님은 당시 42일간 구금 구속되었는데, 부마항쟁 피해자들 중에서 가장 어린 나이로 알고 있어요. 그때 이야기도 해주세요. 왜 42일 동안 구속된 건가요?

어리니까, 뒤집어씌우기 쉬우니까 그러지 않았을까요. 사람들이 왜 시위를 하는 건지 난 전혀 몰랐거든요. 고문관이 네가 파출소에 불질렀지, 하는데 난 안 했거든요. 근데 자꾸 내가 했다고 하는 거예요. 그때 저보다 한두 살 많은 고등학생도 있었어요. 그놈도 끌려온 것 같았는데, 그놈한테 고문관이 묻는 거예요. 너 재 봤지? 그놈이 끄덕끄덕하니까 돌멩이 하나를 내밀더라고. 그러면서 너 재가 파출소에 이 돌 던지는 거 봤어? 그딴 식으로 묻는 거예요. 세상에 돌멩이가 얼마나 많은데, 그 돌멩이가 시위대가 파출소를 습격한 뒤에 그 안에서 나온 돌멩이라는 거예요. 그걸 내가 던졌다고 하는데 그런 게 무슨 증거예요. 그런데 증거라니까 그게 증거가 되더라고요. 그놈이 나를 향해 손가락질을 하더라니까요. 누가 그랬어, 하는데 나를 보고 손가락질을 하더라고. 내가 아직도 그놈 손가락을 분질러버리지 못한 게 분해요. 지금도 누가 나한테 손가락질을 하면 그걸 못 참고 정신이 확 돌아버려요. 술병 깨서 싸우고. 그래서 몇 안 되던 친구들마저 하나둘 다 떨어져나가고. 아, 이게 아닌데…… 어디까지 했죠?

경찰서에 붙잡혀 들어간 후 증거가 된 돌 이야기를 하셨어요. 고문도 있었나요?

파출소에 돌 던지고 불질렀다고 인정할 때까지 고문했어요. 허벅다리와 종아리 사이에 막대기를 끼우고 꿇어앉으라고 하고 위에서 밟아요. 그러면 내가 안 했는데도 했다는 소리가 여기, 목구멍까지 올라오거든요. 하루는 그렇게 넘기고 다음날이 되면 내가 뭘 잘못했는지 알 수가 없으니까 속에서 열불이 나서 안 했다고, 나 파출소에 불 안 질렀다고 하면 고문관이 꼭

지가 팍 돌아가지고 더 심하게 때려서…… 그때 실신도 여러 번 했어요. 저녁에는 지하로 끌려갔다가 새벽에 눈떠보면 위층에 와 있고 그랬는데, 다른 건 하나도 기억이 안 나는데 이상하게 손수건은 생각나요.

손수건이요?

네, 손수건. 내 대갈통이 깨져서 피가 흐르니까 어떤 키 큰 누나가 자기가 가지고 있던 손수건으로 내 머리를 이렇게 꾹 꾹 눌러줬어요. 나는 지금도 그 손수건을 잊을 수가 없어요. 부산에서 마산으로 놀러 왔다가 집에 가기 싫어서 자장면집에서 배달하던 때란 말입니다. 마산에는 아는 사람 하나 없지, 시위하는 사람들을 생전 처음 보고 신기해서 따라다니다가 붙잡혔지, 고문관은 나한테 파출소에 불질렀다고 하지, 내가 불지르는 걸 봤다고 누구는 손가락으로 나를 가리키지…… 환장하겠더라고요. 내 편이 아무도 없는데 그 누나가 손수건으로 내 머리를 눌러주는 순간 눈물이 쏟아지더라고요. 그 누나를 오늘 기념식에서 만났어요. 네가 그때 그 중학생이가? 하는데 딱 알겠더라고요. 그때 잠깐 스치고 간 그 누나가 이렇게 생생하게 기억날 줄은 나도 몰랐어요. 내가 아직도 앞뒤 말을 조리 있게 못해요. 아내를 처음 만났을 때도 손수건으로 내 얼굴을 닦아주더라고요. 이 여자다 싶어서 꽉 붙잡았지요.

마산경찰서에 있을 때 그랬다는 말씀이죠? 지금은 시간이 많이 지났지만, 당시의 상처나 그런 건 혹시 없습니까?

아빠는 카메라를 향해 정수리를 들이밀었다. 카메라는 온 국민에게 보여주려고 작정한 듯이 아빠의 정수리를 클로즈업했다. 리포터는 더 잘 보이게 오른쪽 머리카락을 젖혀 여기 만져지네요, 하며 맞장구를 쳤다. 아빠는 그런 상처가 등에도 있고 무릎에도 있다며 양복바지를 걷어올렸다.

한번은 도라이바 같은 걸 내밀면서 내가 경찰관을 그걸로 찍었다는 거예요. 아니라고 하면 했다고 할 때까지 때리다가 자기들도 지치면 꿇어앉으라고 하고는 책상 사이에 막대기 끼워놓고 나를 거기다 매달고는 발로 툭툭 건드리는 거예요. 야, 이 새끼야! 네가 돌 던졌잖아, 불어. 너, 집이 부산인데 마산에는 왜 왔어? 너 하나 여기서 없어져도 아무도 몰라. 울면서 안 그랬다고 하다가 죽을 것 같아서 잘못했다고 하다가, 하나도 정신이 없었어요. 이게 그때 생긴 상처예요.

인터뷰가 끝나고 나서도 아빠는 걷어올린 양복바지를 그대로 둔 채 리포터와 인사를 나누었다. 누가 알려주지 않으면 계속 그러고 다닐 것처럼. 아빠한테 전화를 걸었다. 신호음이 열 번을 넘어가도 받지 않았다.


유튜브 검색창에 '부마'를 쳤다. 부마초, 부마 니토의 사당, 부마사태, 부마항쟁, 부마민주항쟁, 부마항쟁 기념식 등이 주르륵 떴다. 부마초부터 클릭했다. 초등학생들의 힙합댄스 영상이었다. 두번째 영상을 열었다. '젤다의 전설, 야생의 숨결'

이라는 제목이 달린, 부마 니토의 사당을 공략하는 게임 홍보였다. '1979, 그날의 부마'를 클릭하자 부산과 마산에서 박정희 타도를 외치던 학생들, 40년 전 오늘, 한국 현대사를 결정한 11일간의 기록, 시민들을 싹 다 탱크로 밀어버리면 된다는 당시 군부회의 자료들이 자막으로 걸린 다큐였다. '40년 전 오늘, 무슨 일이 있었는지 아시나요'라는 동영상을 열었다. 수많은 사람들이 스크럼을 짜고 거리를 달리는 모습이 첫 장면이었다. '부산과 마산에서 거리로 뛰쳐나와 독재 타도를 외치는 시민들'이라는 자막이 흘렀다. 대학생들로 보이는 사람들 속에 아빠도 있었겠구나. 자장면 배달을 하다 시위대에 휩쓸려 따라다니던 열다섯 살의 남자아이. 나는 영상 속에서 자꾸 아빠를 찾고 있었다.

비가 오면 너무 힘들었어. 비만 오면 사방에서 사람들의 절규가 들려오고 코에서 피냄새가 맡아지는 거야. '구름도 무거워지면 제 몸 허물어 조각조각 빗방울로 흩날린다'고 우리 이야기를 시로 쓴 시인이 그러던데, 10월 그날에 진짜 비가 왔거든. 저녁부터 내렸으니까 데모한 사람들은 옷이 젖었을 거잖아. 경찰서 끌려온 사람들 중에 옷이 젖은 사람은 등에 붉은 펜으로 A라고 적더라고. A급은 적극 가담자로 지하로 끌려가 고문을 당했거든. 그때 어떤 중학생도 머리통이 깨져서 붙잡혀 왔어. 그애 옷을 보니까 다 젖었더라고. 그애 옷에도 A라고 적힌 걸 봤어. 얼마나 슬픈 일이요. 그 어린애가 A급이 되는 말도 안 되는 시절이었으니. 마산경찰서에는 단 이틀 동안 붙잡혀 온 사람들이 500명이 넘었다고 그래. 화장실도 갈 수 없이 빽 빽해서 서 있던 자리에서 오줌을 누고 그럴 정도였으니까. 그러니 그날 그때의 피냄새가 아직도 잊히질 않아.

화장을 곱게 한 할머니가 말했다.

그날만 되면, 아니, 10월만 되면 그때의 기억이 떨쳐지지 않았어요. 그때 저는 고등학생이었는데, 10월만 되면 고통과 불안이 다양한 형태로 저에게 다가오는 거예요.

모자를 쓴 아저씨도 말했다. 영상을 멈추고 다시 아빠에게 전화를 걸었다. 아빠는 여전히 전화를 받지 않았다. 아빠는 바짓단을 내렸을까. 왠지 그대로 마산을 돌아다니고 있을 것 같았다. 같이 동영상을 보던 엄마가, 그날의 피냄새가 잊히질 않는다는 할머니가 말한 시인의 시집이 엄마에게도 있다고 했다. 엄마는 허둥대며 시집을 꺼내왔다. 10월의 구름들! 시집의 제목이었다. 책이라는 걸 보지 않던 아빠가 엄마에게 선물한 거라고 했다.

처음엔 이 사람이 웬일로 시집을 선물하나 싶었지. 앞쪽을 보니까 누가 버린 시집을 나한테 준 것 같더라고. 그럼 그렇지 하고 던져놨던 건데…… 아빠가 한 번도 그때 이야기를 한 적이 없어서 엄마도 모르고 있었어.

아빠는 그럼 지금까지, 리포터가 말한 것처럼 열다섯 살 이후 40년 동안 그때 이야기를 한 적이 없다는 건가. 그래서 그렇게 답답하고 고지식하고 자기만 아는 사람이 되어버린 걸까. 가족여행도 못 가고, 낯선 곳에도 못 가고, 그걸 감추려고 화를 냈던 걸까. 10분밖에 안 되는 거리를 오토바이를 타고 다니면서 누가 잡으러 온다는 무서움을 참았던 걸까. 아빠에게 오토바이는 고문의 상처에서 벗어나기 위한 선택이라는 생각이 들자 미안한 마음이 들었다. 엄마도 그런지 시집을 펼쳐 맨 앞장에 적힌 아빠의 글씨를 보여주었다.

'손수건 고마워, 옥희야.'

그 옆에는 아빠 도장이 찍혀 있었다. 이 시집의 시들을 아빠가 쓴 것처럼. 엄마는 이게 아빠한테 받은 첫 편지라고 했다. 다음 장에는 '1979년 10월 18일 전후, 부마민주항쟁의 그곳에서 우리가 되어 함께한 모든 이에게 이 시집을 바친다'라는 시인의 헌사가 있었다.

그날 밤 엄마와 나는 한 편 한 편 시를 읽어나갔다. 시집에는 아빠가 돌아다녔던 만미당과 창동, 오동동 같은 이름들이 있었다. 시집에 나오는, 머리채를 잡힌 채 질질 끌려갔다는 바바리코트의 여학생이 영상에 나온 비만 오면 힘들었다는 할머니일까. 그 할머니가 말한 중학생이 비에 젖은 옷을 입은 아빠였을까. 시집에 아빠 이름은 없었다. 열다섯 소년도 없었다. 하지만 엄마도 나도 '10월의 구름들' 중 하나가 아빠라는 걸 알 수 있었다.

11시 반, 마산횟집에서 결제한 내역이 문자메시지로 떴다.

아빠는 짠돌이라 밥값을 먼저 내는 사람이 아닌데. 결제금액이 열댓 명의 밥값은 될 법한 액수였다. 엄마도 나도 지금 아빠가 누구와 있는지 점점 궁금해졌다. 아빠가 지금 무얼 하는지도. 아빠가 누군가와 함께 있다는 것, 그것은 아빠가 텔레비전에 나오고 40년이나 고문의 흔적을 입에 담지 못하고 살아온 것만큼이나 충격이었다. 엄마는 마산에 내려가야겠다고 했다. 나도 체험학습 신청서를 내고 같이 가기로 했다.

마산으로 가는 기차는 역방향 자리였다. 기차가 가는 방향을 등지고 있으니 몸은 서울역을 떠나 수원을 지나는데 눈은 우리가 있던 곳을 계속 바라보게 되었다. 엄마는 부마민주항쟁을 검색해 내게 내밀었다. 국가 기념일 행사 동영상이 그사이 더 늘었다. 아빠를 인터뷰한 동영상도 두 개나 더 올라와 있었다. 공식 인터뷰 말고 누군가 아빠를 소개하고 자유롭게 이야기하는 장면을 통째로 올린 거였다.

이거 봤어?

엄마가 물었다.

아니, 같이 볼까?

엄마는 고개를 저었다.

혼자 있을 때 보는 게 좋겠어. 아빠가 우리 윤아랑 같은 반 남자애 같아.

나는 이어폰을 꽂고 동영상을 틀었다. 아빠는 처음부터 풀어야 한다는 듯, 마산에 가게 된 사연을 설명하고 있었다.

중학교 3학년이니까 열다섯이었어. 방학하고 며칠 지나 친구 녀석이 거기를 가자는 거예요. 누나 심부름으로 가야 하는데, 혼자 가기 싫으니까 여행도 할 겸 같이 가자고. 심부름이 뭐냐니까, 누나가 마산수출자유지역에서 일한다는 거야. 들어본 적은 있었지. 거기 가면 여자애도 엄청 많고, 그때 팔랑거리는 바지가 유행이었는데 그 나팔바지로 바닥을 쓸고 다닌다는 데가 수출공단이었거든. 그 친구 누나가 거기 구두공장인가에 취직을 했다고. 그래서 몇 달 모은 월급을 가져가라고 했대요. 그때만 해도 우체국에서 돈을 부치면 없어질 수도 있고, 믿을 수가 없었거든. 공장에 처음 들어가서 피같이 번 돈인데 동생한테 와서 가져가라고 한 거야. ……그 길로 차를 탔어. 집에서 입던 옷 그대로 입고 차를 탄 거야. 가서 얼마나 있을지, 어디서 잘지 그런 건 생각도 못했지. 집에 얘기도 안 하고 친구 따라나선 길이 40년이 지난 거야. 그러니 그걸 어떻게 얘기해요. 어디부터 하면 좋겠소.

엄마는 옆자리에서 시집을 읽고 있었다. 동영상을 닫고 엄마에게 아빠랑 이혼할 거냐고 물었다. 이번에는 엄마가 당연하지, 라고 말했다. 이혼할 거라면서 마산에는 왜 가느냐고 물었다. 엄마는 주머니에서 손수건을 꺼냈다.

아빠가 집 나가기 전에…… 손수건을 찾아달라고 했었어.

손수건 주려고?

만날 수 있으면. 그런데…… 윤아야?

엄마가 천천히 나를 불렀다.

알았잖아. 알고도 모른 체하면 안 되지. 지금껏 그런 기억을 껴안고 살았다는 게, 남편이 아니라 내 아이가 그런 것처럼 가슴이 저리네. 얼굴은 한번 보고 싶어서. 그래야 할 것 같아.

엄마는 집 나간 아빠가 아니라, 40년 전 길을 잃은 열다섯 살 아이를 찾으러 나선 것 같았다. 하도 진지하게 말을 해서 내가 할말이 없어졌다. 알고도 모른 체하면 안 된다는 말이 머릿속에서 자꾸 맴돌았다. 나는 이번에 엄마와 아빠가 이혼하면 졸업 연주회 초대장을 아빠에게 정식으로 보내겠다고 우스갯소리를 했다. 엄마는 내게 호른이 왜 그렇게 좋으냐고 물었다.

들어보면 알아.

여태 귀가 아프게 들었지.

그게 아니라 오케스트라 공연에서 소리를 들어봐야 안다고.

호른이 왜 좋으냐니까.

호른이 있으면 소리들이, 이렇게…….

두 손을 펼치다 점점 좁혔다.

모여.

소리가 모인다고?

나는 가방에서 종이를 꺼내 호른을 그렸다.

이게 호른이야.

종이에는 달팽이관과 소리가 퍼지고 모이는 벨을 그렸다.

오케스트라 악기 중에 가장 긴 게 뭔지 알아?

호른이구나.

달팽이관에 화살표 방향을 그리고 긴 뿔호른을 그렸다.

얘를 다 펴면 이런 모양이 되거든.

이렇게 길어?

그러니까 소리내기가 쉬운 게 아니거든. 금관 악기 중에 소리통이 가장 긴 악기가 호른이야.

이렇게 길어서 소리가 잘 안 났던 거구나. 그동안 우리 윤아가 엄청 연습한 거였네. 아빠도…….

아빠도 뭐?

40년 동안 못한 말을 하려니 제대로 말할 수 없었겠다는 생각이 들어서. 그치?

나는 고개를 끄덕였다. 엄마는 왜 호른이 좋으냐는 대답을 기다리다가, 그러니까 호른이 왜 좋으냐고 재촉했다. 호른이 뿔도 되고 방패도 된다는 것만으로는 부족했다. 좋아하는 이유가 나올 것처럼 간질간질한데 그걸 설명하는 건 한번에 되는 일이 아니었다.

호른이 없어도 오케스트라는 굴러가지만…….

내 말이 그거야. 근데 너는 왜 호른이 좋으냐고. 플루트도 있고 첼로도 있고, 아니면 드럼도 있잖아. 그런데 왜 호른이냐고.

왜 호른이 좋은지를 정확하게 말할 수가 없었다. 하지만 중학교 3년 동안 호른을 불면서 내가 알아낸 건 어떻게든 표현하고 싶었다. 기억 같다는 생각, 여러 개의 악기가 저마다 소리를 내고 그 소리를 모아 한 곡이 완성되듯, 바바리코트 할머니와 모자를 쓴 고등학생 아저씨와 열다섯 살의 아빠가 각자의 기억을 꺼내 40년 만에 맞춰보는 것, 그 시간이 맑은 소리를 내고 싶지만 둔탁한 소리를 맘껏 뱉어내야 제소리가 나오는 호른의 소리처럼 느껴졌다. 그걸 설명하려고 종이에 그림을 그리고 딴소리를 하는 동안 기차는 어느새 청도를 지나고 있었다. 창밖으로 구름이 모이고 흩어지면서 다른 풍경을 만드는 것이 보였다.

호른이 있으면 플루트를 더 플루트답게 해줘. 첼로도 그렇고 플루트도 그래. 첼로가 소리를 내다가 호른이 섞이면 첼로가 더 첼로 같아지거든. 플루트도 더 플루트 같아지고.

첼로를 더 첼로답게 해준다고? 호른이?

내가 오케스트라 악기랑 다 맞춰봤어. 첼로만 그런 게 아니고 바이올린도 그랬어. 비올라도 그렇고. 그때부터 호른이 진짜 좋아지더라고. 오케스트라에서 피아노는 모든 악기의 시작을 잡아주고, 호른은 다양한 악기들의 소리를 모아주는 거야.

호른만 가지고는 호른을 표현할 수 없었다. 그래서 다른 악기와 함께 있을 때 호른이 어떤 음을 내는지를 설명했다. 호른은 혼자 튀는 것이 아니라 각각의 악기가 돋보이게끔 음을 모아주는 악기였다. 엄마는 내 머리를 쓰다듬으며 손수건 같은 거네, 라고 했다.

손수건? 호른이 손수건 같다고?

엄마는 대답 대신 시집의 맨 앞장을 손가락으로 짚었다.

'손수건 고마워, 옥희야.'

같은 말인데도 시집을 보기 전에 느꼈던 감정과는 다르게 다가왔다. 세 단어의 연결일 뿐인데, 손수건도, 고맙다는 말도, 엄마의 이름도, 아무도 한곳에 모아놓지 않은 아빠만의 시로 느껴졌다. 다른 건 하나도 기억이 안 나는데 이상하게 손수건만은 또렷하게 떠오르던 열다섯 살의 아빠가 보낸 편지가 이제야, 40년 만에 도착한 것 같았다. 다음 역은 마산, 마산역에 내리실 분은 준비해주세요, 라는 안내 방송이 나왔다. 창밖의 하늘을 쳐다보았다. 아직 무거워지지 않은 비를 품은 10월의 구름들이 모여드는 곳, 엄마도 나도 마산은 처음이었다.

* 소설 속의 시와 시집은 부마민주항쟁 기념시집 『10월의 구름들』(우무석, 불휘미디어, 2013)에서 인용했습니다.

밤 그네

아파트 뒤뜰 놀이터에서 그림자 두 개가 그네를 타고 있었어. 가로등이 그네를 비추고 있어서 놀이터는 연극무대 같았지. 그 무대 위로 보름의 달이 떠 있어서 유난히 더 밝은 밤이었어. 나는 베란다 보일러실에 놓아둔 의자에 앉아 담배를 피우며 그네를 따라 흔들리는 그림자를 보고 있었단다. 그림자에서 웃음소리가 나는 것 같았거든. 멀리서 보면 눈물도 웃음으로 보이는 거였을까. 너와 네 아빠는 그네의 리듬을 타고 한밤의 놀이터를 흔들며 웃고 있는 것처럼 보였어. 그 밤 놀이터로 나가기 전 네 아빠는 이제 네게도 말해야겠다고 했었어. 나는 조금만 더 고민해보자고 아빠를 설득하는 중이었지. 네 아빠는 〈나는 자연인이다〉의 주인공처럼 해발 900미터 고지의 오지 마을로 들어가 살고 싶다는 얘기를 했을 테고, 너는 병원

치료를 중단하겠다는 아빠에게 뭐라고 했을까. 뭐라고 했길래 그네를 밀어주는 환한 달빛이 그렇게 포근해 보였을까.

그날 이후 너와 네 아빠는 밤마다 그네를 타며 그곳에 있어. 흰 눈이 쌓이고 연둣빛 잎사귀가 녹색으로 뒤덮이다가 아카시아 향기가 밤나무 꽃향기로 바뀌던 날들을 지나, 지금은 다시 잎사귀 떨어지는 계절인데, 웃다가 울다가 흔들리며 그림자를 짜는 밤은 이어지고 있어.

하나야, 그날 밤처럼 이제 들어와야지, 왜 집으로 들어오지 않니? 난 여기 있는데. 아빠랑 같이 들어와.

여보, 하나 데리고 이제 들어와. 당신이 가겠다던 그 오지 마을로 나도 당신이랑 같이 갈 거야. 그 말을 못 했단 말이야. 들어와서 우리 그날 다하지 못한 얘기를 해야지.

너와 네 아빠에게 말을 걸다보면 위층에서 담배 피우지 마, 하고 소리를 질러. 나는 그 소리가 싫지 않아. 담배 피우지 마, 라는 고함은 현실로 돌아오게 하는 주술이거든. 나는 그 고함을 듣기 위해 너와 네 아빠가 있는 밤 그네 바라보는 일을 그만두지 못하는 걸지도 몰라.


아침에 일어나 내가 제일 먼저 하는 건 네 방으로 가서 창문을 여는 거야. 밤새 틀어놓은 가습기 때문에 습한 실내를 환기하고 유리병 물속에 잠긴 식물의 물뿌리를 살피지. 네 책상과 화장대에는 신문지로 싼 유리병이 빼곡하단다. 몬스테라 알보를 키우고 있거든. 초등학생만한 화분을 샀는데 벌써 하나 너만큼 자랐어. 몬스테라 알보는 물뿌리가 나오기 전에 영양제를 준 것들은 뿌리가 가늘게 나오는데 햇빛을 차단한 건 더 단단하게 나와. 모체 잎이 스스로 영양분을 내주면서 뿌리를 만들거든. 물뿌리가 나오려면 다른 영양분이나 햇빛을 차단해야 모체 잎이 스스로 뿌리를 키운대. 그래서 네 방에는 물뿌리가 튼튼하게 나올 때까지 신문지로 감싼 유리병들이 이렇게나 많아.

몬스테라 알보는 2주만 기다리면 어김없이 물뿌리가 나오고 눈 자리가 생기면서 새잎이 나와. 새잎을 물고 나오는 줄기를 보면 잎 모양이나 색을 예측할 수 있거든. 식테크로 성공한 유명 유튜버는 이 줄기 바코드를 통해 장래성을 알 수 있다고 하더라. 또다른 유튜버는 모체 무늬가 잘 전달되었는지를 보려면 새로 나오는 줄기를 살피라고 했어. 그의 말대로 줄기에 하얀색 비율이 높으면 화이트 알보가 되어 제일 비싸게 팔리고 인기도 많아. 초록이 많으면 건강하게 자랄 확률이 높은 거고, 초록과 하얀색이 반반인 하프 무늬 잎은 개당 3만 원에도 팔리는데, 점박이처럼 흰색과 초록이 섞인 산반 무늬여도 찢어진 잎의 모양이 예쁘면 찾는 사람은 끊이지 않아. 사실 화이트 알보는 색소 결핍이니까 아픈 아이인데 더 비싼 값에 팔리는 게 이상하지 않니? 건강하게 잘 자랄 장래성이 있는 초록 알보는 미래의 값이 매겨지는 거고, 화이트와 녹색이 반반 섞인 하프 무늬는 특이해서, 점박이 산반 무늬는 귀여워서 인기가 있어. 모체는 물뿌리를 만들면서 자기 영양분을 새잎에 다 주고 새잎의 순화가 완료될 때까지 버티다가 타버려. 엄마는 그걸 한눈에 볼 수 있다는 게 한생의 주기를 보는 것처럼 쓸쓸하면서도 벅찰 때가 많아.

네 방에서 나와 베란다와 거실 창을 열고 안방 침대머리맡에 있던 핸드폰을 확인했어. 간밤에 유튜브를 튼 채 잠이 들었는데 충전선을 연결해놓지 않아서 전원이 나가 있었어. 핸드폰을 먼저 충전하고 화장실로 향했지. 변기에 앉아서도 손에 핸드폰이 없는 게 신경 쓰이는 걸 보니 중독이구나 싶더라. 이를 닦으며 거울에 비친 여자를 뚫어지게 바라보았어. 눈그늘이 지고 흰머리가 잡풀처럼 번져 앞머리의 절반을 덮고 있더라. 눈썹 문신만 마음에 들었어.

요즘 어떻게 지내니? 밖으로 좀 나와, 혼자 있지 말고 맛있는 밥 먹자⋯⋯. 그 일이 있고 엄마는 직장을 그만두었어. 자꾸 길을 잃어버렸고, 어디에도 마음 둘 데가 없었거든. 한동안 이런 문자나 카톡을 받았었어. 집으로 찾아오는 친구들도 있었지. 얼굴을 보고 이야기를 나누다가도 기운 없어 보인다거나 아파 보인다는 말을 들으면 피하게 되더라. 그래서 눈썹 문신을 했거든. 고집스럽다거나 세게 보인다는 말을 듣고 싶었는데 내 친구들은 여전히 비슷한 안부를 인사라고 건네더라. 도대체 얼마나 더 기운을 내야 할까. 내가 상대방을 만나러 나오려고 얼마나 기운을 낸 건지, 알 리가 없는 거지. 싫더라고. 정말 싫어서 약속도, 안부 문자에 답장도 안 하고, 오는 전화도 받지 않고 지낸 지가 몇 달이 지났는지 모르겠어.

　중랑천에서 배회중인 이은희 씨(여, 52세)를 찾습니다. 165cm, 43kg, 흰색긴팔, 체육복바지, 운동화 착용.

핸드폰이 충전되자 긴급재난문자가 제일 먼저 뜨더라. 이걸 볼 때마다 마음이 저릿해. 하루에 한 번꼴로 사람을 찾는다는 문자가 행정안전부 산하 서울경찰청에서 오거든. 이번에는 실종이 아니라 배회하는 사람을 찾는다는 문자였어. 집을 나갔다가 얼마나 오래 들어오지 않으면 배회라고 할까. 어제는 카키등산긴팔, 국방등산바지, 검정운동화, 검정야구모자 차림을 한 160센티미터의 84세 남자가 실종되었고, 꽃무늬긴팔에 분홍모자, 스카프에 삼색슬리퍼를 신은 구부정한 허리의 80세 여성은 그 전날에 실종되었대. 글자 수를 줄이기 위해 띄어쓰기가 안 돼 있는 인상착의는 신고한 사람들의 다급한 마음 같아. 이전에 온 문자에서 배회중인 사람들을 찾아보았어. 3일 전 배회중이었던 정미정 씨는 집으로 돌아갔을까. 3일 전부터 배회중이었으면 실종으로 다시 문자가 와야 하는 거 아닌가. 집으로 돌아갔으니 실종 문자가 안 오는 걸까. 5일 전 배회중이었던 김재현 씨는, 1주일 전 배회중이었던 박상아 씨는 어떻게 됐을까. 배회중인 사람들은 다들 20, 30대의 젊은이들이었어.

내가 집을 나섰다가 집에 도착하지 않으면 누가 신고하지? 어쩔 수 없이 그런 생각이 들더라. 난 집에 있든 밖으로 나가든 계속 배회중인 것 같거든. 그래도 오늘은 어쨌든 집밖으로 나갈 거야. 네 친구들에게 연락이 왔거든. 꼭 나오라고. 기다리겠다고. 그런데 어떻게 나가지? 어떻게 거기까지 가지? 그런 생각에 발목이 잡히는데 우선은 집밖으로 나간다는 게 중요하다고 정신과 담당의는 매번 강조했었어.

바깥에 나가도 뭘 해야 할지 모르겠어요. 약속을 잡는 건 하고 싶지가 않고 약속도 없는데 나가는 건 어렵고 그래요.

그럴 땐 우선 바깥으로 나오세요.

어디로 가야 할지 모르니까 신발을 신다가도 다시 주저앉게 되는걸요.

일단 신발을 신으셔야 해요.

그게 어렵다고요. 어디로 가요?

단순하게 하나만 생각하세요. 무조건 신발을 신는다.

신발을 신은 다음에는요?

문을 열고 나와요.

엘리베이터를 타면 숨이 막혀요.

그럼 걸읍시다. 계단을 걸어서 내려와요.

신발을 신고 문을 열고 계단을 내려오는 그게 전 어렵다고요.

단순하게 몸이 시키는 대로 따라 하는 거예요. 몸에 습관이 배도록. 생각하는 게 아니라.

사람이 어떻게 생각을 안 해요. 바깥으로 나가서 그다음엔 뭘 해요. 그건 생각해야 하잖아요.

나와서 커피숍에서 커피라도 한잔 사 먹고 들어가더라도 우선 나오는 게 중요해요. 햇볕을 쬐면 기분이 나아지기도 하니까요. 되도록 많이 걷는 것도 제시간에 잠을 자는 데 도움을 줍니다.

그걸 누가 모르나요. 안 되니까 그렇죠.

정신과 상담은 늘 이런 식이야. 우선, 일단, 무조건! 정신과 의사가 내게 가장 많이 쓰는 말은 우선 신발을 신으라는 거야. 일단 밖으로 나오라고. 무조건 집에서 나오라는 말의 반복이야. 그건 생각을 하지 말라는 말이지. 그러면 나는 누구와 무슨 얘기를 해야 하지? 그런 생각도 일단은 접어두라는 거야. 그러다 어느 날 상담 시작부터 같은 말을 반복하다가 담당의는 종이에 무언가를 적고는 내밀더라. 이게 뭐냐고 물었지. 처방이라고 하더라. 그러면서 지금 내게 가장 중요한 걸 순서대로 적었다고 했어. 뭘 해야 할지 모를 때는 그 쪽지를 보고 그대로 하라고. 그 쪽지에는 이런 게 적혀 있었어.

신발을 신고, 문을 열고 나온다. 계단으로 내려온다. 커피숍에서 커피를 시켜 한 시간 앉아 있다가 동네를 산책한다.

난 이게 처방이냐고 물었지. 그런데 그 순간에 말과 글자는 아주 다른 감각으로 파도쳤어. 말할 때는 세상에서 가장 힘든 일을 고백하듯 절박했는데, 그걸 글자로 보게 되니까 내가 지금 이런 것도 못하는 상태였구나, 하는 한심한 기분이 드는 거야. 난 내가 너무 무능한 사람 같다고 했어. 담당의는 이게 지금 제일 힘들고 어려운 일이 맞다고, 그 힘든 일을 지금 내가 하려고 정신과를 찾은 거라고, 포기하지 않고 다시 하는 거, 지금은 그게 굉장히 중요하다고 격려하더라. 난 그 쪽지를 1년 동안 신발장에 붙여놓았단다. 집밖으로 나설 때마다 매번 다시 시작하는 기분으로 소리 내어 발음해.

무조건 신발을 신는다.

그다음은? 쪽지에는 계단을 내려간다고 써 있지만 엘리베이터를 기다려보기로 했어. 오늘은 다시 문을 열고 들어가지 않을 테다, 다짐한 날이니까.

엘리베이터 버튼을 누르고 기다리는 시간이 생각보다 조급해지진 않더라. 문이 열리고 등뒤가 낭떠러지라도 되는 듯 눈을 질끈 감고 몸을 밀어넣었어. 망설일 틈을 잘라버리듯 문이 닫혔지. 숨쉬기 힘들어지면 얼른 꺼내려고 주머니에 넣은 비닐봉지를 만지작거리다 눈을 떴을 때 휙 무언가 눈앞으로 지나갔어. 숨이 꽉 막힐 것 같았는데 그것 때문에 그 공간의 갑갑함이 마비가 풀리듯 사라지고 어느새 1층에 도착한 거야. 고작

가을 모기와 같이 탄 것만으로도 갑갑하던 숨이 트일 수 있다니 우습지. 같이 있다는 것, 가을 모기는 내게 그 감각을 되살리고 있었어. 오늘은 누구든 만나고 싶다는 생각이 밀물처럼 차고 들었고 그럴 수 있을 것 같았지.

바깥으로 나오자 베란다마다 가을볕에 이불을 널어놓은 부지런한 집들이 보였고, 참새떼가 아파트 관리실 옆 향나무에 숨어 있다가, 순서가 정해진 것처럼 차례로 돌멩이처럼 떨어지며 바닥을 쪼아대다가, 길고양이가 다가오자 이번에는 일제히 화드득 날아 다른 나무로 몸을 숨겼어. 밤마다 베란다 보일러실 창밖으로 바라보던 놀이터 쪽으로 발길을 옮겼지. 30년도 더 된 노후 아파트인데다 아침이라 놀이터에 나와 노는 아이들은 없었어. 모래밭은 잡초가 자라 풀밭으로 변했고, 미끄럼틀의 동그란 입구와 출구는 거미줄로 막혀 있었지. 입구와 출구가 다 거미줄로 막힌 걸 보면 여름내 아무도 미끄럼틀을 타지 않은 것 같더라. 그 옆에 있는 그네의 줄에도 거미줄이 있긴 마찬가지였어. 마른 나뭇가지를 주워 거미줄을 걷어내고 그네에 앉았어. 발을 땅에서 떼고 바람을 밀며 앞으로 내밀었지. 네 운동화가 공중에 떠올랐어.

하나야, 네 아빠는 이 그네에 앉아 구름도 누워서 잔다는 오지 마을로 거처를 옮기고 싶다는 얘기를 했었니? 너는 뭐라고 했어? 엄마도 같이 가느냐고 물었니? 더 치료를 해보자고 아빠를 설득했었니? 왜 나는 그날 밤 네 아빠에게 묻지 못했을까. 너와 얘기는 어땠느냐고, 다음날 너와 둘이서 놀러가기로 했다는 말만 듣고 넘어가버렸을까. 왜 나는 같이 가지 않았지. 왜, 왜 나만 여기 남겨진 것일까. 네 아빠와 네가 있던 그네에 앉으면 엄마는 늘 똑같은 자책을 할 수밖에 없어.

밤마다 바라보기만 했던 밤 그네는 그림자 두 개가 밀고 끌며 어둠을 발로 차내고 있었지만 나는 햇살이 떨어지는 그네에 혼자 앉아 있었으니까. 어디로 갔을까, 하룻밤 사이에 너와 네 아빠는. 나 혼자 버려진 것 같았어. 나 혼자 이 모든 걸 감당해야 하는 게 화가 났고, 서러웠단다. 너와 네 아빠만 구름도 누워서 잔다는 오지 마을로 떠나버린 것 같았어. 나만 여기 남겨두고. 담배를 꺼내 물었지. 아무도 담배 피우지 마, 소리지르지 않는 그네에 앉아 8층의 보일러실 베란다 창을 바라보았어.

다녀올게.

엄마도 같이 가면 좋은데.

그날 현관을 나서던 너와 네 아빠의 목소리가 그네를 타고 오르내리며 담배 연기에 흩어졌어.

가지 마. 가면 안 돼.

나는 천 번은 더 외쳤으나 한 번도 내뱉지 못한 말로 너와 네 아빠를 붙잡았지. 그날 현관 앞에서 끈 풀린 네 운동화를 봤는데, 본 것 같은데 그것도 묶어주지 못했는데, 운동화 끈이라도 묶어줄걸……. 그런 자책이 미련처럼 남아 있었어. 고개를 떨구고 내 발을 내려다봤어. 나는 오늘 네가 신었던 운동화를 신고 나왔거든. 네 아빠의 목소리를 붙잡고 가지 말라고, 왜 하나를 데리고 오지 않느냐고 외치다보면 네 아빠가 미워져. 도대체 얼마나 멀리 있길래 한번도 그 소리가 닿지 않는 걸까. 같이 가자는 네 말에 이제야 대답하듯 "그래, 하나야, 나도 갈게" 속삭이다가 소리를 털어버리듯 고개를 저으며 주머니에 손을 넣었지. 잃어버리면 안 되는 편지처럼 쪽지가 손에 잡혔어.

카페에 들러 커피를 한잔 마시고, 최대한 오래 앉아 있다가, 그다음은?

생각하지 말고 행동 먼저 하라던 담당의 조언을 배반하듯 계속 그다음으로 생각이 뻗어나갔어. 담당의는 생각과 행동의 거리가 너무 멀어서 생기는 현상들을 설명하며 결정장애나 공황, 과호흡, 불안과 우울감은 나 혼자서는 해결할 수 없다고 했었어. 주변에 도움을 청해야 한다고. 엄마는 오늘 그 도움이라는 걸 네 친구들에게 청하려고 바깥으로 나온 거야. 오늘은 1년 내내 가닿고 싶었던 그곳으로 가야 하는데, 꼭 가야 하는데, 내가 갈 수 있게 도와달라고, 제발 날 거기에 닿게 해달라고 빌었거든. 무조건 신발을 신었고, 그다음 엘리베이터를 타고 내려왔고, 밤의 그네에 와 앉아 있는 지금은 어디로 가야 할지 모르던 어제와는 다른 날이 될 수도 있다는 생각을 그네가 밀어주고 있었어. 난 그네에서 멀리 뛰어내렸단다.

조금 더 멀리 갈 수 있을 거야.

내 목소리가 카페와는 반대 방향으로 날 이끌고 있다는 걸 눈치채진 못했지만 "더 멀리 갈 거야, 갈 거야"를 읊조리듯 반복했어. 소리 내어 내뱉은 말이 날 이끌고 있다는 걸 알아챈 건 지하철 개찰구로 내려가는 에스컬레이터 옆 유리창에 비친 모습을 본 이후였어. 난 허둥대며 고개를 꺾어 뒤를 돌아보았고, 위로 올라가려고 몸을 돌렸으며, 바로 뒤에 서 있는 남자와 눈이 마주쳤어. 남자는 혼자 중얼거리던 날 위아래로 훑어보더라. 나도 그 사람처럼 내 차림새를 살폈지. 체육복 바지에 집에서 입는 긴팔 티 차림에 운동화를 신었지만 양말은 신지 않은, 날이 제법 쌀쌀해졌는데 덧옷도 챙기지 않은 채였어.

옷을 더 껴입어야 해.

그대로 집으로 다시 가야 할 이유는 충분했어.

양말도 안 신었잖아. 돌아가자.

그 차림으로 네 친구들을 만날 수는 없으니 돌아가려다 "조금 더 멀리 갈 수도 있을 거야"라는 말을 주기도문처럼 욱여넣었어. 혹시 그때 내게 온 거였니? 내가 더 멀리 가도록 도와준 게 너였을까. 내 속에서는 이런 말이 반복되었거든.

더 멀리 갈 거야. 갈 거야. 더 멀리. 갈 거야. 갈 거야.

'더 멀리'는 갈 거라는 의지로 굳어지고 있었거든. 내가 왔던 쪽이 아니라 가지 않은 쪽으로. 그때 '당근' 하고 핸드폰 알림이 울렸어. 필레아페페 화분을 구입하고 싶다는 메시지였어. 난 오늘은 안 되고 내일 문고리거래로 하자고 썼다가, '내일'을 지우고 '저녁'이라고 고치다가 답장을 지워버렸어. 내일은 너무 멀었고 내일의 약속 같은 건 하고 싶지 않았거든.

당근마켓 얘기를 해야겠네. 이게 내겐 바깥으로 나가는 다리가 되고 있거든. 내가 당근마켓에서 처음 구입한 물건이 뭔지 아니? 제라늄이야. 아이비제라늄이라고 불리는 엘케. 꽃대가 무거워 보일 정도로 빨간 꽃을 피우던 제라늄을 처음 본 건 지중해 마을이 배경인 어느 영화에서였어. 영화 제목도, 줄거리도 기억이 안 나는데 제라늄이라는 꽃만은 각인되어 있었거든. 엄마가 결혼하기도 전이니까 20년도 훨씬 전에 본 영화의 잔상이 집집마다 베란다에 빨래처럼 나와 있는 붉은 제라늄이었어. 베란다마다 나와 있는 붉은 꽃은 이곳에 온 걸 환영한다는 인사나 행복한 사람들의 표정 같았어. 그 정도의 여유가 스물두 살의 엄마가 바라는 행복의 조건이어서였을까. 엄마는 제라늄을 통해 누군가 모르는 사람을 환영하는 마음의 쉼터를 가지고 살아가자고 생각했었어. 언젠가 집을 사게 된다면 제라늄 화분을 풍성하게 키워서 베란다 난간 화분걸이에 내놓고 싶었거든. 10여 년 지나 그 마음이 환대라는 걸 알게 되었는데, 결혼하고 집을 구한 후에는 그걸 잊고 있었던 거야. 그때가 하나 네 나이였구나, 그런 생각이 들자 당장 제라늄 화분을 사야겠다는 욕구를 참을 수 없더라. 너무 낯선 욕구였어. 당장 구입할 수 있는 곳으로 떠오른 데가 당근마켓이었어. 검색어에 제라늄을 쳤지.

당근마켓에 나온 제라늄은 지중해의 붉은 제라늄만이 아니라 여린 줄기에 키가 큰 엘케부터 리갈제라늄, 구문초라 불리는 로즈제라늄까지 잎의 모양부터 꽃대가 자라는 수형이 다 달랐어. 그때가 11월이었는데 진달래 꽃잎처럼 물을 많이 먹은 봄꽃 같은 분홍 꽃잎에 홀렸지. 난 지금 당장 구입할 수 있느냐는 메시지를 보냈고, 상대방은 몇 분 지나지 않아 문고리거래를 하자는 답장을 보냈어.

문고리거래가 뭔지 검색하니까 물건을 문 앞에 내놓고 거래하는 비대면 거래 방식이래. 그건 내가 딱 원하던 방식이었어. 그때부터 문고리거래로 필레아페페와 오로라페페, 스노우사파이어, 스파티필름과 네 방에 있는 고가의 몬스테라 알보를 사들였어. 집밖으로 나가는 목적을 가지기에는 정신과 담당의를 만나는 것보다 당근마켓의 거래가 더 확실한 처방이더라. 당근거래를 하기 위해 집을 나설 때는 망설일 이유가 없었고, 신기하게도 지하철을 타도 숨이 막히지 않았거든. 유튜브를 통해 식테크 노하우도 공부했어. 펄라이트와 난석토, 알비료와 지렁이 분변, 마사토와 화분을 사들였고, 몇 달 지나지 않았는데도 거실과 네 방은 작은 화원으로 바뀌었지.

황톳집 지붕처럼 둥근 잎이 방사형으로 퍼진 필레아페페와 잎이 오목한 오로라페페는 떨어진 잎을 물에 꽂아두면 뿌리가 나오는 데 1주일이 안 걸렸어. 작은 화분에 실뿌리가 나온 잎

들을 심었고 페페는 물과 햇볕만으로 쑥쑥 자라 새잎을 내보
내는 거야. 처음에는 물꽂이 식물을 문고리거래로 나눔만 했
었는데, 나눔이 열 건, 스무 건으로 쌓이고 당근거래 평점과 훈
훈한 거래 후기가 누적되면서 내가 내놓은 화분과 수경식물은
가격 내림을 할 필요가 없을 정도로 빠르게 구매되었어. 그러
면서 필레아페페와 공기정화용 수경식물인 뷰티그린을 바꾸
고, 뷰티그린과 달개비를 교환하고, 여유가 생길 때마다 몬스
테라를 종류별로 사들였어.

어린아이보다 성장 속도가 더 빨라서 몬스터라고 불리는
몬스테라 알보는 잎의 무늬와 색깔에 따라 값이 달라서 생활
비를 해결해줄 만큼 잘 자랐어. 몬스테라 알보는 일시적으로
가격이 떨어져도 기다리다보면 생장에 따라 더 돈이 붙더라.
기다리는 시간이 돈이 된다니, 주식보다 쉽고 위험부담이 없
었어. 무엇보다 이 모든 걸 비대면으로 거래할 수 있다는 매력
이 있었고, 네 방은 분양을 앞둔 몬스테라 알보가 자리를 차지
하게 되었지. 지렁이 같은 공중뿌리가 나온 잎을 잘라 물꽂이
를 한 것부터 너무 잘 자라서 여러 번 분갈이를 하며 청소년처
럼 자란 키 큰 애들까지. 오늘 아침에 본 몬스테라 알보는 네가
마지막으로 키재기 표시를 하며 나와 키가 같다고 했던 165센
티미터만큼 자랐단다.


당근거래를 하면서 가다보면 그곳에 닿을 수 있지 않을까,

그런 생각이 들었어. 당근거래를 할 때는 지하철을 타도 숨이 막히지 않았으니까. 그런데 뭘 거래하지. 지하철 개찰구 입구에 서서 당근마켓에 올라온 물건들을 살폈어. 춥더라. 덧옷도 입지 않았으니까. 우선 재킷을 검색했어. 블랙 오간자 수술이 달린 재킷, 가죽재킷, 스웨이드 느낌이 멋진 재킷, 유니섹스 히든 버튼의 더블브레스트 울 블레이저, 울 소재의 트위드재킷이 주르륵 떴어. 제일 먼저 연락하는 분에게 나눔을 하겠다는 소개가 달린 두터운 울 니트 원단의 블랙 트위드재킷에 하트를 눌렀어. 상품에 달린 위치 지도를 보니 지하철로 두 정거장만 가면 되는 거리더라. 누군가 가져가기 전에 얼른 채팅창을 열고 메시지를 남겼어.

지금 두 정거장 전인데 넉넉하게 30분이면 도착할 수 있거든요. 나눔을 받을 수 있을까요?

상대방은 지금 외출하려고 하는데 지하철로 오면 역에서 만나서 주겠다고 했어. 이상한 일이었어. 비대면이 아니면 거래를 하지 않았었는데 나눔 물건을 들고 지하철역까지 나와 전해주겠다는 사람을 보고 싶다는 생각이 든 거야. 고민이 길어지면 이 사람을 만나지 못할 것 같았지. 빨리 지하철을 타자, 가서 기다리자는 쪽으로 마음이 달려가더라. 오랜만에 식물을 거래하는 것 말고 진짜 목적이 생긴 것, 전혀 모르는 사람을 만나고 싶은 마음이 생긴 게 신기했어. 그것을 위해 주저하지 않고 지하철을 타겠다고 한 내게도 잘했다고 해주고 싶었으니

까. 무엇보다 시월의 바람은 티셔츠만으로 버티기는 매서웠
거든. 스카프도 사야 할까, 아니 양말 먼저. 지하철에 앉아 양
말을 검색했어. 노원역에서 중랑천변으로 붙어 있는 위치에서
양말을 나눔한다는 게시물이 있었어. 이번에도 얼른 메시지를
남겼지. 생각과 행동의 거리를 좁혀야 했고, 그래야 그곳에 갈
수 있으니까.

　노원역 3번 출구로 나가니 길에서 명절 때 집안에서 나던
기름진 냄새가 나더라. 설에도 추석에도 음식을 하지 않았거
든. 그 냄새만으로도 그리움이 밀려들었어. 주변을 두리번거
리다가 냄새에 이끌리듯 떡갈비와 부침개를 파는 가로매점 앞
으로 걸어갔지. 부침개집 옆 가로매점에서는 옥수수와 호떡을
팔았고, 그 옆에는 떡볶이와 어묵을 팔더라. 음식이라는 게 참
매정해. 모두 너와 먹었던 음식이고 이제 너와 먹을 수 없는 음
식이잖아. 먹고 싶으면서도 먹을 수가 없더라. 떡볶이를 파는 매
점 옆에서는 스카프를 팔고 있었어. 두 장에 만 원, 한 장에 6천
원인 스카프를 들었다 놨다 하며 뒤적였지. 눈은 3번 출구 쪽
으로 향해 있었어. 그러다가 스카프 두 장을 검은 봉지에 담아
계산하고 얼른 3번 출구 앞으로 돌아왔어. 맞은편 횡단보도에
있는 사람들 중 나눔 물건을 들고 오는 사람이 있을까. 누굴까,
팔면 몇 만 원은 받을 수도 있는데 나눔을 하면서 그걸 직접
주겠다고 역까지 오겠다는 사람은. 그때 등뒤에서 "저, 트위드
재킷 받으려는 분이실까요?" 하며 갓 서른을 넘었을까 싶은 여

자가 말을 걸었어.

네, 저예요.

번호표를 뽑고 기다리던 사람처럼 손을 들고 외쳤지. 여자는 웃으며 쇼핑백에서 재킷을 꺼내 건넸어. 여자가 내 행동에 웃어주는 게 좋더라. 여자는 검은색에 은색이 섞여 햇빛을 받으면 반짝이는 옷감이라 은은하고 예쁘다고 했어. 나는 옷을 걸쳤지.

제가 살이 쪄서 안 맞아서 정리한 건데, 어쩜 이렇게 날씬하세요? 정말 잘 어울리세요.

여자의 목소리나 태도가 다정했어.

따뜻하네요.

네가 언젠가 말에도 온도가 있다고 했었잖아. 여자의 말이, 태도가 그랬어. 나는 검은 봉지를 여자에게 내밀었지.

이거 저기서 산 건데, 하나 고르세요. 나눔해주셔서 감사해서 두 개를 샀거든요.

여자는 헌옷을 주고 새걸 받으면 어떡하냐고 괜찮다고 사양했지. 다정함 때문이었을 거야. 너와 대화하는 것처럼 따뜻함이 스며들었으니까. 1년 동안 잃어버렸던 대화라는 걸 하고 있다는 느낌을 받았거든.

제가 재킷을 안 받았으면 추워서 스카프를 두 개 다 할 수도 있지만요. 지금 이렇게 재킷을 입었으니 하나만 해도 될 것 같지 않으세요?

내가 느끼기에도 말이 길어지고 있었어. 여자는 나를 보며 활짝 웃더라. 나를 보고 웃어주는 사람은 너무 오랜만이었어. 나는 그때 알았어. 아파 보인다거나 기운 내라는 말을 들을 때마다 왜 거부하고 싶었는지. 왜 그렇게 화가 나고 억울해졌는지. 난 나를 보며 웃어주는 사람, 그런 유일한 사람인 네 아빠와 너를 잃어버렸던 거야. 나는 이 낯선 만남이 반가웠어. 내 말에 웃어주는 여자에게 자꾸 말을 걸고 싶었거든.

추우셨나보네요.

네, 오랜만에 밖으로 나왔더니 날이 제법 추워졌더라고요.

오랜만이요?

여자는 이번에는 웃음기를 거두고 무슨 사연이 있는지 얘기해주길 기다리는 눈치였어. 정신과 의사한테도 내 얘기를 하기 힘들었는데 여자와는 더 대화하고 싶더라. 대화가 끊어질까봐 조바심이 났거든.

몸이 안 좋아서요. 나눔을 하면서 이렇게 직접 들고 와주시는 분은 어떤 분일까 궁금했어요.

여자는 별것도 아닌데 도움이 된 것 같아서 좋다고, 자신은 집에 있는 불필요한 물건을 정리한 것뿐이라고 했어. 나눔을 할 때는 오겠다고 하고 안 오는 분들도 많고 찌르기만 하고 연락이 안 되는 무례한 사람들을 많이 봤다면서 오늘은 기분이 좋다고, 나를 만나서 그렇다고 하는 거야. 그러면서 "그럼 스카프 하나 고를까요"라고 했어. 나는 다시 검은 봉지를 내밀었지.

내가 누군가의 기분을 좋게 만들 수 있는 사람이라는 거잖아. 그 말이 너무 반가웠어. 여자는 잡히는 아무거나 가지겠다는 듯 검은 봉지에 손을 넣었어. 분홍과 검은색 스카프 중 분홍색 스카프를 골라 목에 두르며 "당근에 올려놓은 것들을 보니 식테크를 하시나봐요" 하고 물었어. 이곳에 나오기 전에 내가 거래한 물건을 살펴본 거였어.

기다리면 자라니까요.

저희 엄마도 식물을 참 잘 키우셨어요. 저는 똥손이라 엄마한테 받은 화분을 다 죽이기만 했는데…….

여자는 잠깐 주춤하다가 "이거 한번 읽어보실래요?" 하며 재킷을 넣어온 쇼핑백에서 종이를 꺼내 내밀었지. 네 면으로 접힌 종이의 첫 면에는 큰 글씨로 '당신을 돕고 싶습니다'라고 적혀 있더라. 이런 걸 바란 게 아닌데, 그냥 이야기를 더 하고 싶은 거였는데. 여자의 친절은, 다정함은 목적이 있었던 거였어. 나는 목에 걸린 가시를 뱉듯 외쳤어.

돕고 싶다고요?

오랜만에 밖에 나오셨다고 하셨잖아요. 큰 짐을 지고 계신 것처럼 보이세요. 주예수를 믿으라 그리하면 너와 네 집이 구원을 받으리라.

난 그 말 안 믿는다고 받아쳤어. 여자는 내 단호한 거부에 주춤하다가 왜 예수를 믿어야 하는지 함께 알아가보면 어떠냐고 파고들더구나. 왜, 왜 내가 예수를 믿어야 하냐고 따졌지.

여자는 날 선생님이라고 부르며 이렇게 말했어.

선생님은 제가 보기에 구원이 절대로 필요한 사람이기 때문입니다.

도대체 당신이 뭘 알아서 내게 구원을 얘기하는 거냐고 외쳤지. 여자는 인간은 죄 때문에 반드시 죽게 된다고, 죽음으로 끝나는 것이 아니라 죽음 뒤에는 반드시 심판을 받게 되어 있다면서 심판 결과에 따라 영생을 얻은 자는 천국으로, 못 얻은 자는 지옥으로 가게 된다고 했어. 난 지옥으로 갈 거라고, 영생은 필요 없다고 했지.

구원을 받으셔야 해요.

그런 거 필요 없다니까요.

여자와 나는 오늘 처음 만난 사람들인데, 인간의 죄를, 심판을, 구원을, 영생을 입에 담으며 실랑이를 벌였어. 여자는 인간의 죄를 대신하여 십자가에 못박혀 죽으시고 죽은 지 사흘 만에 무덤에서 살아나심으로 하나님과 사람 사이에 다리를 놓으신 예수 그리스도를 믿음으로써 구원을 받게 된다는 설교를 늘어놓았지. 하나, 하나라고? 왜 네 입에서 하나가 나오냐고, 당신이 어떻게 하나를 아느냐고 소리쳤어. 여자는 "제 삶을 관장하는 분이신걸요" 하며 내게서 한 발짝 떨어지며 "그거 한번 읽어보시고 구원이 필요하시면 언제든 연락하세요"라고 하더라.

구원, 그런 거 필요 없어.

내가 악을 쓰니까 여자는 이상한 느낌이 들었는지 내 말에 대꾸는 않고 도망치듯 계단을 내려갔어. 그런데 하나야. 나는 그 여자를 붙잡고 싶더라. 여자를 붙잡고 우리 하나는 어디 있느냐고, 오늘이 어떤 날인지 아느냐고, 가을 모기가 그랬던 것처럼 나와 함께 그곳까지 가줄 수 있느냐고, 나는 꼭 가야 한다고 애원하고 싶었어. 여자가 자신의 믿음의 거처를 확신하듯 나도 여자에게 매달리고 싶었어. 그래도 되잖아. 제발 나 좀 살려달라고 소리를 지르고, 기대고, 도와달라고 하고 싶었어. 그런 마음을 담아 여자를 붙잡고 싶었지만 난 방언이 터지듯 여자가 사라진 계단을 향해 외쳤어.

스카프 내놔! 스카프 내놓으라고.

지나가던 사람들이 쳐다보더라. 모두들 쳐다보기만 했어. 무슨 일이 있느냐고 말을 거는 사람도 없었고, 바닥에 주저앉아 소리치고 있는 여자를 이상하고 재미있다는 듯 쳐다보기만 할 뿐이었지.

너희들은 다 그랬어. 너희들은 몰라. 스카프 내놔. 스카프 내놓으라고.

더 큰 소리로 외쳤지. 그렇게라도 외치지 않으면 그곳에 주저앉아 일어설 수 없을 것 같았거든. 다 쏟아내야 했어. 내 속에 있는 소리가 없었던 말들을, 원망을, 후회를 다 쏟아내야 너를 만날 수 있을 것 같았어.

나도 알아. 내가 미쳐간다는 거 나도 안다고. 미치지도 않고 내가 어떻게 살아. 나도 다 안다고.

두 손으로 가슴을 쥐어뜯었지. 그런데 그 말, 도와달라는, 제발 도와달라는 말만은 도무지 나오지 않더라.

'핼러윈데이를 앞두고 주말에 서울 이태원에서 인파가 대거 몰리면서 내규모 사상 사고가 발생했다'는 뉴스 특보가 뜰 때까지도 나는 너와 네 아빠가 그곳에 있을 거라고 생각하지 못했어. 너와 네 아빠에게 전화하고 문자를 보내고 기다리던 시간이 어떻게 지나갔는지도 기억이 안 나. 밤 11시가 넘어서면서 도저히 기다릴 수가 없어서 밖으로 뛰쳐나갔어. 네가 집으로 돌아오지 않았다고, 남편도 돌아오지 않았다고 실종신고를 하면서 엄마는 지나는 사람마다 붙잡고 그 말을 했었어. 경찰에게도 하고 소방관을 붙잡고도 했어. 유실물을 늘어놓은 주민센터에 가서도 하고, 취재하러 몰려온 기자를 붙잡고도 했었어. 우리 하나는 어디로 갔느냐고, 내 남편을 찾아달라고 매달렸지. 나중에는 쓰러진 사람들이 옮겨졌다는 체육관으로 가서도 하고, 사람들이 실려갔다는 병원을 돌면서도 외쳤지. 내 딸 어디 있느냐고, 내 남편은 어디 있는 거냐고. 내가 세상에 태어나 그렇게 큰 소리로 악을 쓰며 외친 건 그때가 처음이었어. 그때마다 도와달라고, 제발 좀 찾아달라고 애원했었어.

이틀이 지나서 연락이 왔지. 경찰이 전화해서 네 이름을 확인하고 네가 있는 곳을 알려주더라. 그러면서 부검을 하겠느냐고 했어. 난 내 귀를 의심했지. 내 남편과 아이는 놀러간 거라고, 놀러갔다가 그 좁은 골목에서 오지도 가지도 못하고 숨이 막혀 쓰러질 공간도 없어 아우성칠 때 당신들은 뭘 하고 있었느냐고 소리쳤어. 경찰은 축제 현장에서 약이 돌았다는 얘기를 했어.* 부검을 원하지 않으면 하지 않아도 된다면서 유가족의 의사를 확인하는 절차라고 하더라. 18제곱미터의 그 좁디좁은 공간에 그 많은 사람들이 몰렸을 때 당신들은 왜 거기로 달려가지 않았느냐고, 사고가 날 거라는 신고가 그렇게 많이 접수됐는데 왜 아무것도 하지 않았느냐고, 실종신고를 하고 그렇게 찾아다녀도 그 절차라는 걸 아무도 알려주지 않으면서 왜 부검 얘기가 나오냐고 악을 썼지.

너에게 가는 길에도 전화가 왔어. 네 아빠 이름을 확인하더라. 네가 있는 곳에 네 아빠도 있다고 했어. 그때도 똑같았어. 경찰은 내게 부검을 하겠느냐고 물었어. 그건 나이가 몇인데 그곳에 갔느냐는 말과 같은 거였어. 주민센터에서 찾은 끈 풀린 네 운동화를 안고 네 맨발에 신겨주려 했는데, 병원 관계자는 그것도 막았어. 딱 5분이었어. 너를 찾고 확인한 시간이 딱 5분. 네 손도 잡아보지 못하고, 더러워진 네 맨발에 운동화를 신겨주지도 못했는데, 경찰은 나를 막았어. 그들이 나를 유가

---

* 10·29 이태원 참사 인권실태조사단, 「10·29 이태원 참사 인권실태조사 보고서」(2023. 5. 15), 31쪽 참고.

족이라고 부른, 네가 없는 딱 이틀 동안에도 세상은 이렇게 무자비하고 무례하고 폭력으로 가득했어. 어떻게 그렇게 너를 보낼 수 있었을까. 네 마지막 순간을 지킬 힘도 없이 나는 무너졌단다. 그때부터였을 거야. 도와달라는 그 말만은 입안에서 말라버려 도무지 뱉어지지 않았거든.

길거리에 주저앉아 스카프 내놓으라고 외치는 날 미친년처럼 쳐다보는 사람들의 시선이 그때와 다르지 않았어. 오기가 생기더라. 그때 싸우지 못한, 네 마지막을 지켜주지 못한 억울함과 오기가 솟았어. 도와달라는 말 대신 내가 잃어버린 말들이 바깥으로 나오기 시작했지.

하나야, 너에게 갈게, 여보, 내가 갈게. 당신에게 갈래.

'나도 갈게'와 '내가 갈게'는 조사 하나가 달라졌을 뿐인데, 이렇게 말하는 데 1년이나 걸렸구나. 그렇게 말하고 나니까 네 친구들이 보낸 문자들이 쌓여 있는 게 보였어. 그 문자는 문을 두드리듯, 현관문을 열고 네가 들어오듯 내게 밀려들었어. 너와 가장 친했던 초등학교 친구인 연두는 이제야 내게 연락해야 한다는 생각이 들었대. 밤마다 너와 수다를 떨던 게 너무 그리워서 아팠다고 했어. 연두는 이제야 연락하게 되어 죄송하다는 긴 문자를 보냈더라. 연두도 나처럼 오래 앓고 있었던 거야. 네 중학교 친구 민주는 네가 쓰러졌던 그 골목에 붙은 쪽지를 보고 연두와 연락이 닿았대. 그 골목의 담벼락에는 연두와 민주 말고도 너를 기억하는 친구들의 편지가 붙어 있었다고 했어. 연두와 민주는 그곳에서 네 고등학교 친구 안나도 만나게 되었고, 안나를 통해 네가 아빠와 함께 있었다는 것도 알게 되었다고 했어.

아줌마, 하나를 보고 싶어 하는 친구들이 여기 다 모여 있어요. 모두 하나 얘기를 하고 있어요. 하나도 우리와 같이 있는 것 같아요. 아줌마 오시면 저 좀 꼭 안아주세요. 꼭 오셔야 해요.

연두와 민주에게 전화번호를 받은 건지 안나는 내가 그곳으로 갈 수 있도록 계속 문자를 보내더구나. 안나는 꿈에서 너를 만났었대. 너무 반가워서 달려가서 너를 안으려다가 한 발짝 앞에 두고 멈췄다고 했어. 너를 안으면 네가 답답할 것 같았대. 꿈이었는데도 네가 답답할까봐, 숨쉬기 힘들까봐 안지도 못하고 마주보며 눈인사를 했다고 하더라. 안나는 돌다리를 놓듯 조심스럽게 10분, 20분, 띄엄띄엄 내게 문자로 그 이야기를 해주었어.

우리 하나, 참 잘 지냈었구나.

난 도망만 쳤는데, 너와 네 아빠를 보내기 싫어서 도망만 쳤어. 난 그동안 아무것도 할 수 없었어. 그냥 너를 따라, 네 아빠를 따라 사라지고만 싶었지. 나도 데려가라고 네가 오기를, 네 아빠가 내게 오기만을 기다리고 있었는데, 너를 기억하는 추억들이 나를 두드리고 있었지. 기억이 있는 한 사라지는 게 아니라는 말을 믿고 싶더라. 너에 대한 기억이 네 친구들을 한곳에 모이게 한 것처럼 나도 그들 속에 있고 싶었어. 연두와 민주

246

와 안나를 꽉 안아주고 싶었어. 꽉 안고 나도 그 애들에게 안기고 싶었단다. 그 친구들과 함께 웃으며 너에 대한 이야기를 하고 싶었어.

하나야, 엄마는 지금 너에게 가고 있어. 그곳에는 밤 그네를 타며 너와 네 아빠가 기대고 웃고 울었듯이, 사랑을 잃은 사람들이 서로 기대고 있대. 나약한 엄마가 도망가려 했던 것과는 다르게 그들은 1년 동안 서로를 꺼안고 있었다는구나. 엄마도 그곳으로 갈 거야. 조금 더 멀리 오라고 네가 내 귀에 속삭이고 등을 밀어준 거 맞지? 너는 올 수 없으니 내가 가야 했는데, 너무 늦어서, 기다리기만 해서 미안해. 네 아빠는 내게 오는 것보다 너를 지켜주고 싶었을 거야. 우리 하나 무섭지 말라고 네가 옮겨진 그곳에 함께 있었으니까. 하나야, 너를 만나러, 너를 끝까지 지켜주고 있었던 네 아빠를 만나러 내가 갈게. 그곳으로 갈게.

# 사람의 자리, 문학의 자리

고영직 ㅣ 문학평론가

## 안녕과 미안 사이에서

하명희 소설을 읽노라면 '인간은 인간에 대해 인간적이어야 한다(Homo homini Homo)'라는 명제가 떠오른다. '인간은 인간에 대해 늑대다(Homo homini Lupus)'라는 토머스 홉스식 삶의 윤리가 권장되는 시절에, 하명희는 2009년 데뷔 이후 장편소설 『나무에게서 온 편지』(『슬픈 구름』으로 개제, 2014)와 소설집 『불편한 온도』(2018), 『고요는 어디 있나요』(2019) 등에서 사람의 자리를 생각하며, 문학의 자리가 어디여야 하는지 자문자답하는 글쓰기를 보여주었다. 하명희는 특히 '온기' 있는 문장으로 인기척 있는 작은 커뮤니티를 보여주는 데 여느 작가보다 진심이었다. 2009년 데뷔작 「꽃 땀」

에 등장하는 "땅의 온도에 따라 자신의 온도를 바꾸는 꽃"인 '범의귀'의 속성과 비슷한 문장의 행보를 보여주었다고 할 수 있다.

하명희의 이러한 리얼리스트로서의 작가적 면모는 독특한 '하명희 월드'를 이루었다. 평론가 김명인이 소설집 『고요는 어디 있나요』의 추천글에서 '당파적 따뜻함'이라고 명명한 것이 전혀 어색하지 않다. 하명희 소설의 특장(特長)을 잘 보여주는 표현이 "'안녕'이 얼마나 힘이 있는 단어인지 알려주고 싶어"라고 생각한다. 2014년 제22회 전태일문학상 수상작인 장편소설 『나무에게서 온 편지』에 등장하는 작중인물의 진술은 하명희 월드가 지향하려는 가치와 방향을 가리키는 나침반과도 같은 표현이다. 위 진술에서 확인할 수 있듯이, 하명희 월드는 사람의 자리를 걱정하며 사람들의 '안녕'을 묻는 데 진심인 특징을 갖는다.

하명희는 지금껏 이와 같은 문제의식을 더욱 심화, 확산하려는 글쓰기를 지속적으로 수행해오고 있다. 예를 들어 소설집 『고요는 어디 있나요』에 수록된 소설 「파란 발자국」에서 하명희는 작가의 분신 같은 인물을 통해 '안녕'과 '미안'에 대해 적극적인 해석을 한다. 다음 문장을 보라.

다큐멘터리 화면을 정지하고 교정지를 붙잡는다. 한 미술비평에 '안녕(安寧)'과 '미안(未安)'에 대한 설명이 있다. 안녕은

『시경』에서 쓰인 말이고 『장자』에도 "천하의 안녕을 바라며 백성의 목숨을 살린다"는 구절이 나온다. 저자는 안녕이 흔한 인사말이 아니라 적극적인 '평화'를 뜻하는 말이라고, 그러니까 미안은 안녕이 부족한 것, 평화가 지켜지지 않는 상태를 뜻하는 말이라고 한다. 누군가 만나고 헤어질 때마다 했던 말. 안녕과 미안이 평화를 구하는 말이었구나. 플러스펜 뚜껑을 입에 물고 멈춰 있는 화면을 본다. 사람이 살아가면서 가장 많이 하는 말과 듣는 말은 뭘까?

　　　　　　　　　　　　　　　_「파란 발자국」에서*(밑줄 필자 주)


　하명희는 왜 '안녕'과 '미안'에 대해 이토록 집요한 관심을 보이는가? 이번 소설집 『밤 그네』에 수록된 「다정의 순간」은 하명희 소설의 어떤 지향을 잘 보여준다고 할 수 있다. "요즘은 다정, 다정함에 대해 자주 생각해요"(181쪽)라는 진술에서 보듯이, 어쩌면 하명희는 서로의 안녕을 묻는 '다정한 공동체'를 바랐던 게 아니었을까. 다정한 것이 살아남는다고 했던가. 여하튼 하명희는 데뷔 이후 줄곧 '다정한 공동체는 가능한가?'라는 작가적 관점과 태도를 갖고 작품을 통해 '숨쉴 틈'(「다정의 순간」)을 만드는 데 누구보다 진심이었다고 확언할 수 있다.

---

* 하명희, 『고요는 어디 있나요』, 북치는소년, 2019, 173쪽.

## 응답받은 기억은 힘이 세다

소설집 『밤 그네』는 제목의 분위기처럼 어둡다. 작중인물들은 가까운 사람들 및 애착 공간의 소멸을 겪으며 지금 '상실'의 시간을 견뎌내고 있는 중이다. 사라지는 존재들은 누구였던가. 엄마(「작년에 내린 눈」), 친구(「먼 곳으로 보내는」), 소설가(「모르는 사람들」), 오래된 서점(「오래된 서점에서」), 딸과 남편(「밤 그네」) 등 다양하다.

이 가운데 표제작 「밤 그네」는 2022년 10·29 이태원 참사로 딸과 남편을 잃은 여자가 딸에게 보내는 '독백'의 형식으로 구성된 작품이다. 작품 속 여자는 철저히 '고립'되었다. 누군가와 다정한 대화를 해본 지는 언제인지조차 모르고, 참사 이후 집에 고립된 채 좀처럼 밖으로 나가지 않는다. 당근마켓 거래를 위해 신발을 신고 집밖으로 나가는 엘리베이터 안에 같이 탄 가을 모기를 보며 "같이 있다는 것"(229쪽)에 감격해할 정도이다.

하지만 당근마켓 거래를 통해 만난 사람과의 대화는 진짜 다정한 대화는 아니었다. 거기에는 '있어줌의 윤리'를 발견할 수 없었다. 여자가 "세상은 이렇게 무자비하고 무례하고 폭력으로 가득했어"(245쪽)라고 느끼는 것이 당연하다. 하지만 여자는 세상을 향해 '악다구니'를 쓰다 자신이 잃어버린 말이 무엇인가 조금씩 자각한다. 그리고 아직도 현장(現場)을 지키며 자신의 딸 '하나'를 기억하려는 딸 친구들을 떠올리며 그곳으로 달려간다. "하나야, 너에게 갈게, 여보, 내가 갈게. 당신에게 갈래./ '나도 갈게'와 '내가 갈게'는 조사 하나가 달라졌을 뿐인데, 이렇게 말하는 데 1년이나 걸렸구나."(245쪽)

여기 등장하는 '나도 갈게'와 '내가 갈게'의 차이는 작은 것이 아니었다. 참사 피해자에서 증언자로, 나아가 시민으로 자신의 위치를 확장한다는 의미가 내장되었기 때문이다. 오카 마리는 "말할 수 없는 것들은 사건으로 존재하지 않는다"*고 했다. 우리는 이태원 참사를 다룬 하명희의 「밤 그네」를 통해 비로소 '한 사람'의 내면 풍경을 제대로 이해할 수 있는 작품을 만났다. 표제작은 그런 점에서 하명희 월드의 특장인 있어줌의 윤리가 유감없이 잘 발휘된 작품이다. '있어줌'이란 '존재(있음)'와 '선물(줌)'이 일치되는 경험이다. 저마다의 '존재'가 곧 누군가에게 '선물'이 되는 가능성을 여전히 신뢰한다는 것을 뜻한다.

이처럼 하명희 월드가 추구하는 있어줌의 윤리는 소설집 『밤 그네』에서 여일하게 나타난다. 특히 「먼 곳으로 보내는」과 「작년에 내린 눈」에서 감동적으로 그려진다. 「먼 곳으로 보내는」은 하명희 월드가 포착한 득의의 성취가 아닐 수 없다. 어린 시절부터 '요보보 멤버'로서 다정한 작은 공동체를 구성했

* 오카 마리, 『기억 · 서사』, 김병구 옮김, 교유서가, 2024.

던 선숙, 연숙, 미숙(나)은 어느 날 '진숙'의 부고를 받는다. 진숙은 요양보호사 자격증을 취득한 후 뺑소니 사고로 바보가 된 연숙이 아빠를 돌보는 재가요양 간병인을 자청했다. 왜 그랬을까. 열세 살 때 연숙이 아빠가 "너희들 생리도 축하해야지. 축해해요, 우리 딸들!"(50쪽)이라고 한 '다정한 말' 때문이었다. 연숙이 아빠의 말은 진숙에게 "생각의 전환점"(52쪽)과도 같은 작은 사건이 되었다.

「먼 곳으로 보내는」은 '미숙'의 시점에서 진숙의 말과 행동을 회상하는 형식을 취한다. 나는 작품에 그려진 요보보 멤버의 다정한 우정공동체야말로 하명희 월드가 추구하고자 한 '이야기공동체'의 실체가 아닐까 싶다. 그러나 이야기공동체는 저절로 만들어지는 것은 절대 아니다. 어느 철학자가 "이야기하기와 귀 기울여 듣기는 상호 의존적이다. 이야기공동체는 귀 기울여 듣는 사람들의 공동체다"*라고 한 말은 좋은 참조점이 된다. 「먼 곳으로 보내는」뿐만 아니라 「다정의 순간」과 「오래된 서점에서」 등에 그려진 "다정한 자리"(182쪽)가 '작은 공동체'를 구성하는 중요한 성분이라는 점은 너무나 분명하다.

발표 당시 「십일월이 오면」(2021)으로 발표한 「작년에 내린 눈」은 하명희 특유의 '안녕'과 '미안' 사이에서 망설이며 울지 못한 말들에 대해 성찰하는 작품이다. 다시 말해 우리는 어

---

* 한병철, 『서사의 위기』, 최지수 옮김, 다산초당, 2023.

떻게 타인의 상처를 응시하며 애도의 윤리를 보여줄 수 있는지 묻는다. 작중 70대 엄마인 장숙자 씨가 숨을 거두었다. 하지만 나는 '엄마, 안녕'이라는 말을 끝내 하지 못했다. 소설은 '스님 이모'와 함께 엄마의 행장(行狀)을 회고하며, 세상이 엄마에게 가한 폭력과 상처를 돌아보는 형식을 취한다. 이러한 과정에서 스님 이모가 그랬듯이, 엄마 또한 사채업자로부터 '아픈 일'을 당했고, 아기마저 유산했다는 사실이 밝혀진다.

하지만 하명희의 의도는 살아생전 엄마의 행장을 들추는 데 있지 않다. 엄마가 스님 이모를 찾아가 응어리진 마음을 풀어주는 사과의 말을 했듯이, 엄마를 향해 '손'을 내밀어준 사람이 있었다는 사실을 기억하려는 데 있다. '신촌 할머니'라는 인물이 집도 절도 없는 엄마를 위해 방을 내주고 채소장사를 같이했다는 사실이 소환되는 것을 보라. 그렇게 누군가로부터 응답받은 기억은 힘이 세다는 점을 하명희는 말하고자 했던 게 아니었을까.

우리는 내 곁의 소중한 사람들에게 무관심해지고, 점점 무책임해지는 사회에 살고 있다. 외로운 사람들이 양산되는 현실을 보라. 내 식으로 말하자면, '외로움은 질병이다'라고 확언할 수 있다. 특히 외로움은 타자의 상실, 자아의 상실, 세계의 상실을 연속적으로 동반하는 감정이라는 점에서 매우 위험하다. 정치철학자 한나 아렌트가 『전체주의의 기원』(1951)에서 "전체주의는 외로워진 대중의 지지로 유지된다"라고 경고

한 것도 그런 이유 때문일 것이다. 「작년에 내린 눈」의 화자가 "다시 11월이 오면 말할 수 있을까. 엄마, 안녕이라고"(35쪽)한 문장에서 하명희식 따뜻한 온기가 느껴지는 것은 무슨 까닭일까.

## 다정한 공동체는 가능하다

거듭 강조하지만, 소설집 『밤 그네』에서도 하명희의 문장에는 온기가 있다. 그리고 '다정한 공동체'의 가능성을 적극적으로 탐색하려는 태도 또한 여일하다. 이 점을 잘 보여주는 작품이 「모르는 사람들」, 「오래된 서점에서」, 「다정의 순간」 같은 작품 계열이다.

「모르는 사람들」은 소설로 쓴 하명희의 '소설론'이라고 할 수 있는 작품이다. 작품에 등장하는 '선생님'은 경기도 광주대단지 사건을 연작으로 엮은 소설집을 펴냈다. 그는 또 곡마단 소녀, 공중그네 소년, 차력사, 꽃시장 장미 여인, 파고다공원 이야기꾼 등을 비롯해 평범한 사람들의 삶을 글로 써서 "누구나 각자의 페이지"가 있다는 점을 알렸다. 선생님의 장례식을 찾은 소설 속 인물들, 다시 말해 "각자의 문장이 삶의 한 부분이었던 사람들의 합창"(94쪽)이 어우러지는 장례식장의 풍경은 '이상한 활기'로 가득하다. 선생님은 사람들이 자기 이야기를 하는 데서부터 시민권이 부여된다는 점을 자신의 문장으로 역설했는지도 모른다. 하지만 작중 선생님의 그런 행위는 행동하는 사람들에 대한 마음의 '빚' 때문이었다.

> 선생님은 어떤 권위도 없이 내게 솔직한 사람의 모습을 보여준 거였구나. 나를 진짜 동무로 대해주셨구나. 선생님은 사람이란 게 원래 이렇게 소심하고 겁쟁이라고, 그것이 평생을 살게 한다면 그들의 모습을 보여주는 게 소설이 아니겠냐고 말하는 것 같았다.
>
> _「모르는 사람들」에서, 87쪽.

이 장면은 '민중의 생활주의'에 대한 하명희의 새로운 이해와 각성이라고 볼 수 있다. 재일조선인 역사학자 조경달은 『민중과 유토피아』(역사비평사, 2009)에서 '민중의 일상성'을 특별히 주목해야 한다고 강조한다. 다시 말해 "투쟁의 국면만을 갖고 민중을 보려 한다면 민중의 삶은 거의 의미를 갖지 못하게 될 것"이라는 것이다. 어쩌면 「모르는 사람들」은 민중의 일상성을 제대로 볼 때, 이 땅의 민중들이 원했던 '생활주의'에 근거한 자치(自治)에 관한 오래된 꿈의 한 조각을 만날 수 있다는 작가적 각성이 잘 드러난 작품이었다고 말할 수 있는 이유가 여기에 있다.

그러면 하명희가 작품에 구현하고자 한 '다정한 공동체'는 어떤 모습이고, 어떻게 가능했는가. 「오래된 서점에서」와 「다정의 순간」은 연작소설로 보아도 무방할 정도로 내용상 친연성이 짙다. 먼저 「오래된 서점에서」를 보자. 이 작품은 9인 테마소설집 『선량하고 무해한 휴일 저녁의 그들』에 수록되었다. 하명희는 '작가노트'에서 "이 서점을 드나들 땐 내가 소설가가 될지 몰랐지만 막연하게 이야기를 쓰는 사람이 되고 싶어 했던 시작이 이 서점이었다는 것도 깨달았다"[*]고 썼다. 그만큼 작가에게 각별한 장소였다.

화자는 서점 벽에 붙어 있던 연극 포스터 〈새들도 세상을 뜨는구나〉를 발견하고 10대 시절의 기억을 소환한다. 이 대목에서 최근 『슬픈 구름』으로 개제(改題)한 장편소설 『나무에게서 온 편지』가 오버랩되는 것은 퍽 흥미롭다. 하명희는 성장소설 형식으로 1991년 분신 정국을 전후로 한 고등학생운동('고운')을 재조명하면서 시대의 우울을 행간에 부려놓았다. 예를 들어 작중 '도은'은 눈먼 자유인의 삶을 살았던 러시아 시인 바실리 예로센코 같은 삶을 갈망하지만, 현실은 전혀 달랐다. 1991년 분신 정국 당시 김지하 시인이 '죽음의 굿판을 걷어치워라'라는 칼럼을 쓰고, 정원식 총리 달걀 투척 사건 이후 운동권은 '패륜아'로 취급당한다. 하명희는 고등학생 시절 겪은 경험을 바탕으로 한 작품에서 반동의 시간을 성찰하며 시대에 대한 '죄책감'을 토로한다. 그리고 "그래, 우리는 패륜아들이

---

[*] 김이정 외, 『선량하고 무해한 휴일 저녁의 그들』, 강, 2023, 274쪽.

다"라고 외친다. 안데스 인디오들이 사랑하는 사람의 뼈를 깎아 만들었다는 피리, 고대의 '케나'를 부는 심정으로 소설 『나무에게서 온 편지』를 썼을 것이다.

여하튼 하명희는 「오래된 서점에서」에서 다정한 공동체는 가능한가를 묻는다. 경기도 광주 퇴촌에서 동네 서재 도서관을 운영하는 손님을 만나고, 에든버러 북숍을 운영하는 젠 캠벨을 화제에 올리며 사람들과 대화한다. 우리는 같은 책을 읽고, 같은 공간을 공유했다는 점 하나만으로도 서로의 '곁'을 내어주는 작은 공동체가 가능하다는 점을 확인하게 된다. 이 점에서 소설 속 장면은 '커뮤니티는 없고, 소사이어티만 남은' 지금 여기 현실에서 오래된 서점이 조성하는 다정한 커뮤니티의 가능성을 생각하게 한다. 그런 공간을 미국 시인 게리 스나이더는 '장소의 에로스'가 넘치는 공간이라고 말했다.

한편 「다정의 순간」은 「오래된 서점에서」의 후속 소설과 같은 작품이다. 이 작품은 다정한 공동체는 친근함과 경청이 없으면 형성되지 않는다는 점을 생각하게 한다. 언니와 여행을 떠난 '나'는 광주 퇴촌 마을도서관 북토크에 참여한다. 그들은 그곳에서 여전히 세월호 참사 후유증을 잃는 사람들을 만나고, 그들의 사연을 들으며 누군가의 곁을 지키고 '편(便)'을 들어주는 행위가 갖는 의미에 대해 생각한다. 그리고 중학 시절 고모집에서 4년 동안 식모 노릇을 하며 일상적으로 폭력과 모욕을 당한 언니의 트라우마를 제대로 응시한다. 앞서 언급했지만, "요즘은 다정, 다정함에 대해 자주 생각해요"(181쪽)라는 누군가의 말에서 온기가 느껴지는 것은 당연한 노릇이다.

생존자가 죄인이 된 것 같고, 아무도 자신의 이야기를 들어주지 않는 삶이란 얼마나 위험하고 가혹한가. 작품 속 마을도서관은 「오래된 서점에서」의 '서점'이 그랬듯이, 일종의 생크추어리(sanctuary) 같은 피난처라고 보아도 좋을 것이다. 하명희의 표현을 빌리자면 '숨쉴 틈'이 있는 공간이라고 할 수 있다. 영어로 개인이라는 말은 '인디비주얼(individual)'이다. 이 말은 라틴어 '인디비두움(individuum)'에서 파생한 말로 '쪼갤 수 없는' 또는 '분리할 수 없는'이라는 뜻이다. 한 개체로서 고유성을 갖는다는 말이다. 하명희는 각자도생을 넘어 각자도사(各自圖死)가 권장되는 지금 여기에서 내 곁의 사람을 걱정하고, 나보다 약한 사람들을 '편'들어주는 소설을 쓴다. 현실에서 '굿 파이트(good fight)'라는 말이 '지는 싸움'이라는 의미로 해석된다고 할지라도!

## 언어의 배열을 바꾸는 글쓰기

소설집 『밤 그네』에서도 나타나지만, 하명희 소설의 특장(特長)은 '고립'의 상황에 내몰린 누군가를 향해 '손'을 내미는 행위가 자주 등장한다는 점이다. 예를 들어 「먼 곳으로 보내는」의 진숙, 「모르는 사람들」의 소설가, 「다정의 순간」의 사람들, 부마민주항쟁을 다룬 「마산행」에서 손수건을 건네준 어느 누나와 옥희 등이 그런 존재들이다. 표제작의 연두, 민주, 안나 등의 존재들 또한 그러하다. 예를 들어 「작년에 내린 눈」에 등장하는 두 여자가 장례식장에서 담배와 캐러멜을 주고받으며 송창식 노래 〈밤 눈〉을 듣는다는 설정에서 상실을 넘어 진정한 애도를 공유하고자 하는 하명희식 작은 공동체의 탄생을 나는 예감한다.

하명희는 우리 삶의 비의(秘意)가 이처럼 평범한 사람들의 비범(非凡)한 작은 행위 속에 있다는 점을 여전히 신뢰한다. 이와 같은 특징이 가장 잘 드러난 작품이 「마산행」이다. 이 작품은 로더 운전사인 주인공의 트라우마를 이해하지 못하던 가족들이 온전히 이해하는 과정을 그린다. 부마민주항쟁 당시 열다섯 살 중학생이던 주인공은 파출소 방화범으로 몰려 42일 동안 고문을 당했으나, 40년 동안 누구에게도 말하지 못하던 자신의 상처를 사람들 앞에서 말한다. 이를 통해 아내와 딸은 주인공을 이해하게 된다. 부마민주항쟁 당시 철저히 고립되었다고 생각한 순간, 어떤 누나가 아빠에게 '손수건'을 건넨다. 아빠는 부마민중항쟁 40주년 기념식에서 그 누나를 만났고, 방송 인터뷰에서 그때의 순간을 말한다. "환장하겠더라고요. 내 편이 아무도 없는데 그 누나가 손수건으로 내 머리를 눌러주는 순간 눈물이 쏟아지더라고요. 그 누나를 오늘 기념식에서 만났어요. 네가 그때 그 중학생이가? 하는데 딱 알겠더라

고요."(207쪽)

우리는 한 사람의 시민권이란 자기 이야기를 하는 데서부터 부여된다는 점을 「마산행」에서 확인하게 된다. 내 곁에 분명히 존재하지만, 그동안 들리지 않았던 사람들의 이야기들이 저마다 귀하게 들리기 시작하는 사건을 기록했다고 해야 할까. 이와 같이 하명희 소설은 경청하는 사람들의 공동체, 다른 말로 하면 철학자 김예령이 언급한 '서사적 우정'이 탄생하는 순간을 말하고 있다. 여기서 말하는 서사적 우정이란 결국 이야기공동체라고 할 수 있다.

한편 「마산행」에서도 데뷔작 「꽃 땀」의 '범의귀', 「불편한 온도」의 물고기 괴망 같은 시적 상징이 곳곳에서 제 역할을 한다는 점이 퍽 흥미롭다. 악기 호른이 그렇고, 「밤 그네」 속 자식과 남편을 잃은 여자가 키우는 몬스테라 알보가 그렇다. 호른이라는 악기가 없어도 오케스트라는 굴러가지만, '소리를 모으며' 악기가 더 악기답게 북돋는 호른의 역할은 특별하다. 이러한 상징이란 무엇이 시민의 시민 됨이고, 문학의 문학 됨인가를 묻는 메타포로 읽힌다. 작품에 등장하는 시인 우무석의 시 「빗방울처럼」에 등장하는 '구름' 이미지 또한 장편소설 『나무에게서 온 편지』 속 '구름' 이미지와 잘 연결된다.

맑은 소리를 내고 싶지만 둔탁한 소리를 맘껏 뱉어내야 제소리가 나오는 호른의 소리처럼 느껴졌다. (……)

호른이 있으면 플루트를 더 플루트답게 해줘. 첼로도 그렇고 플루트도 그래. 첼로가 소리를 내다가 호른이 섞이면 첼로가 더 첼로 같아지거든. 플루트도 더 플루트 같아지고.

(……) 오케스트라에서 피아노는 모든 악기의 시작을 잡아주고, 호른은 다양한 악기들의 소리를 모아주는 거야.

_「마산행」에서, 216쪽

「그 여름 저녁 강이 우리에게 준 것」은 하명희 소설의 어떤 '변화'를 예감하게 하는 작품이 아닐 수 없다. 어쩌면 작가의 자전적 경험과 관련된 작품으로 추정되는데, 출판편집일을 하는 남편 '송민호'가 뇌졸중으로 투병하는 과정이 그려진다. 평생 출판편집을 해오던 남편은 생활을 위해 장례식 깃발을 나르는 일을 고민하며 명동-뚝섬-남태령을 잇는 삼각형을 지도에 그린다.

흥미 있는 점은 남편이 언어기능의 오작동을 겪으며 언어의 배열을 바꾼다는 점이다. 뇌졸중 이후 남편과 대화할 때 부드러워진 것은 결국 배열의 문제였던 셈이다. 그런데 언어의 배열을 바꾼다는 것은 무엇인가. 철학자 들뢰즈식으로 말하자면, 배치(agencement)를 바꾼다는 것이다. 지금까지 작동해온 시스템의 방식을 바꿈으로써 우리는 새로운 추진 동력을 얻을 수 있다. 하명희 소설이 조금은 달라질 수 있겠다는 즐거운 예감을 하는 것은 이런 이유 때문이다.

예를 들어 여러 작품들에 소설의 '톤 앤드 매너(tone & manner)'를 지배하는 노래가 한 곡씩 삽입된 것을 보라. 송창식의 〈밤 눈〉(「작년에 내린 눈」), 높은음자리의 〈바다에 누워〉(「먼 곳으로 보내는」), 김세화의 〈눈물로 쓴 편지〉(「모르는 사람들」), 정미조의 〈개여울〉(「그 여름 저녁 강이 우리에게 준 것」), 김민기의 〈아름다운 사람〉(「다정의 순간」)이 그 플레이 리스트들이다. 하명희의 플레이 리스트들을 들으며 하명희 월드가 추구하는 있어줌의 윤리란 무엇인지 다시 한번 생각하게 된다.

그런 점에서 「모르는 사람들」 속 소설가의 소설론은 하명희의 소설론으로 읽어도 무방할 것이다. 그래서일까. 아마도 하명희가 앞으로 쓰는 작품은 지금껏 써온 방식과는 '조금은' 다르게 쓸 것이라는 예감을 하게 된다. 하지만 "아저씨 덕분에 생리를 축하하는 쪽에서 내가 여태 살았더라고"(「먼 곳으로 보내는」)라고 말하는 글쓰기는 여전할 것이라고 믿어 의심치 않는다. 연숙이 아빠의 발가락에 분홍색 매니큐어를 바르듯이, 하명희식 섬세한 디테일을 구사하며 안녕과 미안 사이를 진자 운동하며 소설을 쓸 것이다.

최근 『나무에게서 온 편지』를 복간한 『슬픈 구름』(강, 2024)의 '작가의 말'에서 마르케스의 구절을 인용하며 '어떻게 기억하느냐'가 중요하다고 강조한 말은 앞으로도 사람의 뒷모습을 응시하며 한 사람의 이야기꾼으로서 사람의 자리를 잊지 않겠다는 작가적 다짐으로 읽힌다. 하명희 월드 속 인물들

의 표정에서 '살아가겠다'는 담담함이 읽히는 것은 당연한 노
롯이다.

## 작가의 말

　한 달 전 50년을 살았던 서울을 떠나 해 지는 바다가 가까운 마을로 이사를 했다. 말하자면 고향을 떠나 타향살이를 시작한 셈이다. 이삿짐 차가 먼저 떠난 후 원룸을 구한 딸과 포옹하며 힘들면 언제든 엄마한테 와, 귓속말을 나누었다. 서울의 경계를 지날 즈음, 남편과 나는 한순간에 눈물이 터져버렸다. 그가 먼저였는지 내가 먼저였는지는 모르겠는데 둘이 앞만 보고 눈물을 닦던 순간에는 아무 말도 나오지 않았다. 아마 이런 말들이 왈칵 쏟아졌을 것이다.

　-이제야 서울을 벗어났네.

　우리가 만나 결혼하고 아이를 낳자마자 시어머니가 돌아가셨고, 내 아버지와 어머니가 차례로 돌아가신 곳을 우리는 떠나고 있었다.

-참 오래 걸렸지?

그는 뇌졸중 후유증으로 책을 보지 못하는 몸이 되었고, 나는 폐가 나빠 숨을 쉬기 힘든 몸이 되었다.

-우리 딸은 혼자 잘 지낼까?

청춘의 격정과 혼돈이, 자유가 아름다운 것만은 아니라는 걸 알아가고 있는 너니까.

-걱정하지 마. 돌아와 쉬고 싶은 곳으로 우리가 만들면 돼.

돌아오고 싶은 곳, 쉬고 싶은 곳이 내 절반의 거처가 되겠구나.

-잘 가라, 우리 청춘도.

'잘 가라, 우리 청춘'이라고 하기까지 하늘의 별이 된 이별과 만남이 있었고, 그 청춘에 눈물 한 방울 더할 수 있어서 다행이다.


세번째 소설집을 묶는다. 이 소설집에 묶은 소설들은 내 고향 서울에서 내가 만난 만남들이다. 매년 내리는 눈송이가 된 엄마가 있고, 폐허를 찾아와 빛나는 먼지가 된 벗이 있으며, 나를 동무라고 불러준 선생님이 있고, 오래된 책들의 향기를 나누다가 아픈 사람이 있으면 먼저 달려가는 마음이 있고, 하룻밤 사이에 사랑을 잃은 밤 그네를 타는 사람들이 있다.

나는 그들과 이별하는 방법을 모르고 눈이 내리면 엄마가 오고 있구나, 어떤 폐허의 자리를 보면 내 친구가 저기 있구나 여길 것이다. "왜 아름다운 것들은 점점 사라져가는가, 왜 아름다운 것들은 점점 가난해져가는가"라는 50년 전 문장을 나도 품고 있다고, 이 책을 읽는 분들에게 말하고 싶어진다.

언덕을 지나면 친구네가 산다. 마늘종을 뽑자고, 바다에 떠내려온 곰피를 주우러 가자고, 앵두를 따고 오디를, 매실을, 개복숭아를 따자고 손을 내미는 사공호와 최성화에게, 혼자서 씩씩하고 열심인 딸에게, 기침이 멈추지 않던 날 집 앞까지 찾아와 다시 쓸 수 있는 힘을 얹어준 신정민 대표님께, 이야기의 모서리와 빈틈을 찾아 꼼꼼히 채워주신 이경숙 편집자님께, 흔쾌히 해설과 추천사를 써주신 고영직 평론가, 한창훈 소설가와 최지인 시인, 박소영 퇴촌 베짱이도서관 관장님께 머리 숙여 감사를 드린다.

2024년 6월
'시목'에서 하명희

| 수록 작품 발표 지면 |

작년에 내린 눈 _『여덟 편의 안부 인사』(강, 2021), 발표명 '십일월이 오면'

먼 곳으로 보내는 _〈백조〉(2022년 봄호), 발표명 '먼 곳으로'

모르는 사람들 _〈불교와 문학〉(2021년 겨울호)

그 여름 저녁 강이 우리에게 준 것 _〈문학인〉(2022년 봄호), 발표명 '깃발'

오래된 서점에서 _『선량하고 무해한 휴일 저녁의 그들』(강, 2023)

다정의 순간 _〈황해문화〉(2022년 가을호)

마산행 _『5월 18일, 잠수함 토끼 드림』(우리학교, 2020), 발표명 '손수건'

밤 그네 _〈영화가 있는 문학의 오늘〉(솔, 2023년 겨울호)

**하명희(河明姬)**

2009년 〈문학사상〉에 단편소설 「꽃 땀」이 당선되며 작품 활동을 시작함. 2014년 장편소설 『나무에게서 온 편지』로 전태일문학상 수상, 조영관 문학창작기금, 서울문화재단 문학창작기금, 아르코문학창작기금 수혜. 2019년 단편집 『불편한 온도』로 한국가톨릭문학상 신인상, 백신애문학상 수상. 작품집으로 장편소설 『슬픈 구름』(『나무에게서 온 편지』 복간), 단편집 『불편한 온도』『고요는 어디 있나요』, 공동소설집 『무민은 채식주의자』『5월 18일, 잠수함 토끼 드림』『여덟 편의 안부 인사』『선량하고 무해한 휴일 저녁의 그들』이 있음.

# 밤 그네

초판 1쇄 발행 2024년 7월 25일
초판 2쇄 발행 2024년 8월 8일

지은이 하명희

편집 이경숙 정소리 | 디자인 윤종윤 이주영 | 마케팅 김선진 김다정
브랜딩 함유지 함근아 박민재 김희숙 이송이 박다솔 조다현 정승민 배진성
저작권 박지영 형소진 최은진 오서영
제작 강신은 김동욱 이순호 | 제작처 상지사

펴낸곳 (주)교유당 | 펴낸이 신정민
출판등록 2019년 5월 24일 제406-2019-000052호

주소 10881 경기도 파주시 회동길 210
전화 031.955.8891(마케팅) | 031.955.2692(편집) | 031.955.8855(팩스)
전자우편 gyoyudang@munhak.com

인스타그램 @gyoyu_books | 트위터 @gyoyu_books | 페이스북 @gyoyubooks

ISBN 979-11-93710-47-0  03810

이 도서는 2024년도 한국문화예술위원회 아르코문학창작기금 발간지원 사업에 선정되어
발간되었습니다.